A TRAVESSIA
de GRETA JAMES

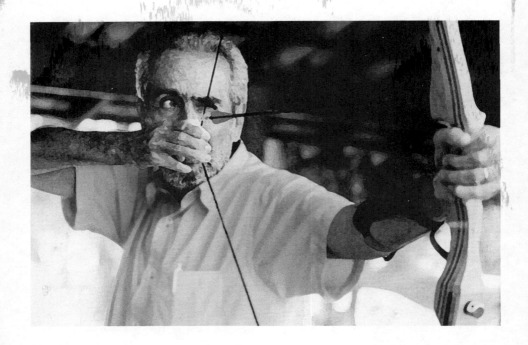

O Arqueiro

GERALDO JORDÃO PEREIRA (1938-2008) começou sua carreira aos 17 anos, quando foi trabalhar com seu pai, o célebre editor José Olympio, publicando obras marcantes como *O menino do dedo verde*, de Maurice Druon, e *Minha vida*, de Charles Chaplin.

Em 1976, fundou a Editora Salamandra com o propósito de formar uma nova geração de leitores e acabou criando um dos catálogos infantis mais premiados do Brasil. Em 1992, fugindo de sua linha editorial, lançou *Muitas vidas, muitos mestres*, de Brian Weiss, livro que deu origem à Editora Sextante.

Fã de histórias de suspense, Geraldo descobriu *O Código Da Vinci* antes mesmo de ele ser lançado nos Estados Unidos. A aposta em ficção, que não era o foco da Sextante, foi certeira: o título se transformou em um dos maiores fenômenos editoriais de todos os tempos.

Mas não foi só aos livros que se dedicou. Com seu desejo de ajudar o próximo, Geraldo desenvolveu diversos projetos sociais que se tornaram sua grande paixão.

Com a missão de publicar histórias empolgantes, tornar os livros cada vez mais acessíveis e despertar o amor pela leitura, a Editora Arqueiro é uma homenagem a esta figura extraordinária, capaz de enxergar mais além, mirar nas coisas verdadeiramente importantes e não perder o idealismo e a esperança diante dos desafios e contratempos da vida.

A TRAVESSIA de GRETA JAMES

JENNIFER E. SMITH

Título original: *The Unsinkable Greta James*

Copyright © 2022 por Jennifer E. Smith, Inc.
Copyright da tradução © 2022 por Editora Arqueiro Ltda.

Todos os direitos reservados. Nenhuma parte deste livro pode ser utilizada ou reproduzida sob quaisquer meios existentes sem autorização por escrito dos editores.

tradução: Regiane Winarski
preparo de originais: Beatriz D'Oliveira
revisão: Camila Figueiredo e Midori Hatai
diagramação: Valéria Teixeira
capa: Elena Giavaldi
adaptação de capa: Gustavo Cardozo
impressão e acabamento: Lis Gráfica e Editora Ltda.

CIP-BRASIL. CATALOGAÇÃO NA PUBLICAÇÃO
SINDICATO NACIONAL DOS EDITORES DE LIVROS, RJ

S646t

    Smith, Jennifer E., 1980-
        A travessia de Greta / Jennifer E. Smith ; [tradução Regiane Winarski]. -
1. ed. - São Paulo : Arqueiro, 2022.
        272 p. ; 23 cm.

        Tradução de: The unsinkable Greta James
        ISBN 978-65-5565-307-6

        1. Ficção americana. I. Winarski, Regiane. II. Título.

22-77448
                            CDD: 813
                            CDU: 82-3(73)

Gabriela Faray Ferreira Lopes - Bibliotecária - CRB-7/6643

Todos os direitos reservados no Brasil por
Editora Arqueiro Ltda.
Rua Funchal, 538 – conjuntos 52 e 54 – Vila Olímpia
04551-060 – São Paulo – SP
Tel.: (11) 3868-4492 – Fax: (11) 3862-5818
E-mail: atendimento@editoraarqueiro.com.br
www.editoraarqueiro.com.br

Para Susan Kamil, que acreditou neste livro
muito antes de eu escrever qualquer coisa

Nós partimos para naufragar.

– J. M. Barrie,
The Boy Castaways of Black Lake Island

ANTES

Um

Greta está olhando pela janela de um hotel em West Hollywood quando seu irmão liga pela terceira vez naquele dia. Do outro lado da rua há um outdoor com um iate branquíssimo cercado de água azul-turquesa, propaganda de uma nova cerveja, e alguma coisa naquela imagem – a sensação de estar à deriva – facilita sua recusa quando ela finalmente atende o telefone.

– É só uma semana – insiste Asher.

– Uma semana em um barco.

– Um navio – corrige ele.

– É a última coisa de que eu preciso agora – diz Greta, dando as costas para a janela e para a luz onírica e rosada que vem de fora.

Ela acabou de sair de uma sessão de fotos para a capa de seu segundo álbum, que foi adiado para julho. Se dependesse de Greta, ele teria sido adiado ainda mais, porém, ao que parece, essa opção já não existe. Em vez disso, ela foi convocada para passar três dias em um armazém em Los Angeles, cercada de câmeras e executivos mal-humorados do estúdio usando ternos e tênis; a pressão para que aquilo dê certo está estampada na cara deles.

Faz três meses desde a última vez que ela se apresentou ao vivo – desde a semana seguinte à morte da mãe, quando ela desmoronou no palco –, mas todo o resto continuou acontecendo, a parte comercial prosseguiu basicamente sem ela.

Na mesa, ao lado do bloco de notas do hotel, há um prato de chocolates com um bilhete do gerente: "Estamos muito felizes por você estar hospedada conosco." Automaticamente, Greta pensa na mãe, cuja ausência faz seu coração doer.

– Por que *você* não vai? – pergunta ela a Asher, tentando se imaginar passando todo aquele tempo em um barco com o pai.

O cruzeiro pelo Alasca foi ideia da mãe. Ela não falou em outra coisa durante quase um ano, até março, quando uma artéria estourou em sua cabeça e o mundo todo pareceu parar.

Agora falta só um mês. E seu pai ainda pretende ir.

– A gente não pode deixá-lo ir sozinho – argumenta Asher, ignorando a pergunta. – É triste demais.

– Ele não vai estar sozinho – retruca Greta enquanto anda até o banheiro. – Os Fosters e os Blooms estarão lá. Eles vão cuidar dele.

Ela encara seu reflexo no espelho, o rosto ainda maquiado. Lábios vermelhos, pele branca, olhos verdes delineados de preto. O cabelo escuro, normalmente tão volumoso, agora está liso, domado. Ela coloca o celular na bancada da pia, aciona o viva-voz, abre a torneira e começa a limpar o rosto.

– Ele vai segurar duas velas – insiste Asher, a voz ecoando pelo banheiro. – É deprimente. Um de nós tem que ir com ele.

– Você.

– Eu não posso!

Greta se empertiga de novo. Sua pele está rosada agora, ela se parece mais consigo mesma, o que sempre é um alívio. Pega uma toalha e seca o rosto.

– A questão – diz ela, pegando o celular de novo e voltando para o quarto, onde se deita na cama – é que ele prefere você.

– Greta – responde o irmão, agora impaciente –, você sabe que eu não posso.

Ela sabe, claro. Asher tem esposa e três filhas pequenas. Tem um emprego com chefe e horário regular de trabalho, departamento de RH e um número predeterminado de dias de férias que costuma ser usado quando as crianças ficam doentes. Ele não entra em um avião há anos.

Greta já pegou três voos só nesta semana.

Ela suspira.

– Quais são as datas mesmo?

– Fim de maio, começo de junho.

– Tenho que estar na cidade para o Gov Ball no dia 5 – diz ela, quase indecentemente aliviada de ter uma desculpa legítima, por mais que esteja temendo o festival.

Mas isso não detém Asher:

– Para sua sorte, a data de retorno é dia 4.

– Você sabe que não é um show qualquer. É importante.

– Mais importante do que o papai?

– Isso não é justo.

– Eu não estou te pedindo para escolher. Você vai voltar a Nova York a tempo do seu show. E eu soube que o Alasca é lindo nessa época do ano. Ainda um pouco frio, talvez, mas isso foi coisa do papai tentando economizar...

– Asher.

– Que foi?

– Eu acho que não consigo.

– Claro que consegue. Você ama água. Lembra aquela vez que a gente foi de canoa para...

– Você entendeu.

Ele fica em silêncio por um momento, então diz:

– Não seria só por ele, sabe?

E é isso que finalmente a convence.

SÁBADO

Dois

Greta está sob a ampla sombra de um navio enorme, se perguntando como uma coisa daquelas pode flutuar. É um hotel com leme, um arranha-céu deitado, um monólito, um monstro. E será sua casa pelos próximos oito dias.

O nome do navio está pintado na lateral branca. Chama-se *Escape*, a única coisa até agora que a fez rir.

Há centenas de pessoas em volta, com câmeras caras penduradas no pescoço, todas ansiosas para subir a bordo e começar sua aventura alasquiana. À esquerda, a cidade de Vancouver desaparece contra o céu, agora prateado, carregado com a ameaça de chuva. Greta já se apresentou em Vancouver, mas, como acontece com muitos dos lugares para onde viaja, conseguira ver pouca coisa além da casa de shows.

– Tem onze conveses – diz seu pai, parando ao lado dela com um mapa do navio.

Ele está usando uma jaqueta corta-vento fina demais e um boné que ganhou de brinde do banco quando abriu uma conta. Faz três meses que perdeu a esposa e, pela primeira vez na vida, aparenta ter cada um dos seus 70 anos.

– E oito restaurantes. Quatro são bufê.

Se sua mãe estivesse ali, ela diria: *Uau! Mal posso esperar para experimentar todos.* Teria apertado o braço dele e sorrido para o navio, com todos os seus onze conveses.

Mas Helen não está ali. Só Greta, que ainda não acredita que Asher conseguiu convencê-la a fazer isso.

– Legal – diz ela, tentando soar entusiasmada, mas fica na cara que é malsucedida, porque seu pai apenas a olha com resignação e volta a examinar o mapa.

Era para ser uma viagem em comemoração aos quarenta anos de casamento; eles a estavam planejando havia quase um ano e economizaram por mais tempo ainda. No Natal, cinco meses atrás, Helen deu a Conrad um calendário com fotos de geleiras e ele deu a ela um casaco novo de *fleece* para substituir o antigo, gasto e surrado por anos de jardinagem. Eles compraram um binóculo, do tipo que pesa no pescoço, e cada vez que saía uma notícia de jornal sobre o Alasca, Helen a recortava, colocava em um envelope, colava um selo e enviava pelo correio para Greta com um post-it que dizia "PSC", "para seu conhecimento", como se ela fosse embarcar com eles.

O casaco novo, azul-claro e muito macio está na mala que Greta leva para o navio. Sua mãe acabou nunca usando. Ficou guardando para a viagem.

O apito da embarcação toca e a fila para subir a bordo anda. Atrás dela, os outros quatro adultos (mesmo aos 36 anos, Greta não consegue evitar pensar neles assim) já fazem planos, debatendo se escolhem o cassino ou o musical para a primeira noite. São velhos amigos dos pais dela e cada casal tem os próprios motivos para estar ali: os Fosters se aposentaram recentemente e os Blooms vão completar 70 anos. Mas todo mundo sabe que o verdadeiro incentivo era a mãe dela, cuja empolgação para aquela viagem era tão contagiante que acabou convencendo todos a ir.

Um comissário passa e Greta o vê parar e recuar alguns passos na direção dela. Ele aponta para o estojo do violão, pendurado no ombro dela desde que eles saíram do táxi.

– Quer ajuda com isso, senhora? – pergunta ele, e ela tenta não fazer uma careta ao ouvir a palavra *senhora*.

Greta está usando um vestido preto curto com tênis Vans e óculos escuros, o cabelo preso em um coque desgrenhado no alto da cabeça. Ela carrega uma jaqueta de couro no braço livre. Não está acostumada a ser chamada de *senhora*.

– Não precisa – diz ela. – Obrigada.

Seu pai solta um grunhido.

– Não daria para arrancar essa coisa dela nem se ela caísse no mar.

– Compreensível – diz Davis Foster, se aproximando por trás deles, segurando um mapa de Vancouver acima da cabeça careca, pois começou a chuviscar. – Seria uma pena perdê-lo.

Greta conhece os Fosters desde que tinha 12 anos, quando eles se mudaram para a casa ao lado. Foram a primeira família negra no quarteirão e Greta se apaixonou imediatamente pelo filho mais novo, Jason, que estava dois anos na frente dela no colégio. Só foi rolar algo muito depois, quando os dois estavam morando em Nova York, e mesmo assim nunca foi sério, só uns encontros casuais quando ambos estavam solteiros. Greta e Jason nunca quiseram que os pais soubessem, pois tinham certeza de que logo começariam a planejar um casamento – a última coisa que os dois queriam.

Davis indica o estojo do violão.

– Aposto que vale uma fortuna no eBay – brinca ele. A esposa, Mary, dá um tapa em seu peito. Ele se inclina, fingindo dor. – Eu estava brincando.

Mary é alta e magra, com pele escura e cabelo curtinho que faz seus olhos parecerem enormes. Olhos agora fixos em Greta.

– Todos sabemos que vale muito mais nas suas mãos – diz ela, com um olhar um tanto protetor.

Mary e Helen se tornaram amigas de imediato. Davis brincava que o jardinzinho entre as casas deveria ser chamado de *buraco negro*, porque assim que uma o atravessava para visitar a outra, sempre com uma garrafa de vinho na mão, elas sumiam. Pelo menos por algumas horas.

Greta quase consegue sentir a determinação de Mary de cuidar dela. É reconfortante, como se sua mãe estivesse ali em espírito.

– Sabe o que você deveria fazer? – diz Eleanor Bloom com seu leve sotaque irlandês, parecendo animada com a ideia. Ela está usando uma capa de chuva de marca e o longo cabelo prateado está perfeito como sempre, mesmo com a umidade. – Um showzinho em alto-mar. Seria tão bom te ver tocar!

– Não sei... – diz Greta, apesar de saber, *sim*, claro. Ela não vai tocar em um navio de cruzeiro de jeito nenhum, muito menos agora.

– Eu vi que tem um show de talentos na última noite – continua Eleanor, implacável. – Qualquer pessoa pode se inscrever. Tenho certeza de que as pessoas ficariam abismadas de ver uma profissional.

– Todos os artistas são profissionais, querida – diz Todd, o marido dela, com seu jeito tranquilo de sempre.

Fora a esposa, a maior paixão de Todd são pássaros; ele passa os fins de semana no pântano procurando garças e outras aves aquáticas. Uma vez por ano, o clube de observação de aves faz uma viagem para algum lugar distante, mas ele nunca foi ao Alasca e um guia ornitológico do estado está enfiado debaixo do seu braço desde cedo, já cheio de páginas marcadas.

– Tem gente muito boa nesses cruzeiros – diz ele para Eleanor. – Comediantes, mágicos, dançarinos da Broadway.

– Mas não estrelas do rock – observa Eleanor. – Não gente como Greta James.

Ela diz essa última parte como se Greta não estivesse bem ao lado dela, sorrindo educadamente, como se estivessem falando sobre outra pessoa: Greta James, a violonista, cantora e compositora indie com um bando de seguidores, diferente de Greta James, filha de Conrad e Helen, que aprendeu a tocar violão na garagem, ao lado das prateleiras de ferramentas, tendo como única plateia os hamsters de Asher (banidos da casa por causa do cheiro), e que agora se sente criança de novo enquanto espera para começar essas bizarras férias em família como uma substituta mequetrefe do membro mais importante do grupo.

Do outro lado, ela vê um homem indo para o fim de outra fila. Em um mar de casais idosos e famílias jovens, ele se destaca. Tem a barba bem aparada e um queixo quadrado e usa óculos que são muito nerd ou muito hipster – é difícil saber qual dos dois. Quando repara que ele está carregando uma máquina de escrever antiquada, acomodada embaixo do braço como uma bola de futebol americano, ela tem vontade de revirar os olhos. Mas então ela o vê reparar no estojo do violão e não há nada a fazer além de trocar sorrisos tímidos antes de ele desaparecer na multidão.

– Pense na ideia – diz Eleanor.

Greta se vira para ela.

– Obrigada, mas...

– Isso não é nada de mais para ela atualmente – diz seu pai, arqueando uma sobrancelha. Não soa como um elogio.

Faz-se um breve silêncio e Eleanor, tentando não parecer desanimada, diz:

– Acho que você tem razão. Foi só uma ideia.

– Imagina – diz Greta, balançando a cabeça. – Eu só... não tenho muito tempo livre, então...

O que ela não diz, o que ninguém diz, é que o que ela mais teve ultimamente foi tempo livre.

Mary olha para Greta com admiração.

– Eu me lembro de você praticando na garagem noite após noite...

Davis solta uma gargalhada alta.

– Você era horrível, garota. Mas era determinada. Tenho que admitir.

– Isso é que é o importante – diz Eleanor, se virando para Conrad. – Quantas pessoas crescem e vão fazer o que sonhavam quando eram jovens? Você deve ter muito orgulho.

O olhar de Conrad se desvia para encontrar o de Greta e eles se encaram por um momento demorado.

– É – diz ele. – Nós temos muito orgulho.

É uma mentira dupla. Ele não se orgulha da filha. E não existe mais *nós*.

Três

O quarto é tão pequeno que Greta consegue se sentar na beirada da cama e tocar a parede na outra extremidade. Mas ela não se importa. Passou os últimos catorze anos em Nova York, onde espaço é um luxo, e está bem acostumada à arte de viver de forma compacta. O maior problema é a ausência de janelas. Quando ela reservou a viagem, só tinham sobrado cabines internas. Então, enquanto o quarto de Conrad tem grandes portas de vidro que abrem para uma varanda, o de Greta parece uma prisão: pequeno, bege e minimamente funcional.

Sete noites, pensa ela. *Só sete noites.*

Ela coloca o violão sobre a cama ao lado de um grosso fichário preto. Dentro, há o itinerário da viagem dia a dia. Eles vão ficar no mar pelo resto da noite e durante o dia seguinte, navegando pela Passagem Interior (ela não faz ideia do interior de quê); em seguida, vão para Juneau, Baía dos Glaciares, Haines, o porto Icy Strait Point, e depois passar mais um dia inteiro no mar voltando para Vancouver.

Há páginas plastificadas para cada porto a ser visitado, cheias de recomendações de passeios, listas de restaurantes, sugestões de caminhadas e pontos turísticos. Tem também uma quantidade absurda de informações sobre o navio em si: plantas dos andares e cardápios, instruções de como marcar horário no spa, descrições detalhadas de cada casa noturna e bar, de cada palestra e noite de jogatina. Daria para passar uma semana inteira só decidindo como preencher o tempo.

Greta fecha o fichário. Não vai demorar para o navio zarpar, e ela não quer ficar entocada como uma toupeira. Se vai mesmo fazer essa viagem (e, a esta altura, parece que vai), gostaria de pelo menos testemunhar a partida.

Afinal, é o que sua mãe faria.

Do lado de fora, há algumas pessoas sentadas em cadeiras Adirondack sob o céu nublado de Vancouver, mas a maioria está nas amuradas do navio, observando a cidade ou as montanhas cinzentas amontoadas do outro lado da água. Ela encontra um espaço entre um casal idoso e um grupo de mulheres de meia-idade vestindo moletons cor-de-rosa estampados com a frase *Cinquenta não é palavrão*. Elas estão rindo enquanto dividem um cantil de bolso.

Greta se curva na amurada e respira fundo. O porto tem cheiro de maresia e de peixe e, bem abaixo, dezenas de pessoinhas acenam como loucas, como se os passageiros estivessem prestes a partir em uma viagem perigosa em vez de em um cruzeiro de oito dias com tudo incluso, com quatro restaurantes estilo bufê e um toboágua.

Algumas aves voam em círculos e a brisa está carregada de sal. Greta fecha os olhos por um minuto e, quando os abre de novo, sente alguém a observando. Ela se vira e vê uma garota de no máximo 13 anos parada perto dela junto à amurada. Ela tem pele marrom-clara e cabelo preto e encara Greta com intensidade.

– Oi – diz Greta, e a garota arregala os olhos, dividida entre a empolgação e o constrangimento.

Ela usa tênis All Star cor-de-rosa e uma calça jeans skinny com buracos nos joelhos.

– Você é… Greta James? – pergunta ela, hesitante.

Greta ergue as sobrancelhas, achando graça.

– Sou.

– Eu sabia! – A garota solta uma gargalhada surpresa. – Uau. Que legal! E que estranho. Não acredito que você está neste cruzeiro.

– Para falar a verdade, nem eu – diz Greta.

– Eu amei o seu álbum. E fui no seu show em Berkeley no ano passado – conta ela, as palavras saindo em turbilhão. – Cara, você *arrasa*! Eu nunca tinha visto uma garota tocar assim.

Isso faz Greta sorrir. Ela não estava esperando que houvesse algo em comum entre as pessoas que fazem cruzeiros para o Alasca e as que vão aos shows dela. Greta enche casas de espetáculo de tamanhos consideráveis e tem fãs no mundo todo e suas músicas são tocadas no rádio; já até saiu na capa de algumas revistas de música. Mas raramente é reconhecida nas ruas longe de Nova York ou Los Angeles. E quase nunca por alguém tão jovem assim.

– Você toca? – pergunta Greta.

A garota assente com entusiasmo. Não tem timidez nem modéstia no gesto; a resposta é simplesmente um sim. Ela toca.

Greta se lembra de quando tinha essa idade, já cheia de confiança quando começou a se dar conta de que o violão era mais do que um brinquedo, mais do que apenas um instrumento. Já sabia que era um portal e que ela era talentosa o bastante para que ele a levasse a algum lugar.

Foi o pai quem comprou seu primeiro violão. Greta tinha só 8 anos; a princípio era para Asher, que tinha 12, mas já naquela época ele não se interessava por nada além de futebol americano. O instrumento era acústico e de segunda mão e grande demais para ela; demoraria anos para ela crescer o bastante. Algumas noites, ao chegar do trabalho, Conrad parava na frente da garagem aberta, a ponta do cigarro brilhando, e a observava tentar decifrar as notas como se fossem um enigma. Quando Greta acertava, ele deixava o cigarro pendurado nos lábios e aplaudia.

Isso foi na época em que ele amava vê-la tocar. Quando a música ainda era um assunto sem controvérsia para eles. Todas as noites depois do jantar, o pai colocava um disco antigo de Billy Joel enquanto lavavam a louça, os dois cantando "Piano Man" acima do som da torneira enquanto Helen ria e Asher revirava os olhos.

A garota cutuca a tinta descascando na amurada.

– Estou tentando aprender "Cantiga de pássaro" – diz ela, se referindo a uma canção não muito popular do EP de Greta, uma escolha que faz com que ela goste ainda mais da garota.

– Essa é difícil.

– Eu sei. Bem mais difícil do que "Eu te disse".

Greta sorri. "Eu te disse" foi a primeira canção do seu álbum de estreia, que saiu há alguns anos, e é sua música mais popular. Alcançou tal nível de sucesso que as pessoas a conhecem mesmo que nunca tenham ouvido falar de Greta James.

– Não gosta de músicas populares, é? – diz ela para a garota, que assente com seriedade.

– Eu prefiro coisas menos conhecidas.

Greta ri.

– Faz sentido.

Um apito soa uma, duas vezes, e todo mundo no convés se sobressalta e olha em volta. Os motores começaram a despertar, a água está borbulhando e o navio vibra sob os pés dos passageiros. Em algum lugar, alto-falantes invisíveis ganham vida.

– Boa tarde, senhores passageiros – diz uma voz meio abafada. – Aqui é o capitão Edward Windsor. Quero dar boas-vindas a todos a bordo e avisar que, antes de zarpar, vamos dar as orientações de segurança. Peguem seus coletes salva-vidas e prossigam para sua estação de reunião.

A garota olha em volta, para as pessoas andando.

– Acho que tenho que procurar meus pais. Mas foi muito legal te conhecer. Será que eu vou te ver de novo?

Greta assente.

– Qual é seu nome?

– Preeti.

– Foi bom te conhecer, Preeti. Vou procurar você quando quiser falar de música, está bem?

O rosto de Preeti se ilumina; ela acena e sai rapidamente.

Quando Greta pega o colete salva-vidas na cabine e chega ao ponto designado a ela para a simulação de emergência, seu grupinho já está reunido. O pai franze a testa pela forma como ela pendurou o colete no ombro. Ele foi oficial naval durante a Guerra do Vietnã, designado para um navio de patrulha no Pacífico Oeste, por isso não brinca com esse tipo de coisa.

Em volta dela, há um mar laranja vibrante; todos estão usando os coletes, até Davis Foster, que tem 1,98 metro e ombros tão largos que o colete parece um brinquedo preso em seu pescoço. Greta passa o dela pela cabeça, o fecha na cintura e reza para que não haja outros fãs inesperados por perto. A última coisa de que ela precisa é ser flagrada com aquilo.

– Embora seja improvável que vocês passem por uma emergência real, é importante estar preparado – diz um homem que se apresenta como capitão da estação.

Atrás dele, Greta vê o topo dos botes salva-vidas cor de laranja enfileirados na borda do navio, como se fossem enfeites em uma árvore de Natal. Com uma voz ponderada, ele explica todos os piores cenários, as muitas calamidades que podem acontecer naquela cidade flutuante, mesmo que improváveis. Também foi assim depois do aneurisma da mãe dela, quando Greta insistiu em conversar com o médico. Ela estava presa no aeroporto de Berlim, onde tinha acabado de tocar em um festival para centenas de milhares de pessoas. Sua mãe estava em coma, e a calma com que ele dizia aquelas coisas horríveis a perturbou tanto que ela teve vontade de jogar o celular do outro lado do portão de embarque.

– Se vocês virem alguém cair pela amurada – diz o homem, a voz quase alegre –, joguem uma boia salva-vidas, gritem "homem ao mar" e informem ao membro da tripulação mais próximo.

Uma onda de gargalhadas se alastra entre os passageiros reunidos enquanto eles cochicham palpites sobre qual deles será o primeiro a cair. Davis segura os ombros de Mary de forma tão repentina que ela solta um gritinho. Eleanor segura a mão de Todd como se quisesse se ancorar, mas ele está ocupado observando um passarinho furta-cor passar voando no pequeno espaço de céu visível entre conveses.

– Uma andorinha-azul – sussurra ele com empolgação, mexendo no binóculo. Mas o cordão se emaranha no colete e, quando ele consegue erguê-lo, o passarinho já foi embora.

Greta puxa as tiras do colete e olha em volta. Na mesma fileira, vê o homem que carregava a máquina de escrever. Enquanto ela o observa, ele levanta o celular para tirar uma foto daquela situação. Quando o abaixa, Greta o vê digitar e se pergunta para quem ele está enviando as fotos. Em seguida, se pergunta por que está se perguntando aquilo.

– Você não está prestando atenção – diz seu pai, baixinho, e a cutuca.

Quando o cara olha na direção dela, Greta sente como se tivesse 12 anos.

Mas ele apenas sorri, e os dois voltam a atenção para o capitão da estação, que ainda está detalhando todas as formas possíveis (mas improváveis) de se ver em perigo nos próximos oito dias.

Quatro

Apesar de falar tanto em bufês, seu pai fez reserva para o grupo no restaurante mais formal na primeira noite, um mar de toalhas brancas em volta de uma pista de dança. Pela janela, a luz está suave e difusa. O sol só se põe às nove ali e o crepúsculo se prolonga, saindo do laranja para o rosa e então para o cinza.

– E aí, Greta? – diz Eleanor Bloom quando as bebidas chegam.

Ela está usando um terninho preto elegante e já fez o cabelo no salão. Sempre pareceu a Greta que Eleanor era meio glamorosa demais para o cantinho deles em Columbus, Ohio. Ela conheceu Todd décadas atrás, em uma viagem para Nova York com as amigas de Dublin. Ele tinha ido para um congresso de seguros e ela estava passeando, e os dois ficaram presos na Times Square em uma tempestade. Greta sempre se perguntou como um homem como Todd, incrivelmente gentil, mas extremamente tedioso, conseguira inspirar uma mulher como Eleanor a atravessar o oceano para viver com ele. Mas, ao que parecia, ela tivera um primeiro marido horrível e encontrou em Todd uma estabilidade que lhe dava espaço para brilhar – o que acontece com frequência.

– Como estão as coisas com aquele seu namorado fofo?

Greta toma um longo gole de vinho para tentar decidir como responder. Faz quase três meses que eles terminaram, logo após a morte da mãe dela, mas, mesmo assim, a palavra *namorado* a abala. Assim como a palavra *fofo*. Há muitas formas de descrever Luke, como brilhante e impaciente, sexy e irritante, mas *fofo* não é uma delas.

– Na verdade… – começa ela, mas para e toma mais um gole. – A gente meio que decidiu que…

– Eles terminaram – diz Conrad com jovialidade forçada. – Vocês não receberam o e-mail?

Greta sente o calor subir às bochechas. Ela não tinha se dado conta de que ele estava chateado com aquilo. A separação aconteceu pouco depois do enterro, e nenhum dos dois estava em condição de falar sobre nada na época. Mas ela quis que ele soubesse e que ouvisse dela antes que Asher desse com a língua nos dentes. Por isso, enviou um e-mail rápido.

Ele não respondeu, e eles não voltaram a tocar no assunto.

– Ah, que pena – diz Mary enquanto pega um pãozinho e suas pulseiras tilintam. Greta nunca conheceu ninguém capaz de dizer tanto com as sobrancelhas como Mary Foster e, naquele momento, elas estão bem arqueadas. – Eu sei que a sua mãe gostava muito dele.

Isso está bem longe da verdade, mas Greta assente mesmo assim.

Seus pais só viram Luke duas vezes. Na primeira, na festa de lançamento do primeiro álbum, em Nova York, ela amarelou e o apresentou só como seu produtor, com medo de que, se soubessem que ele era mais do que isso, o odiassem por mil motivos diferentes: o cigarro preso atrás da orelha e os braços tomados por tatuagens, o sotaque australiano arrastado e sua expressão de desprezo quando alguém falava sobre alguma banda que ele considerava inferior.

– Nós ouvimos tanto sobre você – disse sua mãe naquela noite, sorrindo de forma corajosa enquanto apertava a mão dele. – E o álbum é maravilhoso. Vocês dois fazem músicas lindas juntos.

Luke não conseguiu se segurar e caiu na gargalhada. Mesmo agora, Greta se lembra da expressão de Conrad, a decepção surgindo quando todas as peças se encaixaram.

Na segunda vez, as coisas estavam mais sérias entre eles, e ela levou Luke para Columbus no feriado do Quatro de Julho. Por dois dias, ele fez tudo certo: pegou doces com as sobrinhas dela no desfile da cidade, ajudou a mãe a decorar os cupcakes com a bandeira americana (acrescentando uma australiana por garantia) e presenteou o pai com uma garrafa de seu uísque favorito. Ele até encontrou um jeito de perguntar a Conrad sobre o trabalho dele vendendo anúncios para as Páginas Amarelas sem dar a entender que talvez isso já tivesse perdido a utilidade.

Na última manhã, ela o encontrou no quintal, tentando consertar a churrasqueira. Quando o viu se curvar da forma como costumava fazer na mesa de som do estúdio, girando botões e ajustando as músicas dela até chegarem o mais perto possível de como ela as imaginava, Greta ficou surpresa que algo tão comum ainda pudesse ser tão atraente.

Mas depois, enquanto eles esperavam o avião que os levaria de volta a Nova York, ele passou o braço pelos ombros dela.

– Mal posso esperar para chegar em casa – disse ele e, quando ela murmurou concordando, inclinou a cabeça para trás com um suspiro. – Se a minha vida fosse desse jeito, acho que eu me mataria.

Claro que Greta pensa exatamente a mesma coisa todas as vezes que volta para casa. Foi esse pensamento que a manteve dedilhando o violão na maioria das noites na garagem gelada quando era mais nova, que a fez seguir para uma faculdade a mais de 3 mil quilômetros de distância, no norte da Califórnia, e depois a catapultou direto para a costa oposta.

Foi esse pensamento que a motivou todos aqueles anos, o medo de tudo aquilo: de ficar presa, de ficar parada, de ser comum. E é o que a mantém seguindo em frente, apesar do muro que surgiu entre ela e o pai, um tijolo para cada aspecto da vida nada convencional dela, para cada decisão que a levou para mais longe de Ohio, de um trabalho das nove às seis, de uma hipoteca e de uma cerquinha branca, da forma como a vida do irmão dela se desenvolveu… Ou seja, da forma como a maioria das vidas se desenvolve: emprego estável, casamento, filhos, tudo garantido e previsível.

Mas ouvir Luke dizer isso… Luke, que só bebe coisas em potes de vidro e usa gorro até no verão, que consegue acender um cigarro no vento e recitar a letra de todas as músicas dela… aí já era demais.

– Não é tão ruim – comentou ela, vendo o avião deles aparecer na janela, se aproximando da ponte de embarque sanfonada.

Ela sempre achou extraordinário que a distância entre Columbus e Nova York pudesse ser atravessada em menos de duas horinhas. Na maior parte do tempo, parecia que os dois lugares existiam em universos completamente diferentes.

Ao seu lado, Luke se empertigou um pouco.

– Você não pode estar falando sério – disse ele, o sotaque ficando mais carregado, como sempre acontecia quando ele dizia alguma coisa sarcástica. – Eu não consigo te imaginar morando lá quando era criança. Muito menos agora.

– Eu não estou dizendo que é bom. Só estou dizendo que não é tão ruim.

– O quê? O subúrbio?

– Não – disse ela. – Voltar para casa.

– Tem 15 mil quilômetros entre mim e os *meus* pais – disse ele com um sorrisinho debochado –, e mesmo assim não é suficiente.

Ela não soube na hora, mas aquele foi o primeiro sinal de alerta.

Do outro lado da mesa, Mary ainda a observa com expectativa.

– Não era para ser – diz Greta.

– Bom, ou isso ou você não queria que fosse – diz seu pai.

– Conrad – repreende Mary, no mesmo tom que Helen teria usado, e Greta sorri para ela com gratidão. Mas aquilo não é nenhuma surpresa. Não é novidade.

Ela se vira para o pai, cuja gola está amarrotada agora que sua mãe não está presente para passar para ele. Ele a encara como faz há vinte anos: como se ela fosse um problema de matemática que ele não consegue decifrar.

– O quê? – diz ele, como se não estivesse tentando começar a mesma briga pela milésima vez.

Não é por causa de Luke. Não é nem porque ele quer que ela sossegue e forme família, embora isso seja parte da questão. É porque a vida que ele quer para ela é essencialmente diferente da que ela quer para si mesma, e a música é o barco que a leva para longe disso.

– Você nem gostava dele – responde Greta e, embora sua voz soe leve, há um tom inconfundivelmente determinado sob a superfície.

– Mas *você* gostava – observa Conrad. – E eu não consigo entender o que aconteceu.

O que aconteceu, ela tem vontade de dizer, é que minha mãe morreu. O que aconteceu é que Helen entrou em coma e o mundo virou de cabeça para baixo.

Mas isso não é tudo, claro. Essa é apenas a causa.

A consequência é a seguinte:

Greta estava no meio de um show na ocasião, uma apresentação de uma hora em um festival de música em Berlim, e como o irmão dela ficou ligando sem parar, foi Luke quem atendeu. Quando ela terminou de tocar, ele já tinha reservado um voo para ela para Columbus.

– Sozinha? – perguntou ela, o choque percorrendo seu corpo nos bastidores, ainda suada e nervosa do show, ainda tentando assimilar a notícia.

Ele pareceu surpreso com a pergunta, o que foi ridículo. Eles estavam juntos havia dois anos e ela supunha que era isso que as pessoas faziam em situações assim; isso era o que significava ter um companheiro.

– Bom... – disse ele enquanto passava a mão pelo cabelo. A banda seguinte tinha começado e, do lado de fora da tenda, deu para ouvir o som abafado de aplausos. – Quer dizer, é coisa de família, né? Eu não sabia se você ia me querer lá.

Ela o encarou.

– Então você vai voltar para Nova York?

– Não – respondeu ele, e pelo menos teve o bom senso de parecer constrangido. – Eu pensei que, já que estou aqui, poderia ficar para curtir o resto do festival.

Foi isso que aconteceu, ela tem vontade de dizer.

Ou, pelo menos, isso foi o começo de tudo.

Luke podia ter acendido o fósforo, mas foi Greta quem botou fogo em tudo, uma semana depois. Mas ela não pode explicar isso para o pai. Então ela diz apenas:

– É complicado.

Conrad ergue uma sobrancelha.

– Não é. É o que sempre acontece: você namora alguém por um tempo, fica entediada e termina.

– Não é assim tão simples, pai.

– Claro que não.

Greta gira o vinho na taça, ciente de que eles têm uma plateia de quatro pessoas, parecendo cada vez mais incomodada.

– A vida às vezes atrapalha.

– Isso é porque sua vida não é propícia a relacionamentos. – Ele pega o cardápio e consulta as entradas. – Eles não simplesmente *acontecem*. Você precisa abrir espaço para eles.

Ela trinca os dentes.

– Eu gosto da minha vida como é.

– Tem que gostar mesmo – concorda Davis do outro lado da mesa e, quando todos se viram para ele, ele dá de ombros. – Bom, é verdade. A vida dela é incrível.

Quando tinha 20 e poucos anos, Davis tocava piano em um trio de jazz, e tem um milhão de histórias sobre a Chicago de antigamente, madrugadas cheias de uísque e música com amigos. Ela sabe que ele ama a vida que tem agora – ele tem uma esposa que adora e três filhos adultos que são fantásticos e, até algumas semanas atrás, quando se aposentou oficialmente, era o carteiro favorito do bairro –, mas a expressão de Davis sempre se altera de certa forma quando eles conversam sobre a carreira de Greta, assumindo um ar que beira tanto a inveja quanto a melancolia.

Quando o garçom chega, eles fazem os pedidos, entregam os cardápios e Greta pensa que acabou. Mas então Conrad, que estava encarando o copo de uísque, se vira para ela de novo.

– Você sabe que eu só quero o melhor para você, não sabe? – pergunta ele.

Ele parece tão velho neste momento, tão infeliz, que Greta quase diz "Sei". Mas percebe que não consegue.

– Não. Você quer que a minha vida seja como a do Asher.

– Eu quero que você seja feliz.

– Você quer que eu pare de tocar – rebate ela. – Não é a mesma coisa.

Mary empurra a cadeira para trás e coloca o guardanapo na mesa.

– Querem saber? Acho que vou dar uma voltinha na pista de dança.

– Antes do jantar? – pergunta Davis.

– É – responde ela com firmeza, e os Blooms também se levantam.

– Nós também – diz Eleanor, e segura a mão de Todd. – Agora é hora do agito.

– É uma valsa – corrige ele, mas a segue até a pista de dança mesmo assim, deixando Greta e Conrad para trás.

Por um segundo eles só se encaram, depois olham para a mesa agora vazia, com guardanapos sobre pratinhos de pão, as taças de vinho manchadas de batom. Greta quase ri. Mas só limpa a garganta e diz:

– Olha, sei que você quer que eu seja mais como Asher, mas...

– Isso não é...

– Ah, para – interrompe ela, agora com mais gentileza. – A mamãe não está mais aqui para bancar a juíza. O mínimo que podemos fazer é ser sinceros um com o outro.

Ele suspira.

– Você quer que eu seja sincero com você?

– Quero – diz Greta com certo esforço.

– Tudo bem.

Ele se vira para encará-la. A luz atrás dele é suave e indistinta e, no reflexo da janela, ela vê Davis rodopiando Mary na pista de dança. Ela se obriga a olhar para Conrad, que tem olhos verdes idênticos aos dela, o mesmo olhar inescrutável.

– Você sabe que a sua mãe era sua maior fã...

– Pai – diz Greta, a garganta ficando apertada, porque, apesar de ter sido ela quem tocou no nome da mãe, parece desonesto ele invocá-la assim. – Não.

Ele parece surpreso.

– Não o quê?

– A questão aqui não é ela. É você e eu.

– É isso que quero dizer – retruca ele, balançando a cabeça. – Eu sei que ela entendia essa coisa toda de música melhor do que eu, mas ela também se preocupava.

Greta se esforça para manter a expressão neutra. Ela não quer que ele veja quanto isso dói. Já desistiu dele há muito tempo, já aceitou o fato de que ele não dá valor aos sonhos dela. Mas a mãe dava. E isso sempre foi suficiente.

– Isso não é verdade – fala ela.

– Ela era sua maior fã – continua ele, parecendo muito distante de repente. – Mas ela também se preocupava. Por você estar sozinha e viajar tanto e tentar ser relevante em um mercado tão incerto. Talvez ela tenha disfarçado melhor do que eu, mas não era... não era só coisa minha, entende? Ela pensava nisso também.

Greta fica imóvel, absorvendo as palavras. Depois de alguns segundos, Conrad se inclina para a frente, a expressão dele começando a se transformar.

– Me desculpa – diz ele. – Não era a minha intenção...

– Tudo bem.

A música termina e há uma salva de palmas. Conrad pigarreia.

– Nunca nos saímos muito bem sem ela, né?

– Não – concorda ela, se virando novamente. – Não mesmo.

– É ainda mais difícil agora.

Ela assente, surpresa com a rapidez com que seus olhos se encheram de lágrimas.

Mas é verdade. Tudo está mais difícil agora.

– Estou feliz por você ter vindo nesta viagem – diz ele. Greta ri a contragosto. Conrad inclina a cabeça para o lado. – O que foi?

– Eu estava pensando que eu não devia ter vindo.

– Bom – diz ele, dando de ombros. – Eu estou feliz por você ter decidido vir.

– Está mesmo? – pergunta ela, olhando para ele, desconfiada.

Mas então os Fosters e os Blooms voltam para a mesa, ainda rindo das aventuras na pista de dança, e o garçom chega com as saladas, e o céu lá fora escurece mais um tom, e o navio segue pela noite. E só bem depois Greta se dá conta de que ele não respondeu à pergunta.

Cinco

Depois do jantar, Greta volta para o quarto, onde se senta de pernas cruzadas na cama, o violão equilibrado nos joelhos. Os outros foram tentar a sorte no cassino, mas a ideia de brincar naquelas máquinas caça-níqueis barulhentas é demais para ela no fim de um dia como esse.

Ela segura a palheta entre os dentes enquanto afina o antigo Martin de madeira. Greta raramente viaja com ele; é mais volumoso do que as guitarras finas que costuma usar quando se apresenta. Mas ela o tem desde sempre e há certo conforto nele, como um livro surrado, muito lido e muito amado. Ela o comprou na faculdade, juntando as gorjetas do emprego de garçonete no Olive Garden da região, cada cesta de pães a deixando mais perto. E embora agora ela tenha dezenas de guitarras, a maioria fina, moderna e potente, mais acrobáticas e explosivas em som, ela se vê voltando àquele violão com frequência, cada nota vibrando através dela como uma lembrança.

Ela toca um único acorde, o som vívido como a chama de um fósforo iluminando o espaço apertado da cabine. Depois de alguns outros, ela se dá conta de que fez a introdução de "Astronomia". Levanta as mãos abruptamente, como se tivesse encostado em uma coisa quente, e o silêncio volta como a maré.

É mais espectro do que música a esta altura. Greta começou a compô-la no voo de volta da Alemanha, ainda tonta com a notícia do aneurisma da mãe. Tentou dormir, mas não conseguiu. Tentou beber, mas suas mãos tremiam demais. Pela janela, o céu estava completamente preto e a ausência de estrelas pareceu um mau agouro. Seu estômago estava embrulhado.

Ela fechou os olhos e pensou nas estrelinhas que brilhavam no escuro, no teto de casa, em como a mãe apontava para elas depois de ler uma história. A lembrança a encheu de esperança, e ela pegou o caderno e começou a escrever, tentando afastar a escuridão a cada verso, seu próprio tipo de oração.

Quando o Atlântico ficou para trás, ela já tinha uma página inteira de letra e um esboço de melodia. Era uma canção sobre traçar seu rumo e encontrar seu caminho, mas, na verdade, como todas as músicas, era sobre uma coisa mais pessoal do que isso, sobre estar deitada na cama com a mãe quando pequena, conversando, sonhando e contando histórias debaixo das estrelas que brilhavam no escuro.

Não estava pronta. Mas parecia o começo de alguma coisa.

Ela só não sabia ainda do quê.

Desta vez, quando começa a tocar, é mais deliberado. Ela dedilha os acordes de abertura de "Prólogo", a primeira música do álbum inédito, que será lançada no Festival Governors Ball do próximo fim de semana. É um tipo de melodia totalmente diferente, acelerada e acalorada, e mesmo no violão acústico ela preenche o quarto.

Greta sabe que essa música é o caminho de volta. É sua chance de redenção. Mas já parece uma relíquia, algo que escreveu em outra época, quando sua mãe ainda estava viva e ela ainda estava cheia de confiança.

Ela ouve uma batida na parede à esquerda e faz silêncio. Espera alguns segundos para tentar de novo, mais baixo agora. Mas a batida seguinte é mais insistente. Com um suspiro, ela coloca o violão na cama ao seu lado, pega o casaco da mãe no gancho atrás da porta e sai para o corredor, de repente desesperada por ar.

Do lado de fora, o ar da noite ainda está suspenso no crepúsculo, tudo enevoado e cinzento. Greta anda pelo convés de passeio até encontrar um local tranquilo. Ela se apoia na amurada e os olhos lacrimejam por causa do vento. Bem abaixo, o navio espalha uma espuma branca e as ondas se dissipam até se perderem na neblina. Eles vão passar o dia seguinte inteiro no navio, presos no mar até chegarem a Juneau na outra manhã. Parece muito tempo para esperar.

– Eu só consigo pensar no *Titanic* – comenta alguém.

Ela olha para o lado e vê o cara da máquina de escrever. Ele está usando um casaco impermeável verde e justo com capuz, e o cabelo castanho está desgrenhado por causa do vento.

– O navio ou o filme?

– Faz diferença? – pergunta ele com um sorriso. – Nenhum dos dois acabou muito bem.

Os dois ficam em silêncio e olham para o céu cada vez mais escuro. Greta está prestes a se afastar da amurada e entrar quando ele a encara de novo.

– Isso é meio estranho, não é?

– O quê?

Ele dá de ombros.

– Não sei. Estar aqui assim. Em um navio. À noite. Balançando na água, no meio do mar. Tem algo de solitário.

– Tem? – pergunta ela.

Por algum motivo, isso a faz pensar na época em que teve uma gripe forte, aos 20 e poucos anos, e sua mãe pegou um avião para cuidar dela. Por três dias, Helen fez sopa no fogão moderno do apartamentinho de Greta, e elas se sentaram de pijama no sofá e assistiram a filmes enquanto o aquecedor chiava e a neve batia na janela. Uma tarde, quando achou que Greta estava dormindo, Helen ligou para Conrad para dar notícias e, naquele ponto enevoado entre o sono e a vigília, Greta a ouviu baixar a voz.

– Eu sei – sussurrou ela. – É em momentos como este que eu também queria que ela tivesse alguém.

Até aquele momento, não tinha passado pela cabeça de Greta se sentir solitária.

Ela tinha acabado de voltar de sete meses de turnê fazendo shows de abertura para uma banda que admirava desde que tinha 16 anos, uma experiência que foi a realização de um sonho, e em todos aqueles dias de viagem e noites no palco, todos os atos cotidianos de sua vida foram deixados de lado: ligações regulares para os pais, mensagens para amigos, até o caso que ela estava tendo na época com Jason Foster. Quando voltou, seu cérebro funcionava à toda, carregado pelos meses de fãs e frenesi, e ela passou as semanas seguintes usando o mesmo moletom e legging cinza, indo do caderno para o computador para o violão em uma explosão de produtividade criativa. Nunca tinha sido tão feliz.

Mas, de repente, viu as coisas pelos olhos da mãe: que ela tinha voltado para um apartamento vazio e não tinha ninguém que cuidasse dela quando ficou doente. Não importava que Greta não tivesse pedido que a mãe fosse – ela teria ficado bem tomando a sopa da lanchonete e descansando até melhorar. E não importava que ela pudesse pagar um apartamento maior se quisesse; morava naquele lugar havia tanto tempo que considerava seu lar. Sua vida não era assim por obrigação, e sim porque ela gostava.

Ela se vira para o homem, estremecendo. Os olhos dele ainda estão fixos na água.

– Eu tenho lido muito sobre Herman Melville ultimamente... – Ele faz uma pausa e olha para Greta, hesitante. – Melville era...

– "Bartleby, o escrivão" – diz ela.

Os olhos dele se iluminam.

– Uau. A maioria das pessoas logo cita *Moby Dick*.

Ela faz um gesto com a cabeça em direção à água.

– Óbvio demais.

– Então – diz ele, com expressão satisfeita. – Eu estava lendo sobre quando Melville esteve em alto-mar pela primeira vez. Ele só tinha 19 anos, o que me parece muito jovem agora, e acabou em um navio mercante que viajou de Nova York para... Na verdade, quer saber? – Ele ri. – Essa é a parte em que Avery diria que eu preciso recalcular.

– Recalcular?

– A rota. Tipo num GPS – diz ele com timidez. – Quando você entra na rua errada e o aparelho recalcula a rota. Eu tenho tendência a pegar o caminho mais longo.

– Isso nem sempre é ruim – diz ela.

Ele coça a barba, que é bem aparada e grisalha nas laterais. Ele é bonito de um jeito bem saudável, distinto e sério. Apesar de não poder ser mais do que uns poucos anos mais velho do que ela, ele parece adulto com A maiúsculo, alguém que tem a vida sob controle, como os caras que ela vê em fotos de férias das amigas da faculdade com quem perdeu o contato porque a vida delas é diferente demais da sua.

Ele anda até ela e estende a mão.

– A propósito, sou Ben. Ben Wilder. Sobrenome igual ao da Laura Ingalls.

Greta ri a contragosto.

– Você deve ter irmãs.

– Filhas – diz ele com um sorriso. Ela desvia o olhar para a mão dele instintivamente. Não há aliança. – E você é...?

– Greta.

Ela faz uma pausa, reflete sobre o sobrenome, decide que não importa. Ele não vai conhecê-la. Percebe só de olhar que Ben deve escutar mais Dave Matthews e Bob Dylan. Talvez tenha ouvido um pouco de Phish, na faculdade.

– James – completa por fim.

– Como Bond – diz ele, assentindo.

– Como Bond – concorda ela.

As luzes acima deles se acendem quando o céu escurece e, ao longe, eles ouvem o ruído de vozes de um dos muitos bares do navio.

– Sabe, os oficiais da Marinha Real Britânica recebiam uma quantidade de rum para cada dia que ficassem no mar – comenta Ben. – Era mais seguro do que água. E bom para os ânimos.

– Com certeza.

– Acho que vou querer uma dose. Sua companhia seria bem-vinda.

Ela hesita. Mas só por um segundo.

– Acho melhor eu voltar.

– Tudo bem – diz ele com um sorriso. – Te vejo por aí, Bond.

– Tenha uma boa noite, Laura Ingalls.

DOMINGO

Seis

Greta acorda no escuro, a única luz vindo do despertador, que marca 3h08. Ela está acostumada com esse momento de confusão, os primeiros segundos depois do despertar, quando precisa se esforçar para lembrar onde está, em que quarto de hotel, em que fuso horário. Mas a ausência de janelas e o balanço do navio deixam tudo mais desorientador. Já faz doze horas que está no mar e é a primeira vez que ela realmente tem consciência disso.

Ela pega o celular, estreita os olhos quando a tela se acende e vê que tem uma mensagem de Luke: Peguei minha jaqueta. Deixei a chave.

Isso é tudo. Nada mais. Nada de despedida. Só: fim.

Ela não o culpa. Levou semanas para sequer responder ao pedido dele para devolver sua jaqueta de couro favorita, que ele tinha esquecido na casa dela quando foi buscar suas coisas; ela estava torcendo secretamente para que ele a esquecesse. Por um tempo, ela a usou dentro do apartamento. Ainda tinha o cheiro dos cigarros dele.

Agora ela olha para o nome dele na tela e fica na dúvida se deve apagar o contato. Mas não apaga. Aperta o botão de voltar e deixa o dedo pairar sobre o nome Jason Foster.

Não tem notícias dele desde o enterro, quando fugiu da recepção e o encontrou no antigo quarto dela, passando a mão pelo seu primeiro violão, o que o pai dela tinha lhe comprado tantos anos antes. Eles não se viam havia muito tempo, quase dois anos, e Greta nunca imaginara que ele iria ao funeral. Enquanto via as mãos escuras acompanharem a curva do instrumento, movendo-se lentamente pelo mogno, ela sentiu arrepios nos braços. Era quase como se ele estivesse tocando nela.

A mãe de Greta morreu exatamente 24 minutos antes de o avião tocar na pista de pouso. Depois de ouvir um recado de Asher na caixa-postal, ela ficou sentada com a cabeça encostada no vidro gelado da janela, o coração se fechando como um punho, até um comissário de bordo tocar gentilmente seu ombro e ela se dar conta de que era a última pessoa no avião.

Naquele momento, Luke ainda estava na Alemanha. Ele tinha tentado pegar um voo quando ela lhe deu a notícia, mas uma tempestade intensa caiu logo depois que Greta partiu, cancelando a maioria dos voos transatlânticos. Tudo ficou lotado por dias. Ele já tinha perdido o enterro, que o pai dela insistiu em marcar o mais rápido possível, e estava óbvio que não chegaria a tempo de nada. Não importava que ele estivesse arrasado quando ligou para avisar. Ela nem ficou realmente chateada com isso. Havia outras coisas, coisas demais para enumerar. Mesmo assim, sabia que essa ela jamais perdoaria.

E agora Jason estava no quarto dela. Jason Foster, seu primeiro amor e o homem para quem voltava depois de todos os relacionamentos fracassados.

Eles tinham regras para isso. Nunca namoraram oficialmente e nunca usaram um ao outro para trair. Não havia compromisso nem expectativas. Era divertido e satisfatório, nada mais. E funcionava bem para ambos: para Greta, que estava sempre viajando e nunca conseguia se comprometer com ninguém por muito tempo, e para Jason, que estava sempre trabalhando e nunca quis nada permanente.

Mas agora o namorado dela estava preso em outro país, a mãe dela tinha acabado de morrer e tudo estava uma confusão.

E, principalmente, Jason estava ali e Luke não.

Nenhum dos dois falou nada ao andarem um na direção do outro, mas Greta se lembra, em meio à névoa de dor, exaustão e choque, de ter pensado na sensação de inevitabilidade. Houve um momento para contar sobre Luke – para *pensar* em Luke –, mas o momento passou, Jason a abraçou e não havia mais nada a ser feito.

Depois, eles ficaram deitados na antiga cama de solteiro dela e olharam para as estrelas que brilhavam no escuro. Jason virou a cabeça para o lado e olhou para a estante da infância dela. Esticou o braço para pegar um livro surrado, mas ela botou a mão no braço dele.

– O que foi? – perguntou ele, se virando para ela com um sorriso preguiçoso. – Está com medo de eu encontrar seu diário? Aposto que está escrito "Greta Foster" em todas as páginas.

Ela revirou os olhos.

– Vai sonhando.

– Ah, fala sério – brincou ele.

Jason estava com um novo corte de cabelo, mais curto nas laterais, que o fazia parecer mais jovem, e vê-lo ali na cama da sua infância, com aquelas covinhas que a deixavam de pernas bambas e aquele sorriso seguro, fez com que ela sentisse que o tempo era elástico, como se todas as suas fantasias adolescentes estivessem finalmente se tornando realidade. Ele fez cócegas no quadril dela e Greta estremeceu. A voz dele soava risonha ao sussurrar no ouvido dela:

– Você quis se casar comigo desde o dia em que o caminhão de mudanças chegou. Admita.

Greta balançou a cabeça.

– De jeito nenhum.

– Admita.

– Tudo bem – disse ela com um sorriso, cedendo. – Talvez um pouco. Mas aí eu cresci.

Ele recostou a cabeça no travesseiro e encarou as estrelas com uma expressão pensativa.

– Você já parou para imaginar como a gente estaria se...

– O quê?

– Se a gente tivesse ficado junto de verdade.

Greta olhou para ele, surpresa demais para responder.

– Será que a gente teria ficado aqui?

– Em Columbus? – disse ela. – De jeito nenhum.

Ele sorriu.

– Não sei. Às vezes imagino isso. Uma casinha no bairro. Crianças brincando de pique-bandeira até escurecer, do jeito que a gente sempre fazia. Jantares de família. Churrascos no quintal. O pacote completo.

Ela sabia que ele estava só refletindo, que naquele fim de semana em especial o ar estava carregado de nostalgia. Mas ainda foi perturbador ouvir aquelas palavras. Jason era a única pessoa que Greta conhecia que estava tão ansiosa quanto ela para sair daquele lugar, daquele tipo de vida. No ensino médio, ele se dedicou aos estudos com tanta determinação que acabou sendo aceito em Columbia, onde, em vez de descansar, ele redobrou os esforços e se formou entre os melhores da turma. Mais tarde, ele se tornou o primeiro diretor financeiro negro do fundo de hedge em que trabalhava, uma posição pela qual trabalhou duas vezes mais que os colegas, todos caras brancos arrogantes cujos pais ou eram clientes ou jogavam golfe com clientes. Mas não era só um emprego para ele. E Nova York não era só um lugar para morar. Eram sonhos que ele tivera no degrau da varanda da casinha amarela ao lado da casa onde eles estavam deitados agora. E ele os realizara.

– Você nunca sairia de Nova York – disse Greta, ainda tentando se acostumar com a ideia. – Sairia?

Os olhos castanhos dele estavam grudados nos dela.

– Talvez nas circunstâncias certas. E você?

– Não sei – disse ela, sem saber se estavam falando de geografia ou de algo mais.

A mente dela estava confusa, com a recepção acontecendo no andar de baixo e as estrelas de plástico acima. Tinha vontade de beijá-lo e tinha vontade de sair correndo. Tinha vontade de chorar e tinha vontade de fugir. Ela não sabia o que estava sentindo. Era raro que soubesse.

– Acho melhor a gente voltar – sugeriu ela, por fim. Ele pareceu decepcionado, mas se apoiou nos cotovelos mesmo assim.

– Acho que você tem razão – respondeu, assentindo.

Eles desceram a escada um de cada vez, depois de alisar as camisas e ajeitar os cabelos e arrumar tudo que tinha sido desarrumado. Greta tinha acabado de pisar na cozinha quando o pai fez sinal para ela se aproximar. Ele já estava conversando com Jason, que sorriu para ela de um jeito esperto.

– Viu quem está aqui? – perguntou Conrad, apertando o ombro do rapaz.

Tendo perdido a esposa havia poucos dias, ele já estava diferente, pálido e grisalho, mas Greta percebeu que o pai se esforçava para preencher o papel que Helen costumava exercer quando recebiam visitas.

– Foi muita gentileza sua vir, meu filho. Eu sei que teria sido muito importante para ela.

– Eu jamais perderia – disse Jason com um movimento solene de cabeça. – Ela era uma das minhas pessoas favoritas.

– Você ainda trabalha na área financeira, não é? – perguntou Conrad. – Eu sei que vocês dois andam em círculos diferentes, mas não se encontram na cidade?

– Não nos falamos faz algum tempo – disse Jason.

Ao mesmo tempo, Greta respondeu:

– Às vezes.

– Eu não sou descolado o suficiente para ficar andando com uma estrela do rock – continuou Jason, todo covinhas e charme. – Não deve ir muita gente de terno aos seus shows.

Greta ergueu as sobrancelhas.

– Você saberia se fosse a algum.

– Estão sempre esgotados – disse ele com um sorriso.

– Ainda bem que você conhece alguém nos bastidores.

Eles estavam se encarando e Greta quase esqueceu que o pai estava ali, até ele erguer a garrafa de cerveja.

– Ah – disse ele, virando-se para ela –, Luke ligou mais cedo. Ele conseguiu um voo e deve chegar amanhã de manhã.

Greta voltou os olhos para o chão, mas sentia que Jason a observava.

– Que bom – ela conseguiu dizer, bem baixo, e então seu pai foi ajudar Asher com a comida e os dois ficaram sozinhos de novo.

Ela se preparou para o que ele diria, mas Jason apenas estendeu a mão e segurou a dela de um jeito bem formal.

– Sinto muito pela sua mãe – murmurou ele, apertando os dedos dela por um momento, depois se virou e entrou na sala ao lado, deixando-a sozinha na cozinha.

Essa foi a última vez que se falaram. Durante o resto do dia, ele a evitou. E quando Luke apareceu na manhã seguinte, com os olhos cansados da longa viagem, Jason já tinha voltado para Nova York.

Greta deixa o celular de lado, pega-o de novo. Passa das seis em Ohio, o que significa que seu irmão já acordou e está com as crianças. Ela faz menção de ligar, mas lembra que está em alto-mar, com sinal limitado, e envia uma mensagem: SOS. Só passaram doze horas. Falta um milhão.

A resposta dele chega em poucos segundos: Quatro de nós cinco estão com a garganta inflamada. Quer trocar?

Greta responde: Não é fácil ser o favorito. Isso é o que ela diz sempre que ele reclama da vida, a vida que o pai queria tanto que ela tivesse. Mas ela não fala de coração agora, porque, sinceramente, garganta inflamada parece ser só um pouquinho pior do que a situação dela.

Outra mensagem chega: Como está o papai?

Como sempre, responde ela.

Estou feliz por vc estar aí.

Eu também, digita Greta, mas apaga. A verdade é que ela está feliz porque o pai tem companhia. Mas desconfia que os dois desejam que essa companhia não fosse ela. O que ela acaba escrevendo é: Espero que vcs melhorem logo.

Ele se despede com um *"Bon voyage!"* e Greta se senta na cama. Ela fica no escuro por alguns minutos, ouvindo os sons do navio, e pega o violão, na esperança de os vizinhos estarem dormindo desta vez.

Baixinho, ela começa a dedilhar, indo rapidamente de corda em corda. Quando era mais nova, seus professores sempre tentavam guiá-la de volta para a melodia quando ela se desviava do rumo, sem perceber que, para ela, a experimentação era o verdadeiro objetivo. Mesmo agora, os críticos costumam ter dificuldade de descrever seu gênero musical: indie ou rock, pop ou folk. A verdade é que sua música é um pouco disso tudo e ao mesmo tempo nada disso. É um som todo dela.

Suas pálpebras começam a pesar de novo. *Uma cantiga de ninar*, ela pensa, pressionando a palma da mão nas cordas ainda vibrando, para a música terminar em uma batida abafada. Ela guarda o violão no estojo e volta para debaixo das cobertas.

Quando acorda de novo, o relógio marca 9h21. Ela tinha um encontro com o pai no Overboard Buffet vinte minutos antes, então prende o cabelo em um coque desajeitado no alto da cabeça e veste correndo uma legging, botas pretas e uma jaqueta jeans por cima da camiseta do Pink Floyd que usou para dormir. Antes de sair do quarto, ela pega os óculos escuros por puro hábito e os coloca ao fechar a porta.

Sobe no elevador com um casal tão velho que ambos precisam se segurar na barra de apoio dourada. A mulher, que é pequena e curvada, com pele marrom e rugas profundas e um halo de cabelo prateado, olha para ela intensamente e ergue o dedo para apontar para o rosto de Greta.

– Você é muito pálida – diz ela com a testa franzida.

Greta assente porque é verdade mesmo. Ela puxou à mãe, cujos pais eram da Escócia. Ela tem o mesmo cabelo escuro que Helen tinha, as mesmas sardas espalhadas no nariz e a mesma pele clara que já foi descrita como de porcelana em tantas revistas que seu irmão brinca que as pessoas devem achar que pelo menos um dos ancestrais deles era uma privada.

– Não deixe de usar protetor solar – recomenda a mulher. – Céu nublado não quer dizer que o sol não vai te pegar.

– Pode deixar – diz Greta quando o elevador para no convés e o casal desembarca. – Obrigada pela dica.

– Você não vai querer ficar como eu aos 89 anos – comenta a mulher por cima do ombro, e Greta sorri.

– Seria muita sorte.

No restaurante, ela vê o pai e os dois casais no bufê. Eles estão sentados a uma mesa no canto, embaixo de uma pintura de urso-pardo, os pratos já vazios. Seu pai ergue uma taça de champanhe quando a vê e Todd empurra outra na direção dela enquanto Greta puxa uma cadeira. Ele já está com o binóculo pendurado no pescoço, pronto para o dia.

Greta franze a testa para a taça.

– Não está meio cedo?

– Pensei que você fosse uma estrela do rock – implica Davis.

Quando Greta toma um gole, sente as borbulhas descendo pela garganta.

– Qual é a ocasião? – pergunta ela.

– Bom – começa Mary, sorrindo largamente –, recebemos um e-mail do Jason hoje cedo.

– O que já é uma grande ocasião por si só – brinca Davis.

Mary está tão empolgada que nem se dá ao trabalho de revirar os olhos. Ela só solta uma risada feliz.

– Eles ficaram noivos ontem à noite! – exclama ela. Quando fica claro que Greta continua sem entender o que está acontecendo, Mary arregala os olhos. – Jason e Olivia.

Por um momento, Greta apenas a encara. Ela nunca ouviu falar de Olivia. O navio se inclina para o lado e ela sente o champanhe balançar no estômago vazio. Precisa se concentrar para impedir que volte por onde entrou.

– Uau – diz ela por fim, tentando forçar o rosto a expressar algo que pareça um sorriso. – Isso é… Uau. Parabéns. Para vocês dois.

– Os pais do noivo – comenta Mary, sorrindo para Davis, que sorri de volta. – Soa bem.

– Falando nisso – diz Eleanor, o rosto se iluminando com a ideia –, eles mandaram foto?

– Não consegui baixar – responde Mary. – Parece que ele comprou a aliança em um brechó, então vai saber…

– Bem, ela aceitou – diz Conrad. – Isso que importa.

Mary solta um suspiro de felicidade.

– É verdade. Ela aceitou.

– Há quanto tempo eles estão juntos? – pergunta Greta, tentando parecer uma amiga de infância vagamente interessada e não alguém que dorme com o filho deles de vez em quando há uma década.

– Ah, deve ter um ano – diz Davis. – Ela é uma boa moça. Você vai gostar dela.

– Estou feliz por ele finalmente ter sossegado – comenta Mary.

Pela primeira vez, Greta não se importa com o olhar que Conrad lança para ela, que sugere abertamente que ela poderia considerar fazer o mesmo. Está ocupada demais tentando digerir a informação: Jason Foster vai se casar.

Mesmo depois de todos os anos de paixonite adolescente e de toda a química que eles acabaram descobrindo, ela nunca se imaginou com ele assim. Não de verdade. Jason trabalha no 42º andar de um banco internacional enorme. Usa ternos todos os dias e pega carros pretos para ir trabalhar e sempre preferiu ficar na casa dele, que é moderna e reluzente e tem um tapete branco tão imaculado que Greta tinha medo de tomar vinho tinto lá. A vida dela, no seu apartamento pequeno e amontoado de plantas meio murchas, passando meses em turnê e longas noites em bares com músicos aleatórios, acordando de madrugada com uma melodia na cabeça e iluminando o quarto com a tela do celular para tentar capturá-la… Isso tudo seria demais para ele. Eles nunca teriam dado certo.

Ainda assim, ela sente um embrulho no estômago ao pensar nele se casando com outra pessoa. Passa pela cabeça dela que, se eles estão juntos há um ano, Jason estava com Olivia naquele dia no antigo quarto dela. Greta sabe que não pode julgá-lo; ela também tinha namorado. Mas eles estavam em declínio, quer Luke tivesse percebido ou não. Jason, por outro lado, estava a caminho de um pedido de casamento. E, nas Olimpíadas das Pessoas Horríveis, isso não o torna pior?

É um tipo de perda particularmente estranho, quando uma coisa que você nem sequer deseja é tirada de você. Greta sente a pontada, uma dor que sobe de algum lugar dentro dela que ela nem sabia que existia. Talvez seja tristeza, uma espécie de luto pequenininho; mas, se for sincera, deve ser algo mais próximo a constrangimento, talvez até inveja, embora ela não saiba direito de quê. Ela não quer essa vida. Não agora. E não com ele. Então por que a notícia a incomodou tanto?

Seu pai está dizendo alguma coisa e ela o encara sem entender.

– O quê?

– Estamos indo ao spa – repete ele, e se levanta. – Temos horário às dez.

– Fazer o quê? – pergunta ela, surpresa.

Seu pai é um cara da cerveja. Da pescaria. Um cara que gosta de ver beisebol. Greta nunca o viu ir a um spa; na verdade, a ideia dele andando por aí de roupão é tão estranha quanto se ele tivesse aparecido no café vestido de palhaço.

– Uma massagem aí – diz ele, olhando para Todd, que está usando um boné novo com o logo do navio do cruzeiro. – É isso? Eles que marcaram. Eu não tenho ideia de no que estou me metendo.

– Você vai amar – garante Eleanor enquanto remexe na bolsa atrás de um batom vermelho-cereja. – É disso que você precisa para esquecer os problemas e relaxar.

O sorriso de Conrad congela um pouco, mas ele assente.

– Espero que ajude minhas costas, pelo menos.

– Você queria ir? – pergunta Mary a Greta. – A gente não tinha certeza. Achamos que você poderia querer um tempo longe dos velhos.

– Tudo bem, obrigada. Vou tomar meu café da manhã e posso me encontrar com vocês depois.

– Aqui – diz Conrad, empurrando um pedaço de papel para ela. É uma lista de atividades do dia e ele circulou várias de caneta azul. – Nós temos o spa às dez, almoço no Admiral ao meio-dia, uma palestra que quero ver às duas e bingo às três...

– Bingo? – diz Greta com ceticismo.

Ele a ignora.

– Depois, devemos passar por uns leões-marinhos às seis e vamos para o convés de passeio para vê-los.

– Com sorte, vamos observar umas tordas-miúdas-marmoradas também – acrescenta Todd, entusiasmado. – Elas são avistadas com frequência nesta área.

– Com sorte, vamos observar umas tordas-miúdas-marmoradas também – repete Conrad, em um tom um tanto apaziguador. Em todos os anos de amizade, Todd não teve muito sucesso em recrutar os outros para seu hobby favorito. – Depois, vamos jantar no Portside e vamos ao piano bar para a saideira.

– Uau – diz Greta, olhando para a lista. – É uma programação e tanto.

– Você pode participar de tudo que quiser – diz ele, se levantando. – Você decide.

– Aqui. – Mary entrega a ela um livreto com os horários das atividades do dia. – Veja o que parece bom e venha nos encontrar, está bem?

Greta assente.

– Claro. Aproveitem o spa.

Quando eles vão embora, ela fica sentada sozinha à mesa com uma xícara de café, olhando para o quadro do urso-pardo. Uma das patas gigantescas está em cima de um peixe prateado, com o rio correndo em volta. O peixe está de olhos arregalados, se debatendo, e Greta começa a sentir náuseas de novo. Ela se obriga a desviar os olhos.

O livreto na mesa é grosso, com uma encadernação de grampo. Ela olha distraidamente as fotos e as descrições dos vários eventos – malabaristas e mágicos, hipnotistas e mímicos, palestrantes e historiadores – até reconhecer um rosto familiar. Na página 11 há uma foto de Benjamin Wilder, escritor e professor assistente de História na Universidade Columbia.

Por algum motivo, isso a faz rir. Ele está muito sério na foto, muito acadêmico, com os óculos de aros grossos e a expressão concentrada. Embaixo da foto, há uma descrição do romance best-seller internacional dele, *Canção selvagem*, que, ao que parece, conta uma versão fictícia da história de

Jack London, autor de *O chamado selvagem* e *Caninos brancos*, entre outros. Ela olha para a programação elaborada pelo pai e vê que a palestra das duas horas se chama "Jack London: uma perspectiva do Alasca".

Ela não estava planejando se juntar a eles em muitas atividades além dos leões-marinhos. Mas quando se levanta para ir ao bufê, guarda o livreto no bolso da jaqueta, só por garantia.

Sete

Se seu pai fica surpreso ao vê-la esperando na porta do auditório, não demonstra. Ainda está com o rosto rosado da manhã no spa e o vinco fundo entre as sobrancelhas (que se tornara permanente desde que a mãe dela morreu) praticamente desapareceu.

– Como foi? – pergunta Greta quando ele se aproxima. – Relaxante?

– Até que foi mesmo – diz ele, erguendo os braços para se espreguiçar.

Conrad está usando uma jaqueta azul-marinho de golfe com o zíper fechado até em cima e o cabelo quase todo branco ainda está úmido do chuveiro. O olhar dela é atraído, como sempre, para a cicatriz em forma de gancho no queixo dele, de uma briga em que se meteu na época em que era barman. Quando era pequena, Greta sempre passava o dedo por ela. Agora, ela vê como o mapa do rosto dele está lotado de outras linhas.

– Minhas costas estão ótimas – diz ele quando abaixa os braços. – O que você veio fazer aqui?

Ela mostra o papel.

– Você me deu sua programação.

– Eu sei – diz ele e olha para as pessoas do lado de fora do auditório.

Ao lado deles há um pôster com o título da palestra e uma foto do livro de Ben, que exibe uma paisagem coberta de neve e um grupo de cachorros ao longe puxando um trenó.

– Mas você nunca foi do tipo que gosta de palestras.

– Eu só fugia das *suas* palestras – provoca ela, e, para sua surpresa, isso o faz rir. – Além do mais, estamos presos em um navio. O que mais eu poderia fazer?

– Você fala como se fosse um veleiro. Tem de tudo aqui. Por que você não experimenta o cassino? Ou faz compras em uma daquelas lojas no átrio?

Greta o encara.

– É isso que você acha que eu gosto de fazer?

– Eu não tenho a menor ideia do que você gosta de fazer. Fora tocar violão.

– Bom, eu já tentei tocar, mas meus vizinhos de cabine não ficaram muito felizes.

Ele revira os olhos.

– Vê se tenta não ser expulsa do navio, está bem?

– O que poderiam fazer? – pergunta ela. – Me botar numa jangada?

– Sei lá, mas não quero descobrir.

Por cima do ombro dele, Greta vê os Blooms e os Fosters, todos parecendo igualmente renovados. Quando as portas se abrem, eles entram no auditório atrás de um grupo relativamente grande, quase todos na casa dos 70 anos.

Mary se inclina para sussurrar para Greta enquanto elas se sentam.

– Você leu? – pergunta ela, indicando a imagem da capa do livro de Ben, projetada em um telão no fundo do palco. – A gente leu para o clube do livro. É lindo.

– Eu não li nem *O chamado selvagem* – diz Greta, os olhos percorrendo o salão quase lotado.

É o salão onde acontecem os shows à noite, com dançarinos, comediantes e mágicos que atraem multidões, então não é uma plateia ruim, embora um idoso já esteja roncando atrás dela. Soa como uma serra elétrica, mas seus acompanhantes ou não reparam ou não se incomodam.

Um pensamento passa pela cabeça de Greta.

– Quando? – indaga ela com mais urgência do que pretendia. – Quando vocês leram esse livro?

Primeiro, Mary parece confusa. Mas logo entende e dá uma batidinha solidária na mão de Greta.

– Sua mãe também adorou – comenta ela com um sorriso.

Quando Ben aparece, Greta se inclina para a frente. Ele está usando um blazer de tweed com uma camisa xadrez azul e branca por baixo e abre os braços, sorrindo para a plateia.

– Uau – diz ele, parecendo satisfeito com o tamanho do grupo. – Parece que temos um monte de fãs de Jack London neste navio, né?

A plateia ri ao ouvir isso.

– Quantas pessoas aqui leram *O chamado selvagem*? – pergunta Ben, e muitas mãos se erguem.

Ele percorre o auditório com o olhar e, quando vê Greta, faz uma pausa de um segundo, com expressão surpresa. Ela meio que levanta a mão, pensando que deve pelo menos ter visto o filme em algum momento. Mary lança um olhar de soslaio para ela. Greta dá de ombros.

– E *Caninos brancos*? – continua Ben. Greta abaixa a mão, mas várias outras sobem. – Que ótimo! Até que não está ruim. Mas tenho a sensação de que vou confundir todo mundo. Quem aqui leu *O cruzeiro do Dazzler*?

Há risadas quando as pessoas percebem que ninguém levantou a mão. Ben olha para todo mundo fingindo espanto.

– Que isso, pessoal! Foi um dos primeiros livros dele. *O cruzeiro do Dazzler*. É muito importante para o nosso objetivo aqui hoje, porque vocês devem saber que estou planejando ser o *dazzler*, o deslumbramento, deste cruzeiro.

Ao lado dela, Eleanor solta uma gargalhada.

– Brega, mas fofo – diz ela, se inclinando para sussurrar para Greta: – Bem o meu tipo.

Ben se apresenta, mas não fica falando da própria história. Ele começa logo a falar da jornada perigosa de Jack London pelo Alasca no auge da corrida do ouro de Klondike e de toda a escrita que surgiu dos longos meses de inverno em Yukon. Greta esperava que fosse meio chato ouvi-lo falando da importância das narrativas em um contexto histórico e dos aspectos problemáticos em um contexto moderno. Mas não é. Não é Billy Joel no Garden; não é Bruce Springsteen no Asbury Park. Mas é um bom palestrante e dá vida ao passado de uma forma que prende a atenção de todo mundo. E isso não é fácil, considerando que deve ser a hora da soneca de metade da plateia.

Quando chega a hora das perguntas, ele chama uma mulher na frente que está balançando tanto a mão que mais parece chamar um táxi.

– Quanto tempo você levou para escrever seu livro? – pergunta ela, e se recosta na cadeira, satisfeita.

– Ah – murmura Ben com voz suave. Ele ajeita os óculos e abre um sorriso. – Bom, acho que podemos dizer que eu levei a maior parte da minha vida, considerando que penso em Jack London desde que era criança. Mas quanto à escrita em si, talvez uns dois anos. Eu já tinha feito muita pesquisa só por causa de uma vida inteira de interesse.

– Mas é ficção – diz um homem algumas fileiras atrás. – Deve ser mais difícil. Você também precisou deixar a história empolgante.

Greta acha divertido que muitas das perguntas sobre o processo criativo dele sejam parecidas com as que sempre fazem para ela nas entrevistas, e percebe que as respostas dele, como as dela, já estão preparadas. Mesmo assim, todos estão inclinados para a frente com interesse genuíno, esperando para ouvir o que ele tem a dizer, e ela pensa que eles devem ter lido o livro. Todos. Por algum motivo, isso a surpreende.

Quando a palestra acaba, seu pai se prepara para sair com os Fosters e os Blooms.

– A gente não quer se atrasar para o bingo – avisa Mary enquanto passa na frente de Greta. – Você vem?

Greta olha para o pai e tenta avaliar se ele gostaria que ela fosse. Mas, para seu alívio, ele já saiu com Davis e Todd.

– Não se preocupe – diz Mary. – Vamos ficar de olho nele.

Ela está prestes a se levantar e sair com eles, já se perguntando como vai preencher o resto do dia, quando vê Ben ainda parado lá na frente, conversando com um grupinho que continua fazendo perguntas. Ele tirou o blazer e arregaçou as mangas da camisa e parece feliz da vida por estar falando sobre seu assunto favorito. Greta pensa que talvez ele seja a única pessoa no navio inteiro, além dela, que não está indo para o bingo nem para a piscina infantil agora, e fica para trás, apoiando os pés no encosto da cadeira da frente.

Quando a última pessoa sai, ele pega os papéis e passa a alça de uma bolsa-carteiro pela cabeça. Está na metade do corredor quando repara em Greta ainda lá, nos fundos, e seu rosto se ilumina.

– Oi – cumprimenta ele, e entra na fileira para se sentar a uma cadeira de distância.

Ela sorri.

– Você foi ótimo.

– Não foi minha primeira vez – diz ele, mas parece satisfeito. – Você ficou para fazer mais perguntas? Acho que eu não classificaria você como fã de Jack London.

– Eu não sou – concorda ela tão rapidamente que ele ri.

– *Ainda.*

– Acho que eu era a única presente que não leu seu livro.

Ele descarta a informação com um sorriso.

– É meio superestimado.

– Tenho certeza de que não é.

– Bem, então você também é a única pessoa que não leu a crítica do *Times* – diz ele, os olhos castanhos brilhando. – Chamaram de "pretensioso e presunçoso".

Greta ri.

– Acredite, já vi coisa pior.

– Tudo bem. Jack London também viu.

– Você deve gostar muito desse cara para dedicar tanto tempo a ele.

Ele assente.

– Sempre achei que eu fosse escrever uma nova biografia, mas já cobriram a maior parte desse terreno e eu percebi que estava menos interessado nos fatos do que na história. Então decidi transformá-la em romance. – Ele olha ao redor. – Mas não esperava nada disso.

– Como poderia? – pergunta Greta, sinceramente. – É o tipo de coisa que se deseja, talvez. Mas é sempre tão difícil. É como ganhar na loteria.

– Exatamente – diz ele, claramente aliviado por ser entendido. – Eu passei dois anos lapidando o livro, mais para me divertir. Quando acabei, mostrei para um amigo do departamento de Inglês, que entregou para o agente dele, e tudo aconteceu bem rápido depois disso. Tudo isso ainda é bem estranho para mim. Entrevistas, turnês de lançamento, festivais…

– Cruzeiros.

– Não, eu com certeza estava contando com os cruzeiros. Por que outro motivo alguém escreveria um livro? – Ele sorri e balança a cabeça. – Eu não deveria brincar. Estou empolgado de um jeito meio constrangedor por estar aqui. Eu nunca vim ao Alasca.

– Sério? Nem mesmo para fazer pesquisa de campo?

– Não. Eu acordava todos os dias às quatro da manhã para escrever e trabalhava até minhas filhas se levantarem. Não havia tempo para viagens. Nem dinheiro. Mas agora estou aqui, finalmente. – Ele faz uma pausa e olha para ela de soslaio. – E você?

– O que tem eu? – pergunta ela, olhando o teto.

– O que você faz quando não está em um cruzeiro?

– Eu sou musicista.

– Sério? – diz ele, erguendo as sobrancelhas. – O que você toca?

– Violão, principalmente.

– Verdade! Lembrei agora. – Ele faz um gesto fingindo carregar um estojo e ela percebe que foi no dia anterior que o viu com a máquina de escrever. – E você toca de verdade?

Ela sabe o que ele está perguntando: se é trabalho ou hobby. É o que a maioria das pessoas pergunta quando ela dá essa informação. Antes, quando ela era mais jovem e ainda estava tentando se afirmar, isso a incomodava. Mas agora sente certa satisfação, merecida depois de tantos anos trabalhando e lutando, tocando para plateias de poucas pessoas em bares alternativos e fazendo shows de abertura para bandas com bem menos talento e bem mais público. Houve êxitos no caminho, claro, e uma sensação bem regular de crescimento, mas Greta só começou a fazer sucesso mesmo poucos anos antes e é diferente quando acontece já aos 30, quando se tem mais de uma década de esforço nas costas. Portanto, para ela, *chegar lá* é isso: não são os álbuns nem a plateia nem o dinheiro. É poder dizer de forma clara e direta, sem asteriscos nem qualificações, que sim, de fato é isso mesmo que ela faz. Ela é musicista. Simples assim.

Ao longo dos anos, ela recebeu todo tipo de resposta condescendente: "Eu adoraria poder tocar violão o dia inteiro", "Cara, como seria bom fazer uma coisa divertida em vez de trabalhar" e "Uau, você consegue mesmo se sustentar fazendo isso?". Os fãs, claro, são diferentes, e aumentam a cada dia. Só que ela nunca vai entender por que o ceticismo é a primeira reação da maioria das pessoas. Talvez seja inveja. Ou talvez algo mais profundo, uma espécie de ressentimento por ela ter a audácia de viver seu sonho quando os dos outros tiveram que ser abandonados.

Mas, quando ela responde a Ben, ele parece meio impressionado.

– Uau. Acho que… é a coisa mais legal que eu já ouvi.

Greta sorri ao ouvir isso. Alguns segundos se passam até ela se dar conta de que os dois estão apenas sentados ali, como se esperassem alguma coisa.

Ele acaba pigarreando.

– Então, ahn, você esperou porque tinha uma pergunta?

– Sim – diz Greta e se levanta. – Quer tomar aquela bebida agora?

Oito

Quando eles saem do auditório, Ben para e tira uma foto da escadaria que serpenteia até o andar de baixo. Um minuto depois, ele para de novo e tira uma foto de uma escultura aleatória de uma lontra-marinha.

Greta olha para ele de soslaio.

– Você foi pago para fotografar o barco inteiro?

Ele ri.

– São para as minhas filhas. Eu preferiria enviar cartões-postais, mas elas são impacientes demais para isso. – Ele tira mais uma foto da vista da janela, com a faixa de água azul e os abetos atrás. Então enfia o celular no bolso. – Ah, e isto é um navio.

Greta dá de ombros.

– Dá no mesmo.

– Não exatamente – diz ele. – Navios têm pelo menos dois conveses acima da linha do mar. Este tem onze. E pesa bem mais de 500 toneladas. E sua única forma de propulsão é um motor, então...

Ela olha para ele com incredulidade.

– Desculpa, eu sou nerd – diz ele na mesma hora em que ela diz:

– Você é tão nerd.

Eles atravessam o convés das piscinas, onde o cheiro de cloro é intenso contra as janelas embaçadas e onde acontece uma aula de aeróbica aquática, com dezenas de toucas de natação balançando na água turquesa. Quando eles chegam ao átrio – uma área agitada, cheia de lojas e restaurantes, como se estivessem em um shopping em vez de no mar –, Preeti, a garota do dia anterior, está saindo de uma galeria de arte. O rosto dela se ilumina quando vê Greta, e ela tira os fones de ouvido e se aproxima correndo.

– Oi – diz ela, seus olhos indo rapidamente para Ben e voltando para Greta. Ela mostra o celular. – Eu falei para a minha amiga Caroline que conheci você, mas ela não acredita. Será que a gente pode tirar uma selfie para eu ter uma prova?

– Claro – concorda Greta, observando Ben, que está compreensivelmente perplexo.

Ele gesticula na direção do celular na mão de Preeti.

– Quer que eu tire?

– Ahn, não, obrigada – recusa ela, estreitando os olhos para ele. – É que é uma selfie, então...

– Pode deixar com a gente – diz Greta, tentando não rir com a expressão dele.

Preeti aperta alguns botões, levanta o celular e Greta se curva para os rostos delas ficarem juntos. Ela abre um sorriso treinado na hora em que o flash se acende, depois se endireita.

– Aí está a prova – diz ela enquanto as duas examinam a foto.

Os olhos de Greta ficam mais verdes sob o flash e o cabelo escuro está ondulado e solto. Ela não usa maquiagem e seu rosto está caracteristicamente pálido. Ao lado dela, Preeti sorri e faz o sinal de paz e amor.

– Eu sempre tentei convencê-la a ouvir as suas músicas – comenta Preeti enquanto envia a foto –, mas ela só gosta de coisa tipo Taylor Swift. Não que isso seja um problema, mas, depois que aquele seu vídeo viralizou, ela finalmente... – Ela para e seus olhos, que estavam no celular, se viram para os de Greta com uma leve expressão de pânico. – Desculpa, eu não quis dizer...

– Tudo bem – diz Greta em um tom gentil, apesar de ter ficado com o rosto quente.

Ela não deveria se sentir tão abalada. Estar em um barco no meio do nada não significa que as coisas mudaram. Não significa que as pessoas não estão mais comentando. Mas essa é a primeira vez que alguém desconhecido, alguém de fora da sua equipe, fala sobre isso com *ela*. E agora, de repente, ali está. Escancarado.

Preeti ainda está de olhos arregalados.

– Eu não...

– Eu sei – diz Greta, tentando não olhar diretamente para nenhum dos dois: Preeti, que está morrendo de vergonha, e Ben, que está muito confuso. – Está tudo bem. Não esquenta.

– Tudo bem – fala Preeti depois de um momento. Ela parece querer dizer mais, mas só levanta o celular de um jeito meio desajeitado. – Bom, obrigada pela selfie.

– Não foi nada – diz Greta, animada demais. – A gente se vê, está bem?

Quando ela vai embora, Greta começa a andar e Ben dá uma corridinha para alcançá-la.

– O que foi isso?

– Nada – diz ela, balançando a cabeça. – Qual bar você quer experimentar?

Ele ainda está olhando para ela de soslaio.

– Então você é uma pessoa conhecida.

– Não fique muito impressionado. Ela é a única em todo o navio.

– Ah, mas você tem *fãs*.

– Você também tem – retruca Greta enquanto segue para o primeiro bar que vê.

Inexplicavelmente, o bar é decorado com o tema de ilha tropical. Uma música de Jimmy Buffett ecoa ao fundo e a porta tem palmeiras falsas de cada lado. Ela faz menção de entrar, mas para quando percebe que Ben não a está acompanhando.

– O quê?

– Quem é você, afinal?

– Eu já falei. Sou musicista.

– Tipo uma estrela pop?

Ela franze a testa.

– Eu tenho cara de estrela pop?

– Acho que não.

– Como falei, eu toco violão – diz ela, dando de ombros, mas algo no encontro com Preeti a deixou abalada.

Ela pensa no Festival Gov Ball no próximo fim de semana e pega o celular no bolso. Sente uma vontade repentina de ligar para seu empresário, Howie, e dizer para ele cancelar tudo. Dizer que ela ainda não está pronta. Que é arriscado demais voltar para o palco antes disso.

Mas ela nem contou a ele que está fazendo essa viagem. Não contou para ninguém: nem para o assessor de imprensa, nem para a gravadora, nem para seu agente, nem mesmo para sua melhor amiga, Yara, uma tecladista em turnê com Bruce Springsteen e que a entenderia melhor do que ninguém por que ela está evitando todo mundo.

Há vários dias chega uma enxurrada de e-mails e mensagens falando sobre o festival e o lançamento do novo single. Os assuntos incluem solicitações de participação em rádios locais e conversas com jornalistas especializados em música. Estratégias para como abordar o que aconteceu em março e "limpar sua imagem". Sugestões de assuntos e linhas do tempo.

Greta não leu nada.

É algo tão atípico para ela. Não costuma ser a versão estereotipada de estrela do rock que seu pai parece achar que ela é: consumida pelo estilo de vida e que deixa a parte dos negócios para os outros. Considera tudo importante demais para isso. Ela escreve as próprias canções e cuida dos direitos autorais, aparece cedo na passagem de som e passa horas e horas no estúdio. Quando está no palco, é para parecer fácil; não só a forma como ela toca, com riffs de guitarra enormes e crescendos emocionantes, mas também a forma como aparece para a plateia: poderosa, incendiária, cativante. Todas essas coisas são verdadeiras. Mas são alimentadas por uma ética incansável de trabalho e um desejo profundo de melhorar sempre, de continuar fazendo música, de fazer as pessoas continuarem ouvindo e indo a shows e comprando discos.

Agora, claro, isso tudo desceu pelo ralo. A imagem e a ética de trabalho.

Ela só quer tomar alguma coisa e fingir que nada daquilo está acontecendo.

Lá dentro, eles encontram assentos vazios no bar. Há flores de cores vibrantes em toda parte e os atendentes estão usando camisas havaianas. Uma prancha de surfe azul está encostada na parede.

– Tudo muito a cara do Alasca – diz Ben depois que eles pedem as bebidas: uma margarita para ele e um daiquiri de morango para ela, afinal, o que mais se pede em um lugar assim?

– É – diz Greta, olhando em volta. – Isto aqui está me dando vontade de visitar uma tundra congelada.

Ben parece achar graça.

– Não é tundra. Vamos ver algumas das paisagens mais interessantes do Alasca. Do mundo, na verdade.

As bebidas chegam e ela tira o guarda-chuvinha de papel da dela.

– Você fez seu dever de casa.

– Você não?

– Para mim, foi uma decisão de última hora.

– Um cruzeiro pelo Alasca foi uma decisão de última hora?

Greta hesita um segundo, na dúvida se deve ser honesta, então diz:

– Era para minha mãe estar aqui com meu pai e os amigos deles, não eu. – Ela toma um gole do daiquiri, que está doce demais. Quando ergue o olhar, o sorriso de Ben sumiu. – Tudo bem – diz ela rapidamente, apesar de não estar tudo bem. Nem um pouco. – Foi alguns meses atrás.

– Isso não é muito tempo.

– Não – concorda ela. – Não é.

Ele bate com um dedo no copo. Ela vê a linha clara onde antes ficava a aliança.

– É bom você poder estar aqui com seu pai – diz ele, e ela assente.

– Eles estavam planejando esta viagem há séculos, e ele quis vir mesmo assim. Então meu irmão pediu que eu lhe fizesse companhia.

– Por que você?

Ela dá de ombros.

– Porque ele tem três filhas e um emprego.

– E você…

– Eu tenho poucas responsabilidades diárias e um trilhão de milhas da companhia aérea. – Ela toma um grande gole da bebida. – Mas tudo bem. Eu não me importaria, para falar a verdade, se não significasse passar uma semana inteira com meu pai.

– Vocês não se dão bem?

– Não muito.

– Por quê?

– Porque eu não tenho três filhas e um emprego.

Ele a encara.

– Sério?

– É uma parte do problema.

– Qual é a outra parte?

– Digamos apenas que eu não sou exatamente o filho favorito.

Ben abre a boca para dizer alguma coisa, mas a fecha de novo.

– O que foi?

– Nada – diz ele. – É que... eu tenho tantas perguntas. Não sei bem o que perguntar primeiro. Não quero que se sinta sufocada.

Greta sorri.

– Eu não sufoco com facilidade.

– Tudo bem. Então, seu pai...

– Espere – diz ela e mostra o copo, que está vazio. – Eu preciso de mais uma bebida primeiro. Na verdade, talvez precise de várias.

– É justo.

Ela se vira no assento e o encara. Seus joelhos estão quase se tocando, mas só quase.

– Você tem outra palestra hoje? – pergunta ela, e ele faz que não. – Então você não tem outro lugar para ir?

– Não. Por quê?

– Acho que a gente devia encher a cara.

Ben ri.

– Não vai rolar.

– Por quê?

– Eu estou aqui a trabalho. – Ele olha ao redor, como se alguém pudesse ouvir. – Estou representando a Universidade Columbia.

– E você está com medo de alguém te abordar com uma pergunta sobre *O chamado selvagem* e você estar bêbado demais para responder?

A expressão dele muda, e Ben se inclina para a frente, os olhos brilhando.

– Cara, eu poderia beber uma caixa de cerveja inteira e ainda conseguir contar cada detalhe da vida de Jack London.

Greta faz sinal para o barman servir outra rodada.

– Prove – diz ela.

Nove

Lá pelo terceiro ou quarto drinque, Greta vai ao banheiro e, quando volta, Ben a encara com uma expressão estranha.

– O que foi? – pergunta ela, e ele mostra o celular.

– Eu te pesquisei.

– Essa não – diz ela em um tom brincalhão, embora cada músculo do seu corpo tenha ficado tenso. – Isso não parece bom.

Ela procura sinais de pena, alguma indicação de que ele viu o vídeo, mas a expressão de Ben está maravilhada.

– Você é meio que famosa – diz ele, mostrando o celular, como se ela tivesse pedido prova.

Na tela está uma foto de uma sessão que ela fez para a *Rolling Stone* quando seu primeiro álbum saiu. Ela está usando um vestido preto colado e o cabelo escuro está preso bem alto, e alguma coisa na maquiagem ou na iluminação a faz parecer toda angulosa. Os olhos estão enormes, mais verdes do que o normal, e parecem desafiadores.

Obviamente, ele não foi muito longe na pesquisa. Aquela é a foto mais popular dela, a primeira que aparece em qualquer busca. Mas, ao olhar agora, Greta só consegue ver como estava nervosa, quanto estava suando sob o calor das luzes, a leve irritação nos cantos da boca, resultado dos insistentes pedidos do fotógrafo para ela olhar para ele sem olhar para ele, seja lá o que isso quer dizer.

– Você também é meio que famoso – diz ela enquanto se senta no banco ao lado dele.

Ben balança a cabeça.

– Não é a mesma coisa.

– Claro que é. Você é um autor best-seller. E faz o que ama.

– Eu não amo o que faço – diz ele, dando de ombros. – Não como você.

Ela ergue as sobrancelhas.

– Como você sabe? A gente acabou de se conhecer.

– Eu te vi tocar – admite ele, indicando o celular, que agora está na mesa entre os dois. Mesmo a barba não esconde o rubor.

– Viu?

– Vi, só por alguns segundos. Você é muito boa.

Greta começa a abanar a mão para descartar o comentário, como costuma fazer, como se não fosse nada de mais, como se nem importasse. Mas muda de ideia e assente.

– Obrigada.

O garçom volta e eles pedem outra rodada e alguns petiscos. São quase cinco horas agora e o bar está lotado. É quase alarmante conseguir esquecer com tanta facilidade que estão em um navio na costa do Alasca, e esse fato parece cada vez mais estranho para Greta sempre que ela lembra.

– E como você começou? – pergunta Ben, apoiando um cotovelo no balcão do bar. – É o que você sempre quis fazer? Você toca mais algum instrumento?

– Ben… – diz ela.

– O quê?

– Está parecendo uma entrevista.

– E se eu quiser te entrevistar? – Ele está sorrindo um pouco, os olhos grudados nos dela.

Ela toma um longo gole da bebida.

– Você não ama? Sério?

– O quê?

– Escrever.

Ele balança a cabeça.

– Eu não sou uma dessas pessoas que inventa histórias desde que era criança. Eu meio que caí nisso de paraquedas.

– Por ser professor?

– Por ser nerd.

Ela ri.

– Não é a mesma coisa?

– Engraçadinha – diz ele, encarando-a com os olhos semicerrados.

– Mas você pretende escrever mais livros?

Ele dá de ombros.

– Tenho contrato para escrever mais um, mas estou com dificuldade de começar.

– Sobre o quê?

– Herman Melville.

– Certo – diz ela. – Baleias.

– Entre outras coisas.

– E qual é o problema? É ele não ser Jack London?

Ela espera que ele dê outra risada, mas Ben não ri. Ele fica sério.

– Não sei. Talvez. Ganhei meu primeiro exemplar de *O chamado selvagem* em um bazar de garagem quando eu tinha 10 anos. Meus pais estavam comprando uma cadeira de balanço e, quando o cara me viu lendo em um canto, falou para eu ficar com o livro. Eu devo ter lido umas cem vezes. Gostei tanto que escrevi um trabalho para a faculdade sobre Jack London, dizendo que eu desejava ter o espírito aventureiro dele, que nunca tinha viajado mais de 100 quilômetros para longe da fazenda da minha família e que eu estava pronto para explorar o mundo. Acabou sendo minha passagem para sair de lá. – Ben passa a mão na barba, os olhos fixos na janela atrás deles, por onde é possível ver uma camada de neblina acima da água. – Quando falam que livros podem mudar as pessoas, eu sempre acho graça, porque sim, claro que podem. Mas no meu caso não é uma metáfora. Minha vida teria sido completamente diferente se eu não tivesse encontrado aquele livro. Ou se o livro não tivesse me encontrado.

Greta sorri.

– Nada como o primeiro amor.

– Bom, acabou sendo bem mais duradouro do que o meu verdadeiro primeiro amor – diz ele morosamente, então força uma risada. – Desculpa, ainda é meio novidade. Estar separado. Se bem que eu acho que as duas coisas estão meio entrelaçadas, de certa forma. Eu comecei a trabalhar em *Canção selvagem* logo depois que me casei e o livro ficou pronto uns seis meses atrás, quando tudo estava desmoronando. – Ele olha para o copo. – Agora essa história acabou e está na hora de começar outra. Só que eu estou tendo dificuldade de virar a página.

Greta não tem certeza se eles estão falando sobre os livros ou sobre o casamento dele.

– Pode ser difícil seguir em frente – diz ela. – Você se dedica tanto e depois tem que fazer tudo de novo, começando do zero. Existe um motivo para dizerem que toda segunda vez é amaldiçoada.

Ele a encara sem entender.

– Ah, você sabe, a maldição do segundo: muitos artistas tiveram estreias brilhantes e uma segunda tentativa totalmente fracassada.

– Aconteceu com você?

Ela toma um gole do drinque.

– Vamos ver. Vai sair em julho.

– Uau. Tenho certeza de que vai ser ótimo.

Greta assente, lutando contra o impulso de contar a história toda para ele. Nos últimos três meses, ela fez as maiores acrobacias em um esforço de evitar o assunto. Mas algo sobre conversar com um completo estranho, uma pessoa que ela nunca mais vai ver depois daquela semana, quase a faz querer se abrir. Quase.

– Às vezes – diz ele, remexendo na borda do porta-copos –, eu não sei bem se tenho outra história para contar.

Ela franze a testa.

– Você pode desistir de escrever?

– Eu gosto de dar aulas. E de conversar com as pessoas. Escrever é uma atividade solitária. É diferente de tocar.

– Também pode ser uma atividade solitária – admite ela. – Eu passo muito tempo na estrada.

– É, mas você tem uma banda.

– Não uma banda fixa. Só músicos que vêm e vão a cada turnê.

– Bom, você tem os fãs.

– Você também – diz ela. – Continua sendo solitário.

Eles se encaram por um longo momento. O chão se move, e Greta não sabe se é o álcool ou o navio. Uma música nova começa a tocar, e ela ergue os olhos para o teto, procurando os alto-falantes. Quando olha de novo para Ben, ele ainda a está encarando.

– Posso fazer uma pergunta? – diz ele, mas não espera a resposta. – Você quer todas essas coisas que seu pai quer para você?

Greta se remexe na cadeira. Faz muito tempo que ninguém lhe pergunta isso, muito tempo que ela não deixa alguém participar dessa parte de sua vida.

– Não sei – diz ela, por fim. – Às vezes acho que… talvez. Eu sei que o que tenho agora não vai durar para sempre. Mas eu também amo a minha vida. A liberdade. E eu gosto de ser egoísta. Sei a impressão que isso passa, mas eu gosto de poder passar um fim de semana inteiro trabalhando em uma música nova, se eu quiser. Eu gosto de estar na estrada duzentos dias por ano. E de poder jogar umas roupas numa bolsa e sair pela porta sem ter que dar satisfação a ninguém. É bom não ter coisas demais me prendendo. – Ela olha para ele com impaciência. – Eu sei que fico parecendo uma escrota. E sei que a maioria das pessoas não pensa assim. A maioria das pessoas quer segurança emocional. Quer ter alguém ao lado. Um companheiro.

– Você não quer?

– Não sei. Não é que eu não tenha tido relacionamentos. E alguns foram ótimos. Mas eu não me incomodo de… ficar sozinha. Às vezes, eu até gosto.

Ben assente.

– Não tem nada de errado nisso.

Ela gira o guarda-chuvinha de papel pelo copo.

– Eu me pergunto se vou mudar de ideia mais tarde, e se vai ser tarde demais. Eu não quero isso agora. – Ela olha para ele com expressão severa, como se Ben estivesse prestes a contra-argumentar. – Mas detesto pensar que a Greta do futuro vai ficar com raiva da Greta do presente por não ter sossegado na vida, sabe?

Ele ri.

– Eu ainda estou com raiva demais do Ben do passado por algumas coisas que ele fez para me preocupar com o Ben do futuro no momento.

– Você sente falta?

– De quê?

– De ser casado, ter uma companheira, uma casa.

Ele passa um dedo pela borda do copo.

– Eu sinto falta das minhas meninas.

– Me conta sobre elas.

A expressão que surge no rosto dele é tão genuína, tão docemente sincera, que Greta tem a impressão de saber bem o tipo de pai que ele é antes mesmo de Ben dizer uma palavra.

– Bom, Avery tem 6 anos e Hannah tem 4 – diz ele e pega o celular, provavelmente para mostrar fotos. Então ele muda de ideia e afasta a mão. – Avery ama unicórnios, livros e ninjas, e Hannah ama tudo que Avery ama.

– Parece que elas têm bom gosto.

– Têm mesmo – diz ele com um sorriso. – Elas são ótimas. Não me entenda mal, elas também dão trabalho. Mas são seres humaninhos engraçados e incríveis. – Ele dá de ombros. – É muito legal.

– E a mãe delas?

Greta mantém o rosto neutro ao perguntar. Ela não sabe bem por quê. Não pode estar interessada em Ben, pois ele é o oposto de tudo que ela procura em um homem. Ele parece uma versão artificial de alguém que ela poderia ter escolhido se sua vida tivesse seguido o caminho tradicional: o tipo de pessoa com quem se constrói um futuro, o tipo de futuro que inclui alianças de noivado e hipotecas, férias de verão e testes de gravidez, registros de nascimento e matrículas de pré-escola... todas as coisas que causam fobia em Greta.

Mas também há algo inegavelmente encantador nele, e Greta percebe que tem gastado tanta energia se perguntando por que ainda continua conversando com ele quanto costuma gastar elaborando uma desculpa para pular fora de situações como aquela.

– Ela... – começa Ben, se remexendo na cadeira. Tudo nele ficou tenso, dos ombros ao maxilar. – Nós não... Sei lá. Nós nos separamos oficialmente seis meses atrás. Ela ficou com as meninas em Nova Jersey e eu voltei para Nova York. Mas as coisas já estavam ruins bem antes disso. – Ele esfrega a barba e suspira. – A gente se conheceu no colégio.

– Ah – diz Greta, como se isso explicasse tudo.

– Nós terminamos por dois anos na época da faculdade, então ela não foi a única... – Ele para, balança a cabeça e recomeça: – Quando se conhece alguém há tanto tempo, a dinâmica entre vocês meio que se acomoda, como tinta secando ou cimento endurecendo. Não deixa muito espaço para mudança. E aí vocês têm filhos e essa é a melhor parte, de certa forma, mas também é a mais difícil, porque traz várias outras questões à tona, coisas que eram mais fáceis de ignorar antes de ter duas pessoinhas dependendo de vocês, e parte seu coração pensar em estragar a família só porque você não está tão feliz quanto acha que *poderia* estar, então você insiste. Só que há outras formas de estragar as coisas, formas mais lentas, e... – Ele olha para Greta. – Meu Deus, me desculpe. Eu não pretendia te tratar como terapeuta.

– Não se preocupe – diz ela. – Não tem problema.

– Enfim, estamos separados agora. E as coisas estão melhores. Mas também mais difíceis.

– É o tipo de separação que leva a um divórcio? – pergunta ela. – Ou é do tipo "dar um tempo"?

– Sinceramente? Não tenho ideia.

Greta assente.

– O que você quer que seja?

– Sinceramente? – repete Ben, abrindo um sorriso cansado. – Não tenho ideia.

Os alto-falantes anunciam que o navio está se aproximando de uma colônia de leões-marinhos, então eles terminam as bebidas e seguem pelo barco, ambos um pouco desequilibrados. Quando passam pela entrada do clube de jazz, Ben para abruptamente.

– Olha – diz ele, dando alguns passos para dentro e observando os assentos vazios e o palco silencioso.

Há uma fileira de guitarras coloridas penduradas acima do resto do equipamento e Greta olha para elas com anseio; é como encontrar um velho amigo em um mar de rostos desconhecidos.

– Você deveria tocar alguma coisa.

Ela balança a cabeça.

– Eu não posso simplesmente pegar uma.

– Ah, fala sério – diz Ben. – Isso não é muito rock and roll da sua parte.

– Acho que não tenho me sentido muito rock and roll atualmente – diz ela com um sorriso pesaroso.

Eles vão para o convés de estibordo, onde pestanejam sob a luz repentina. De manhã, tudo estava enevoado e pálido, a água prateada seguindo até onde os olhos de Greta alcançavam. Mas agora eles encontram uma paisagem totalmente diferente: água azul imóvel ladeada por enormes montanhas cinzentas. A passagem está pontilhada de pequenos pedaços de gelo boiando e há uma imobilidade sinistra no local, o sopro do vento fazendo o mundo parecer cheio de estática.

De repente, Greta se sente impressionantemente sóbria. Ela procura o pai e o restante do grupo, mas não os vê no meio das pessoas enfileiradas nas amuradas.

– Uau – diz Ben, baixinho, de forma quase reverente. Ela segue o olhar dele.

À frente há um amontoado de pedras cinzentas e, quando o navio se aproxima, um murmúrio coletivo se espalha entre os passageiros reunidos no convés. Primeiro, os leões-marinhos não passam de um monte de formas marrons, dezenas, talvez até mais. Mas logo eles conseguem ver cada um distintamente, os focinhos pontudos e as barbatanas poderosas. A maioria está dormindo ou deitada, os corpos como uma série de vírgulas e traços nas pedras. Outros levantam a cabeça para bocejar ou soltar um rugido e alguns mergulham na água com um *splash*.

Greta olha para Ben, que está observando, impressionado. Ela tem a sensação de que ele faria a mesma cara ainda que estivesse sóbrio, mas, para ela, tudo assumiu um aspecto meio surreal.

– Ano passado eu tive uma apresentação em São Francisco – diz ele –, e nós decidimos levar as meninas. Eu tinha tudo planejado. Ponte Golden Gate, Lombard Street, Alcatraz, tudo. Mas tudo foi por água abaixo quando chegamos ao Píer 39. Elas deram uma olhada naqueles leões-marinhos e se recusaram a ir embora. Ficaram hipnotizadas. Ficamos lá por horas, só vendo os leões dormirem ao sol. Foi um dia ótimo.

Greta sorri, mas está pensando nas férias da sua infância, que quase sempre passava acampando em Michigan. Asher reclamava dos insetos e Greta resmungava do peso da mochila; Helen, que tinha crescido viajando para a Europa, franzia o nariz para a panela de feijão no fogareiro; e Conrad ficava resmungando enquanto tentava montar a barraca sozinho. Mas depois eles se sentavam em volta da fogueira, as mãos grudentas dos marshmallows nos *s'mores*, os rostos brilhando no escuro, e havia uma ternura naquela cena que acompanhava Greta de volta à barraca velha e remendada onde os quatro dormiam lado a lado, ela e Asher entre os pais. Às vezes, Conrad esticava o braço por cima da cabeça deles para segurar a mão de Helen e Greta dormia assim, com as mãos dos dois entrelaçadas como uma coroa acima dela e o vento sacudindo as laterais da barraca.

Os leões-marinhos começam a sumir de vista, os rugidos soando à distância. Ao redor deles, as pessoas voltam para dentro do navio. Mas Greta e Ben ficam na amurada, vendo as montanhas passarem, sem conseguir sair dali.

– A gente devia entrar – diz ele por fim, e ela percebe que está tremendo. – Quer tomar uma última bebida para esquentar?

Antes que possa responder, Greta vê seu pai se aproximando, o gorro de lã puxado sobre a testa. Automaticamente, ela se endireita, como se fosse adolescente de novo, prestes a ser flagrada bebendo no meio do dia.

– Oi – diz ela com animação demais, e Conrad a encara com desconfiança. Ele olha para Ben e Greta sacode a cabeça. – Desculpe, este é Ben Wilder.

– É, eu sei – diz Conrad. – Eu vi a palestra dele hoje à tarde. Com você.

Greta assente.

– É mesmo. Bom, eu queria saber mais e…

– Vocês estão trocando muitas ideias sobre Jack London – diz ele, o olhar pousando em Ben com certa diversão. – Acho que existem jeitos piores de passar o dia.

– Não de acordo com os meus alunos – diz Ben, sorrindo.

Conrad se vira para Greta.

– Viu os leões-marinhos?

– Vi. Achei incrível.

– O que mais você andou fazendo?

Ela dá de ombros.

– A gente foi conhecer um dos bares.

– Ah, é? – diz ele, com surpresa fingida. É tão inesperado que Greta ri.

– Beber rum é bom para os ânimos quando se está num barco – informa ela enquanto, ao seu lado, Ben assente com jeito professoral. – Foi o que eu ouvi dizer.

– Não posso argumentar contra isso – diz Conrad. – Mas isto não é um barco. É um navio.

– Viu? – diz Ben, se virando para Greta com um sorriso. – Eu te disse.

Por um segundo, as palavras pairam entre os dois, inofensivas e banais. Então o rosto de Conrad se fecha. *Merda*, pensa Greta enquanto o observa. Leva só um segundo. De repente, o olhar dele se volta para o chão do convés de madeira e seus ombros ficam tensos. Quem não o conhece pensaria que Conrad só está mal-humorado, pelo jeito como o calor sumiu dos seus olhos quando ele volta a erguer o rosto. Pensaria que ele é imprevisível.

Mas Greta o conhece.

Sua mente ainda está lenta, mas o coração acelera.

– O que você vai fazer o resto do dia? – pergunta ela, tentando parecer casual, mas fracassando. Tenta disfarçar, como uma pré-adolescente desesperada para fazer as pazes com os amigos que estão com raiva dela.

A voz dele soa fria:

– Eu já lhe dei a programação.

– É verdade – diz Greta, piscando rápido. – Não sei se vou conseguir ir ao jantar, então vamos combinar de nos encontrarmos no café amanhã?

Conrad ainda está com uma expressão dura.

– Como quiser – diz ele, e, enquanto se afasta, acrescenta: – A gente se vê… ou não.

Quando ele vai embora, Ben solta um assovio baixo.

– Então esse é seu pai.

Greta consegue assentir.

– Você deve estar pronta para aquela bebida agora.

Mas ela não está. De repente, se sente exausta. E só quer ficar sozinha.

– Acho que vou voltar para a cabine – diz ela, já andando na direção das portas de madeira.

– Claro – diz ele, indo atrás dela. – Acho que eu devia fazer o mesmo. Ainda tenho uns trabalhos finais para corrigir. – Ela o encara com ceticismo e ele ri. – Depois de algumas xícaras de café.

Dentro do navio, eles passam pelo casal que ela viu no elevador de manhã, a mulher seguindo devagar pelo corredor, um passinho de cada vez.

– Nenhuma queimadura – diz ela, parecendo satisfeita.

– Nenhuma – diz Greta quando eles passam por ela.

Ben a encara, achando graça.

– Outra fã sua?

– Mais ou menos – diz ela.

A fila de espera dos elevadores está grande, todo mundo falando com animação sobre os leões-marinhos. Sem debater, Greta e Ben se viram e sobem a escadaria com tapete vermelho.

– Eu posso perguntar... – diz ele, olhando para ela de esguelha. – O que aconteceu?

Greta suspira.

– Sabe aquele jogo em que você deve evitar dizer certa palavra ou frase?

– Sei.

– Bom, você falou.

– Eu? – pergunta ele, surpreso. – Qual era?

– "Eu te disse".

Ele franze a testa.

– Você me disse... para não dizer?

– Não. Essa é a frase.

– Estou confuso.

– É o título de uma das minhas músicas – explica Greta, respirando com mais dificuldade enquanto sobem mais um lance de escadas. – Meu primeiro grande sucesso.

– Ah – diz ele, fazendo uma expressão de compreensão. – E é sobre o seu pai.

– É.

– Imagino que não seja uma música de amor.

– Não exatamente.

Ele assente.

– Foi muito ruim?

– A música ou as consequências?

– As consequências. A música deve ser ótima.

– É mesmo – diz ela, sorrindo, e decide deixar por isso mesmo.

Ela para quando eles chegam ao sétimo andar. Ben também para.

– Eu fico aqui – diz ela, indicando o corredor interminável, cheio de portas.

Quando eles se viram um para o outro, ela percebe como ele é alto e, sem querer, pensa na logística de beijá-lo, se ficar na ponta dos pés seria suficiente ou se ele teria que se abaixar também. É verdade que ele foi ficando mais atraente a cada bebida, com o sorriso fácil, o calor no olhar, a forma como ele se inclina para a frente quando ela fala, como se não só estivesse ouvindo, mas absorvendo tudo que ela diz. Mas isso não faz sentido, porque Ben ainda é tecnicamente casado e ela ainda está tecnicamente na fossa, e o único motivo para aquilo estar passando pela cabeça dela é que os dois estão bêbados e sozinhos no meio do nada. No mundo real, em terra firme, à luz do dia, um relacionamento entre eles seria totalmente errado.

Enquanto olha para os lábios dele, ela se vê pensando em Jason, depois em Luke e na esposa de Ben em casa com as duas filhas dele. O barco está se inclinando sob os pés dela e é difícil dizer se é o álcool ou o oceano, o que é real e o que não é. Ela coloca a mão na parede para se firmar e Ben fica sobressaltado pelo movimento. Algo passa pelos olhos dele, mas Greta não sabe o que é. Ele pigarreia.

– Eu acho que o Ben do futuro ficaria com muita raiva do Ben do presente se eu não perguntasse se a gente pode se ver de novo.

Greta sente uma onda de alívio e uma onda de prazer. Ela assente, desajeitada.

– Eu vou estar por aí.

– Que bom – diz ele, dando alguns passos para trás. – Eu te encontro, então.

– Obrigada – diz ela, já seguindo pelo corredor.

E, apesar de saber que é a coisa errada a dizer, uma resposta que não se encaixa na conversa, também é verdade. Ela gostaria muito de ser encontrada.

SEGUNDA-FEIRA

Dez

Em algum momento depois da meia-noite, o telefone da cabine toca. O cérebro confuso de Greta está tão convencido de que é o despertador que, quando ela o derruba no chão e os números vermelhos se apagam e o quarto sem janelas fica escuro, o toque parou.

Porém, começa de novo alguns segundos depois e desta vez ela atende.

– Eu estou em quarentena – diz a voz do outro lado, e Greta leva alguns segundos para formular uma pergunta.

– O quê?

– Em quarentena – repete ele. – No meu quarto.

– O quê? O que houve? Está tudo bem?

Seu pai solta um suspiro pesado.

– Meu estômago anda esquisito e eu liguei para ver se conseguia o reembolso pelo passeio à fábrica de enlatados amanhã, mas o pessoal do navio parece surtar quando os passageiros não se sentem bem...

– Enlatados...?

– Em Juneau – diz ele com impaciência. – Nós íamos... Quer saber? Deixa pra lá. A questão é que eu fui deixado em quarentena.

O navio balança com força de um lado para outro, e Greta fecha bem os olhos, pensando que não deveria ter bebido tanto ontem.

– Você está doente? – pergunta ela, se sentindo meio enjoada.

Conrad solta um grunhido.

– Eu estou bem. Basta vomitar um pouco para te tratarem como o Paciente Zero de uma pandemia. E daí que a porcaria do navio está sacudindo como se a gente estivesse no Triângulo das Bermudas? Eu juro que...

– Então você não pode sair do quarto?

– Não.

– Por quanto tempo?

– Pelo menos mais dezoito horas.

– Meu Deus.

– Pois é.

Os dois ficam em silêncio por um segundo.

– Quer que eu vá aí?

– Ninguém pode entrar – diz ele, sem se dar ao trabalho de esconder a exasperação. – Esse é o objetivo de uma quarentena.

Ela tenta não transmitir o alívio na voz.

– Ah, bem, precisa de alguma coisa?

– Eu vou ficar bem – diz ele. – Você pode avisar aos outros que não vou ao passeio de amanhã? Pode ir no meu lugar, se quiser. É para a fábrica de enlatados e depois haverá um passeio de bondinho.

– Ah – diz Greta, e sua voz sobe uma oitava: – Está bem. Talvez eu…

– Você não precisa ir – diz ele com mau humor.

Novamente, há uma pausa. O quarto está tão escuro que ela quase parece flutuar. Greta segura o telefone com mais força e se lembra de como saía para o quintal depois que eles brigavam, ficava sentada no balanço até estar tão escuro que não conseguia mais enxergar. Eles brigavam por tudo na época: por causa das notas dela, porque ela saía escondido, porque ela se importava mais com o violão do que com matemática, ciências ou com qualquer outra coisa, na verdade.

Mesmo naquela época, ela sentia falta dos dias em que Conrad ficava na entrada da garagem vendo-a tocar, uma silhueta contra o sol poente. Mas ela não era mais uma menina de 8 anos com um violão gigante nas mãos, mordendo a língua em concentração. Ela tinha 12 anos, depois 13, depois 14, sempre trajando camisa de flanela e um All Star surrado, já irritada com a grande injustiça de crescer nos arredores de Columbus, onde nada acontecia. Àquela altura, seu pai já tinha visto o suficiente para saber que a perderia para a música, que ela escolheria isso em detrimento de todo o resto. E o grande holofote da atenção dele tinha se voltado para Asher, que era artilheiro do time de futebol americano da escola, se esforçava em matemática, usava moletom da Universidade de Ohio e sonhava com as mesmas coisas com que Conrad já tinha sonhado, mas nunca alcançara: faculdade, oportunidades, vantagens.

No verão em que fez 15 anos, Greta viu um anúncio na loja de discos para onde ia depois de ensacar compras, uma banda procurando um guitarrista, e, quando apareceu para a audição, todos eram mais velhos, com 18, 19 e até 20 anos. Olharam para ela com sorrisinhos condescendentes até ela começar a tocar; então ofereceram a vaga para ela na mesma hora. Os ensaios eram todas as noites às nove, justamente o horário-limite para ela voltar para casa durante a semana, o que a fez aperfeiçoar a arte de sair escondido. Mas às vezes era pega. Quando isso acontecia, sempre havia outra briga, mais uma em uma série de muitas, tantas que ela ficou entorpecida, tantas que ficou difícil se importar com o que ele pensava.

Quando ela estava no segundo ano do ensino médio, os companheiros de banda tinham ido para a faculdade, mas isso não foi um problema. Eles nunca faziam nenhum show, só ensaiavam no porão de um garoto chamado Topher, e Greta era melhor do que eles. Mas ela continuou saindo sorrateiramente mesmo assim. Continuou escondendo cigarros no quarto. Continuou pegando carona para o centro sempre que uma banda de que ela gostava tocava em uma das casas de show. E, assim, as brigas continuaram. Helen fazia o possível para ser a mediadora, para absorver ou desviar a amargura que fluía entre os dois, mas mesmo assim Greta acabava indo parar no quintal frio, sentada no balanço, às vezes furiosa, às vezes chorosa, às vezes imaginando como seria ter um tipo de vida diferente, em um lugar diferente, com um pai diferente.

De vez em quando, ele ia se juntar a ela. Conrad nunca pedia desculpas ou se explicava, embora Greta desconfiasse que sua mãe o tivesse enviado para isso. Ele era teimoso demais. E ela também. Então ele só se sentava no balanço ao lado do dela, a viga estalando acima deles, e por muito tempo os dois ficavam ali, olhando para as estrelas.

Eles sempre se entenderam melhor com o silêncio.

– Sinto muito – diz Greta enfim, o telefone pressionado contra o ouvido – por você perder Juneau.

A voz de Conrad soa mais suave:

– Eu também.

– Vou ver como você está quando eu voltar.

– Você não pode...

– A quarentena – diz ela. – Eu sei. Eu quis dizer que vou ligar.

– Ah. Tudo bem.

Na escuridão profunda, ela se pega assentindo.

– Tudo bem.

Ele desliga.

Ela pega no sono imediatamente, o tipo de sono pesado e sem sonhos que costuma ter depois de um show. Quando acorda, procura o telefone na mesa e vê que já são quase nove horas.

O bufê fica no convés das piscinas e está lotado. Duas crianças passam correndo com donuts cobertos de açúcar enfiados nos dedos como se fossem anéis e um atendente empurrando um homem idoso em uma cadeira de rodas tenta abrir caminho na fila para o café. As mesas estão espalhadas perto das janelas, e Greta vê Mary e Eleanor sentadas a uma delas, as cabeças curvadas sobre um celular.

Por um segundo, ela para, abalada pela imagem das duas juntas assim, pensando que sua mãe deveria estar ali. Para Helen, aquelas mulheres eram parte da família tanto quanto Greta, Asher e Conrad; as três trocavam segredos de jardinagem e dicas para pedir aumento, organizavam as refeições quando alguma delas estava doente e davam festas nas ocasiões especiais. Elas passavam verões no quintal umas das outras e invernos à mesa da cozinha umas das outras. Eram melhores amigas, mas também eram da família.

E agora só restam duas.

Quando Greta se aproxima da mesa, Eleanor sorri para ela.

– Mary estava me mostrando umas fotos do pedido de casamento – diz ela, e vira o celular.

Greta não tem tempo para se preparar. De repente, está vendo uma foto de Jason ajoelhado, sorrindo para uma linda mulher asiática que parece ter saído de um catálogo da loja J.Crew.

– Foi no Central Park – diz Mary com orgulho. – Ela ficou chocada.

Quem não ficou?, Greta tem vontade de dizer, mas não diz.

Anos atrás, ela e Jason estavam em um bar no East Village quando um cara, como num passe de mágica, fez um anel aparecer do buraco de enfiar moedas de uma máquina de pinball. E ali mesmo, no chão molhado de cerveja, ele ficou de joelhos e a garota caiu no choro. Jason se virou para Greta e revirou os olhos.

– O que foi? – perguntou ela. – O que *você* faria?

– Eu não faria – disse ele simplesmente.

Era uma das coisas que eles tinham em comum, essa aversão a compromisso, a amarrar sua vida à de outra pessoa. Quando ela ficava na casa dele, ele fazia questão de botar a pasta de dente no lugar certo depois que ela a usava. Quando acordavam de manhã, ele seguia a rotina como se ela não estivesse lá. E, por Greta, tudo bem, porque ela fazia o mesmo nas raras ocasiões em que ele dormia na casa dela. Eram duas pessoas independentes com desejos claros: alguém na cama à noite e fora dela logo cedo.

Até agora, ao que parecia.

– Uau.

Greta observa melhor a foto, procurando sinais da infelicidade de Jason como um agente do FBI examinando um vídeo de reféns. Mas não há nenhum. Ele parece feliz da vida em cima de uma pedra no Central Park, pedindo em casamento a mulher que ele supostamente ama.

– O que ela faz? – Greta se pega perguntando.

– É veterinária – diz Mary, ainda sorrindo para a foto. – Ela tratou o cachorrinho dele e foi assim que eles se conheceram.

– Ele tem um cachorro? – pergunta Greta, imaginando os tapetes brancos do apartamento moderno no arranha-céu. – Desde quando?

Mary franze a testa.

– Um ano, mais ou menos.

– Vocês nunca se encontravam? – pergunta Eleanor. – A Grande Maçã não pode ser *tão* grande assim.

– É maior do que você pensa – diz Greta, taciturna.

Davis e Todd voltam com os pratos cheios de panquecas. Eles formam uma dupla estranha: Todd, magrelo, pálido e tão o estereótipo de um administrador de seguros que chega a ser estranho que ele *seja* exatamente isso, e Davis, alto, de ombros largos e atlético, com uma personalidade ainda mais forte.

– Oi, garota – diz Davis enquanto se senta quase desajeitado em uma cadeira pequena demais. – Fiquei sabendo que seu pai passou a noite fazendo amizade com o piso do banheiro.

– Você falou com ele?

Ele assente enquanto derrama calda sobre as panquecas.

– Ele não está bem.

– Ele não pareceu mal ontem à noite. Só irritado.

– Bom, ele está irritado também – diz Davis. – Mas vai ficar bem.

– Concluímos que não foi a comida – diz Eleanor, olhando com atenção enquanto Todd coloca uma garfada de ovos na boca –, porque nós todos estamos bem.

– Ele deve ter pegado alguma virose antes de a gente embarcar – concorda Mary. – Espero que melhore logo.

Por baixo da mesa, Greta manda uma mensagem rápida para ele: Tudo bem?

Conrad responde na mesma hora com um sarcástico Ótimo.

– Você vai ao passeio no lugar dele hoje? – pergunta Davis, e Greta ergue o rosto novamente. – A gente vai ver como enlatam salmão.

– Depois vamos subir o monte Roberts – completa Todd, empurrando um livreto para Greta por cima da mesa. Na página, há um bondinho vermelho pendurado em um cabo que sobe pela lateral de uma montanha coberta de árvores. – Espero que a gente consiga ver uma perdiz-fuliginosa lá em cima.

– Que nome engraçado – diz Eleanor.

– Ela aparece muito nas cadeias montanhosas da costa do Pacífico.

Greta está ocupada examinando as fotos do bondinho. Ela não sabe se consegue passar um dia inteiro com eles. Não só porque Davis vai fazer mil perguntas ao guia e Mary vai tentar incluir Greta em tudo e Eleanor vai obrigar todos a tirarem fotos bobas lá no alto e Todd vai ficar andando de um lado para outro fazendo barulho de pássaro.

É porque eles deveriam estar fazendo aquilo tudo com a mãe dela.

Mary parece ler a mente dela.

– Sem pressão – diz ela. – Temos uma vaga sobrando no barco de 13h20, caso você esteja interessada. – Ela empurra outro livreto na direção de Greta. – Mas, se não estiver, você não vai ficar entediada em Juneau.

– Obrigada – diz Greta com um sorriso agradecido, e leva o livreto quando vai para o bufê.

Enquanto espera uma omelete na fila, ela folheia as várias opções de passeio: observação de baleias e passeios de helicóptero e de trenó puxado por cachorros. Quando muda para uma foto da geleira Mendenhall, branca, íngreme e enorme, ela se dá conta de que já a viu antes: no calendário da mãe, em Ohio.

Ela olha para a frente de novo, o coração saltando.

Sobre a cabeça das outras pessoas, as janelas estão pontilhadas de chuva, tudo lá fora enevoado. Ela observa a foto. É impossível ter ideia da extensão daquilo; ela imagina que seja enorme, mas na foto parece só um trecho de neve preso entre duas montanhas.

Mesmo assim, de repente ela está louca para vê-la.

Onze

Mesmo andando nas tábuas de madeira da plataforma, Greta ainda parece sentir as ondas sob os pés. É a primeira vez em dois dias que pisa em terra firme. O ar tem cheiro de agulhas de pinheiro úmidas e promessa de chuva, e uma neblina baixa paira sobre o porto de Juneau, um amontoado de lojas e restaurantes coloridos com uma montanha íngreme se erguendo até o pico nebuloso ao fundo. Ela fecha o casaco impermeável, mais um tirado do armário da mãe. Conrad lhe entregou as duas peças sem cerimônia nenhuma quando eles se encontraram no aeroporto naquela primeira manhã em Vancouver, supondo (corretamente) que ela não tivesse feito as malas de forma adequada para uma viagem como aquela.

Greta gira em um círculo pequeno, tentando entender o que fazer em seguida. Ao seu redor, outros passageiros andam com determinação, segurando bilhetes e itinerários, ansiosos para iniciar suas aventuras. Ela vê uma fileira de barraquinhas de madeira, cada uma com uma placa de atividade diferente: ciclismo na montanha, voos de helicóptero, hidroaviões. Uma delas diz GELEIRA MENDENHALL, e ela vai até lá. O cara na janelinha, que tem dreads louros e uma expressão de tédio, ergue o rosto do celular.

— Bicicleta, trenó de cachorros ou caiaque?

Ela balança a cabeça.

— Eu só quero ver a geleira.

— Certo — diz ele lentamente. — De bicicleta, de trenó ou de caiaque?

Ela o encara sem entender.

— Não dá para… andar?

– Fica muito longe – diz ele e volta a olhar o celular.

– Não, eu quis dizer quando chegar lá.

Ele aponta pela janela para a esquerda.

– Tem um ônibus da cidade ali. Ele te deixa no centro de visitantes. O próximo deve estar chegando.

Quando ela se vira, Ben está logo atrás.

– Oi – diz ele, com um sorriso tímido.

– Oi – diz ela, e indica a janela por cima do ombro. – Mendenhall?

– Tem 21,9 quilômetros de altura. Diminuiu 2,8 quilômetros desde 1929. Tem um lago com ecossistema próprio. – Ele para quando vê a cara dela. – Não era isso que você estava perguntando.

– Não. Eu só queria saber se você também vai para lá.

– Ah – diz ele, as sobrancelhas subindo acima dos óculos. Ele olha para o cara de dreads, que agora está limpando as unhas com o canto de um cartão de crédito, e de novo para Greta. – Vou, sim.

– De bicicleta, trenó puxado por cachorros ou caiaque?

Ele parece perdido.

– O quê?

– Esquece. Tem um ponto de ônibus ali.

Eles compram passagens em uma máquina de aparência velhíssima e esperam na esquina sob a chuva leve até o ônibus aparecer. O interior tem cheiro de mofo e Greta quase espera encontrar chiclete grudado no teto, como nos ônibus escolares antigos que pegava quando criança. Quase todos os assentos verde-oliva estão ocupados e não há escolha a não ser dividir um banco. Eles se sentam no único vazio, primeiro Greta, depois Ben, que precisa virar as pernas compridas para o corredor.

Enquanto sacolejam pelo centro de Juneau e pegam a rodovia que ladeia a água, eles não conseguem evitar encostarem um no outro a cada curva.

– Desculpa – murmura Greta em determinado ponto, segurando o encosto do assento à frente, mas então eles viram para a esquerda e é a vez de Ben pedir desculpas. Depois de um tempo, fica meio engraçado.

Eles são deixados no estacionamento de cascalho de um centro de boas-vindas, perto de uma placa que lista várias rotas de caminhada até a geleira. Está chovendo mais forte agora e, embora os dois estejam com casaco impermeável, não levaram guarda-chuva. A chuva pinga dos cílios e da ponta do nariz de Greta, e seu tênis, um Vans bem surrado, já está encharcado.

Ben, que obviamente está de botas de trilha, tirou um guia do bolso. Ele o lê com atenção enquanto as páginas vão ficando mais e mais úmidas.

– Podemos ir até um mirante no centro de visitantes ou caminhar até o rio para ver de perto...

Ele olha para Greta e, por um momento constrangedor, eles se encaram, tentando avaliar se vão fazer isso juntos ou não. O vento aumenta, soprando a chuva para o lado, e Greta olha em direção ao início da trilha.

– Vamos pela trilha – diz ela, já começando a andar, e Ben tenta esconder a surpresa enquanto se apressa atrás dela, guardando o guia no bolso.

Não demora para a geleira aparecer, e os dois param. De longe, poderia ser confundida com uma camada grossa de neve serpenteando entre duas montanhas como um grande rio congelado. Mas eles estão perto o suficiente para ver os pontos irregulares de onde o gelo se soltou e as escarpas em tons de azul de outro mundo. Greta sente alguma coisa se aquietar dentro de si diante daquela vista. É igualzinho à foto do calendário da mãe.

Eles ficam observando por muito tempo enquanto a chuva cai e as nuvens se deslocam no céu, enquanto pessoas passam por eles, tirando fotos e posando para selfies. Num impulso, Greta pega o celular, mas desiste. Não tem como capturar aquilo em uma foto.

– Uau – diz Ben, virando-se para ela. O cabelo grudou em sua testa e ele está começando a tremer, mas seus olhos estão brilhando. – Nós estamos no Alasca.

Greta não consegue deixar de sorrir do tom maravilhado dele.

– Nós estamos no Alasca.

Eles continuam seguindo a trilha enlameada na direção do lago que os separa da geleira, a chuva batendo no casaco. Ao longe, o laranja vibrante de um caiaque corta a neblina e dois falcões passam voando em círculos baixos no céu.

– E aí? – diz Ben conforme eles descem uma ladeira pequena, os sapatos escorregando na lama. Os calçados de Ben são perfeitamente funcionais, mas os de Greta são totalmente inadequados. – O resto do seu grupo não quis acompanhar você?

– Meu pai não está se sentindo bem e os outros foram conhecer a fábrica de enlatados.

– Isso parece... – ele procura a palavra certa... – nojento.

Greta para e levanta o tênis coberto de lama.

– Bem diferente disto.

– São amigos da família? Os outros?

– São, eu conheço todos desde que era criança. Meus pais conheceram Eleanor e Todd depois que a filha deles mordeu meu irmão no jardim de infância. Mary e Davis moram na casa ao lado desde que eu estava no fundamental. – Ela empurra o galho de uma árvore, que respinga água nos dois, mas eles já estão molhados demais para se importarem. – Minha mãe... os amava muito. Essa viagem foi ideia dela. Ela sempre inventava atividades para o grupo: boliche, colheita de maçãs e festas do Super Bowl, coisas assim. No Natal ela reunia todo mundo e nos fazia cantar canções típicas pelo bairro.

– Até o seu pai?

– Até o meu pai – diz Greta com um sorriso. – Ele sempre resmungava, mas acho que parte dele secretamente amava aquilo. Ou talvez fosse só porque ele amava a minha mãe. – Essa última parte sai com a voz embargada, mas Ben parece não reparar. – Além do mais, se não fosse ela, ele ficaria em casa vendo beisebol o tempo todo.

Ben olha para ela e Greta morde o lábio ao perceber o que falou.

Se não fosse ela.

A geleira aparece de novo, uma fatia estreita entre as árvores. Ben caminha devagar, acompanhando o passo dela, com o tecido do casaco farfalhando cada vez que se encostam.

– Como ele está com isso tudo? – pergunta ele.

– Bem, eu acho. – Ela chega para o lado para deixar outras pessoas passarem. Quando elas se afastam, Greta diz: – É a primeira vez que eu o vejo desde o enterro.

Ben se vira para encará-la.

– Você não o via fazia três meses?

– Eu te falei, a gente não é muito próximo.

– É, mas... ele deve estar muito triste.

– Eu também estou – diz ela, e as palavras saem em um tom mais amargo do que pretendia.

– Bom, ele deve se sentir solitário.

– Ele tem o meu irmão.

– Você já tentou conversar com ele sobre o assunto? – pergunta Ben, sem conseguir compreender.

– Ele não é esse tipo de pai.

– Como você sabe se não tentar?

– Ah, fala sério – diz ela com um sorriso irônico. – Quando eu era criança, carregava por aí um caderno cheio de letras de música horríveis. Você acha que eu não me abria com os meus pais em todas as chances que tinha?

Ele ri.

– Faz sentido.

– Sempre que a gente brigava, eu escrevia cartas enormes e ridículas explicando todos os meus sentimentos... e, acredite, eu tinha muitos. Eu enfiava as cartas por baixo da porta do quarto deles. Você não sabe o que é drama se não viu o textão de uma menina de 12 anos depois que os pais dela não a deixaram ir à primeira festa de Casey Huang.

– De repente, fiquei com medo da pré-adolescência – diz ele com um sorriso.

– Sempre funcionava com a minha mãe. Ela ia ao meu quarto na mesma noite, se deitava na cama comigo e a gente conversava sobre tudo. Mas meu pai nem sequer as lia.

Ben parece chocado.

– Não?

Greta balança a cabeça.

– Uma vez, ele abriu a porta do quarto na hora em que eu estava enfiando o envelope pelo vão. Minha mãe ainda estava no andar de baixo, então ele estava sozinho lá. Eu percebi que ele ainda estava furioso comigo. Eu tinha pegado o cartão de crédito deles para comprar um CD...

– Qual?

– O novo da Sleater-Kinney. Obviamente.

Ele ri.

– Obviamente.

– Ele perguntou se eu tinha ido pedir desculpas e eu falei que tudo que eu tinha para dizer estava na carta, em que eu argumentava, claro, que minha mesada merecia um aumento para eu poder comprar CDs. Mas ele a pegou no chão e a rasgou em pedacinhos.

– Que horror – diz Ben, em tom sincero. – Não me admira você ter escrito aquela música.

– Como assim?

Ele dá de ombros.

– Você tinha que encontrar outra forma de fazer com que ele a ouvisse.

Greta para e o encara, impressionada por ser compreendida de forma tão espontânea. Acima deles, os pássaros estão piando e um único feixe de luz do sol atravessa as árvores. A geleira parece enorme dali, dramática em meio à neblina. Os dois voltam o olhar para lá por um momento e recomeçam a andar.

– Sabe – diz Ben, as botas fazendo um barulho de sucção na lama quando ele a segue –, quando Emily engravidou, eu fiquei morrendo de medo. Tinha acabado meu doutorado e estava trabalhando em horário integral como professor e no livro, e teria ficado bem feliz de continuar do mesmo jeito. Acho que você vai entender isso melhor do que a maioria das pessoas, mas eu tendo a me perder no meu trabalho e esquecer todo o resto.

À frente dele, Greta inclina a cabeça para o lado para mostrar que está ouvindo.

– Só ficamos noivos porque tínhamos ido a nove casamentos naquele verão e brigamos na volta do último. Ao que parecia, estávamos juntos havia mais tempo do que todos aqueles casais, mas eu ainda não tinha feito o pedido.

– E por que não? – pergunta ela, deixando que ele a alcance.

– Sinceramente? Nunca passou pela minha cabeça.

Greta sorri.

– E quanto tempo você demorou para pedir?

– Eu pedi naquele mesmo instante – diz ele com uma risada. – Estávamos de ressaca e presos no trânsito, voltando dos Hamptons para Nova York. Ela parou no acostamento e me obrigou a sair do carro e me ajoelhar.

– E ela aceitou?

– Ela aceitou – conta ele. – Mas ter um filho… Isso me pareceu diferente. Maior. Mais assustador. Não estávamos nem tentando, e fui pego totalmente desprevenido. No dia em que descobrimos, fiz uma lista de coisas que eu queria ser como pai. Honesto. Encorajador. Gentil. E aí Avery chegou e era só choro e fraldas sujas e mamadas no meio da noite, não dá tempo para pensar em um bando de adjetivos quando você está coberto de golfadas. – Ele olha para ela. – A verdade é que ser pai ou mãe é bastante instintivo. Às vezes você acerta, às vezes não. Você dá o que pode. No fim das contas, a maior parte da paternidade é uma questão de estar presente.

Greta abre a boca para falar alguma coisa, mas, antes que consiga, Ben se apressa em continuar:

– Olha, eu sei que a gente acabou de se conhecer e que eu não conheço muito seu pai. É totalmente possível que ele seja o maior cretino da face da Terra. Mas ele também pode ser um cara que passou a vida só reagindo, se esforçando e talvez nem sempre acertando. O importante é que parece que ele quer estar presente agora. E ele quer que você esteja aqui também.

– Só que foi meu irmão quem sugeriu que eu viesse – diz Greta.

Ben sorri como um advogado prestes a encerrar o caso.

– Se seu pai não quisesse você no navio, duvido que você tivesse vindo.

Isso nem tinha passado pela cabeça de Greta. Quando ela finalmente ligou para Conrad para sugerir ir com ele (alguns dias depois de ter prometido a Asher que iria), ele rapidamente dispensou a oferta dela.

– Eu não preciso de babá – disse ele, para o alívio de Greta, e sua insistência fraca não o fez mudar de ideia.

Mas, no dia seguinte, ela acordou se sentindo culpada. Foi alguma coisa no jeito como ele atendeu o telefone, a voz menos mal-humorada do que o habitual, mais lamuriosa. Ela abriu o site da companhia do cruzeiro para ver se ainda havia cabines disponíveis e, quando viu que sim, ela suspirou. Na segunda vez que seu pai atendeu, ela nem perguntou.

– Já fiz a reserva – disse ela.

Alguns segundos se passaram antes de ele responder:

– Está bem.

Ela e Ben continuam andando em silêncio, Greta mergulhada em pensamentos enquanto eles sobem uma ladeira de volta ao centro de visitantes. Depois de um tempo, a chuva recomeça em peso, e Ben olha para ela com uma expressão arrependida.

– A gente devia ter voltado antes – diz ele, apertando os olhos para o céu. – Desculpa.

– Tudo bem – diz ela. – Eu não me incomodo de andar.

– Nem eu. É minha parte favorita de ter voltado para Nova York, na verdade. Eu posso andar por horas.

– Eu também. Principalmente quando estou compondo. Me ajuda a pensar.

– Comigo é igual. Onde você mora?

– No East Village.

Ele assente, como se fosse o esperado.

– Aposto que você é uma daquelas pessoas que nunca passam da Fourteenth Street.

– Depende do que tem depois da Fourteenth Street – diz ela e sorri. – Lembra aquela tempestade de fevereiro? Quando fecharam o metrô? Eu andei até o Central Park debaixo daquela nevasca. Levei uma eternidade. Havia quase 50 centímetros de neve quando eu cheguei lá e precisei pegar um táxi para casa porque não conseguia sentir os dedos dos pés. Mas compus uma música inteira naquele dia.

Ben está olhando para ela com uma expressão estranha.

– Eu também.

Ela franze a testa para ele.

– Você compôs uma música?

– Não. Eu andei até o Central Park naquela tempestade.

– É mesmo?

Ele assente.

– Eu adoro andar na neve.

– Eu também – diz ela. – As ruas ficam tão tranquilas.

– E parece que a cidade é toda sua.

Ela balança a cabeça.

– Não acredito que você também estava lá.

– Foi bem surreal – diz ele com uma expressão distante.

Ela sabe exatamente do que Ben está falando: as rajadas de neve, que começaram a se acalmar quando escureceu; os sons do mundo, depois de horas de vento e barulho, que pareceram ficar abafados. Os postes de luz estavam cobertos de branco e emanavam um brilho sobrenatural, e todo mundo por quem ela passou se movia lentamente pela neve pesada que cobria o chão, como se em um sonho. É tão estranho pensar agora que uma daquelas pessoas podia ser Ben.

– Imagine se a gente tivesse se encontrado – diz ele, como se pudesse ler os pensamentos dela.

– Sei lá. O parque é grande.

– É, mas essa é a questão de Nova York. Sempre reúne pessoas em momentos inesperados. Isso é parte da magia da cidade. Uma vez, eu dei de cara com o meu melhor amigo do segundo ano no meio do Grande Gramado.

Ela sorri.

– Bom, eu estava perto da Central Park South.

– Eu também estava pertinho dali – diz ele, dando de ombros. – Devemos ter passado um pelo outro como navios se cruzando na noite.

– É, como navios se cruzando na noite – concorda ela.

Doze

Eles pegam o ônibus de volta até Juneau com as roupas molhadas e ficam na plataforma do porto, vendo os hidroaviões decolarem. São só cinco da tarde, o que significa que eles ainda têm quatro horas até o navio zarpar. Ben tenta folhear o guia de novo, mas as páginas estão tão molhadas que é quase impossível virá-las. A chuva começa a cair com mais força e eles desistem completamente.

– Vamos procurar um bar – sugere ele.

Os dois seguem para uma das ruas principais.

Eles passam direto pelos primeiros estabelecimentos porque estão lotados de turistas. O terceiro está mais vazio e parece saído de um filme antigo de faroeste, com lareira no canto e paredes com painéis de madeira, espelhos antiquados com reflexos borrados e um barman com um bigode tão comprido que se curva nas pontas.

Pedem duas cervejas e levam os copos para uma mesa no canto. É pequena e está meio bamba, mas fica bem perto do fogo, a ponto de Greta começar a sentir o calor retornando ao corpo, primeiro nos dedos das mãos e dos pés, depois nos braços e nas pernas.

– O que você estaria fazendo em uma tarde normal de segunda-feira? – pergunta Ben quando a porta se abre e um grande grupo de homens com equipamento de pesca entra, trazendo o cheiro de chuva e o som de risadas.

– Não existe isso para mim – diz ela com um sorriso. – Essa é a melhor parte.

– Tudo bem, mas… e se você estivesse em Nova York agora?

Greta reflete.

– São cinco horas em Nova York também?

Ben abana a mão.

– Na verdade não, mas digamos que seja neste caso.

– Eu poderia estar em casa escrevendo, eu acho – diz ela. – Ou poderia estar na rua comendo alguma coisa, se tivesse show. Ou talvez no estúdio, dependendo de em que parte do processo eu estivesse.

– Você tem um estúdio?

– Eu alugo um. Quando não estou viajando em turnê. – Ela toma um gole de cerveja e inclina a cabeça para ele. – O que você estaria fazendo às cinco da tarde de uma segunda-feira em Nova York?

Ele desvia os olhos para o teto de metal, para os lustres enferrujados que parecem estar lá desde o século XIX.

– Bem, seis meses atrás, eu estaria terminando às pressas minha aula de história europeia para poder pegar o trem das 17h32 na Penn Station e chegar em casa a tempo de jantar com as meninas.

– E agora?

– Agora – diz ele com um sorriso triste – eu costumo enlouquecer meus alunos passando quinze minutos do horário, depois volto para meu apartamento deprimente e vazio na faculdade e tomo alguns dedinhos de uísque Glenfiddich enquanto tento escrever algo que seja minimamente tão bom quanto meu último livro.

– O uísque ajuda?

– Com a escrita? – pergunta ele com uma risada. – Ou com todo o resto?

Ela o encara demoradamente.

– Sabe, quando eu fico empacada em uma música, em geral é mais por causa de algo da minha vida do que do meu processo criativo.

– Bom, a minha vida está uma bagunça agora, então acho que eu deveria parar de culpar Herman Melville.

– Talvez ele mereça parte da culpa. O cara caçava baleias, né?

– Todos nós temos defeitos – diz Ben com um sorriso sardônico. – Eu certamente tenho os meus.

Greta o observa por cima da borda do copo.

– Eu te acho bem legal.

– Então você deveria conversar com a minha esposa. Ela provavelmente teria algumas coisas a dizer sobre isso.

– Eu dispenso – diz Greta, mas ele não sorri. Ela o vê girar o copo lentamente sobre a mesa de madeira marcada. – O que ela acha de você estar aqui no Alasca agora?

Ele dá de ombros.

– Ela já está acostumada com as viagens a esta altura. Quando o livro saiu, a turnê só devia ter durado cinco dias. Mas aí o livro decolou, o que significou mais cidades e mais palestras.

– E ela não se importou?

– Ah, ela se importou – diz ele, encolhendo os ombros. – Ela botou a culpa de boa parte dos nossos problemas nisso, no início. Apesar de terem começado bem antes. Nós estávamos nos afastando havia anos, desde que as crianças nasceram. Mas às vezes é difícil ver isso quando se está tão envolvido.

– E mais fácil quando se está viajando.

Ele assente.

– É como aquela sensação de sair de um voo longo e respirar ar fresco pela primeira vez. Você estava bem no avião. Dava para respirar direitinho. E dava para sobreviver daquele jeito por muito tempo, se fosse preciso. Mas, quando você desce, percebe que não ia querer viver daquele jeito para sempre. Não se tivesse escolha. Eu acho que me afastar causou esse efeito em mim. Me ajudou a perceber. Eu não respirava *de verdade* havia muito tempo.

– Eu entendo – diz Greta. – Já passei por isso.

– Já?

– Eu nunca me casei, mas muitos caras que eu namorei achavam legal, de início, quando eu pegava a estrada. Eles trabalhavam com propaganda ou tecnologia ou tinham empregos que nem consigo lembrar porque eram muito chatos. Mas significava que eles levavam uma vida normal, cumprindo horário todos os dias. E, depois de um tempo, meu ritmo começou a ficar cansativo para eles. A gente perde muita coisa nessa vida. Casamentos. Aniversários. Aniversários de casamento. É difícil fazer os relacionamentos darem certo. As amizades também. A maioria das minhas amigas foi se afastando ao longo dos anos. Minha amiga Yara vive uma vida como a minha, por isso dá certo com ela. Mas com os outros, nem tanto... – Ela para de falar e toma um gole de cerveja. – E é por isso que agora eu saio mais com gente que já está no ramo.

Ben ergue as sobrancelhas.

– Ah, você está…?

– Não. Não no momento.

– Certo – diz ele, tentando não parecer satisfeito, mas em vão. – Certo.

De repente, o rosto de Greta parece estar pegando fogo. Ela agarra o copo, mas percebe que está vazio. Ben se levanta e empurra a cadeira apressadamente.

– Outra rodada? – pergunta ele, e sai andando sem esperar resposta.

Enquanto ela observa, ele se inclina sobre o bar para fazer o pedido e repara em uma cabeça gigante de urso-pardo empalhada, depois pega o celular e tira uma selfie. Greta está pensando que deve ser a coisa mais inconscientemente pateta que ela já viu, então ele levanta o indicador e bate uma segunda selfie fingindo estar tirando meleca do nariz do urso.

Ela fecha os olhos e esfrega o rosto, se perguntando se ele já viu o vídeo. Porque é isso que se faz, não é, quando se conhece alguém aleatório assim? Procurar informações? Em quinze minutos de busca naquela manhã, Greta já descobriu o nome do meio de Ben (Robert), a cidade onde ele nasceu (McCall, Idaho) e a faculdade em que estudou (Colgate). Ela encontrou uma foto dele em um jantar do corpo docente com a esposa, que é alta, loura e bonita, ainda que um pouco comum, e leu várias entrevistas que ele deu quando o livro foi lançado, nas quais falava mais sobre Jack London, mas também mencionava quanto ama Dave Matthews (ela sabia!), sobre seu hábito de comer exatamente oito amêndoas de lanche enquanto escreve (claro) e seu sonho infantil de ser explorador quando crescesse. O maior escândalo que ela conseguiu encontrar foi uma pegadinha envolvendo uma piscina e um par de cisnes no último ano de faculdade.

Uma busca similar sobre Greta revela rapidamente provas do colapso dela (não só o vídeo, mas dezenas de matérias), e ela está avaliando a chance de Ben ser alguém com objeção moral a pesquisar no Google, quando uma mensagem do seu empresário, Howie, aparece no celular: Onde foi que vc se meteu?

Ela olha para a tela por um momento e escreve: No Alasca.

Estou falando sério.

Eu também.

Você está no Alasca?

Ela tira uma selfie com o bar, o urso e uns homens de camisa xadrez ao fundo e envia para ele.

Parece o Brooklyn, **responde ele.**

Acredite, é Juneau.

Só me diz que você vai estar em Nova York amanhã.

Ela faz uma careta e escreve: Sábado.

Você vai me matar.

Foi mal. O barco é lento.

Você está num barco?

Navio, na verdade, **responde ela.** Longa história. Eu estou com meu pai.

Ah. Uau.

Pois é.

Ah, bom, só para você saber, todo mundo aqui vai surtar por causa disso.

Greta morde o lábio. Eu sei que você vai resolver tudo.

Vou tentar. Mas preciso que você prometa que vai aparecer no domingo.

Eu vou.

Não estou dizendo só fisicamente, **diz ele.** Você vai ter que fazer um show do caralho.

O estômago dela se embrulha. Mas, antes que possa responder, Howie escreve de novo:

E espero que você tenha comprado um bom pacote de internet, porque talvez a gente precise de umas entrevistas remotas.

Obrigada, Howie, **escreve ela,** mas seu coração acelera.

De repente, domingo parece incrivelmente perto.

Uma garrafa de cerveja é empurrada sobre a mesa, ela ergue o rosto e vê Ben se sentando à sua frente de novo.

– Está tudo bem? – pergunta ele com a testa franzida, e ela assente enquanto enfia o celular no bolso do casaco.

– Sim.

Atrás dela, um grupo de homens conversa sobre a aventura do dia com caiaques e morre de rir enquanto contam que um deles conseguiu virar três vezes.

– Não me entenda mal – diz ela para Ben –, mas você parece o tipo de cara que teria alguma coisa planejada para hoje.

– Por que eu entenderia mal?

– Sei lá. Você parece meio...

– Chato? – diz ele. – Normal?

Greta balança a cabeça.

– Eu não falei isso.

– Nem precisava. Olha, posso não tocar em uma banda nem ir a festas descoladas nem fumar muita maconha. – Ele pronuncia a última palavra de forma tão enfática que Greta tem dificuldade de ficar séria. – Eu sou pai, sabe? E professor. Eu gosto de ler. Amo história e coleciono fatos aleatórios da mesma forma que a maioria dos homens coleciona... sei lá, latas de cerveja? Objetos esportivos? Eu nem sei o que a maioria dos homens coleciona. E eu gosto de lavar roupa. Tenho um sistema de código de cores para a minha agenda e coloco o despertador para tocar até nas manhãs em que não tenho que trabalhar... – Ele para de falar e franze a testa. – E não sei por que estou contando tudo isso, mas você me deixa meio inseguro.

– Por quê? – pergunta ela.

– Porque acho que eu devo ser um desses caras normais com uma vida normal de que você estava falando, e às vezes desejo não ser. E porque você é muito mais maneira do que eu. E sei que isso soa muito imaturo, mas você me faz sentir assim. Como se eu fosse o editor do anuário e você fosse a garota da banda grunge que toca em todas as festas para as quais eu não sou convidado.

Greta ri.

– Posso dizer uma coisa?

– Claro.

– Eu também coloco despertador sempre.

Ele ergue as sobrancelhas.

– É mesmo?

– Senão eu não faço nada.

Ele toma um gole de cerveja, mas ela vê um sorriso por trás da garrafa.

– Eu tinha planos, sabe? Eu ia pescar hoje. Me inscrevi meses atrás.

– É mesmo?

Ele assente.

– Assim que fiz a reserva no cruzeiro. Os salmões estão começando a subir os rios nesta época do ano e eu queria garantir a vaga.

Greta o encara.

– Por que você não falou?

– Porque decidi que preferia ver uma geleira com você – diz ele, dando de ombros.

Ela sorri para ele e ele sorri para ela, e Greta não consegue não se sentir desnorteada, sentada ali naquele bar distante no Alasca, a 1 milhão de quilômetros de tudo que ela estaria fazendo às cinco horas da tarde de uma segunda-feira em Nova York. No canto oposto, três homens idosos de camisa de flanela pegaram dois banjos e uma pandeirola e começaram a tocar, e tudo é contagiante: o som intenso dos instrumentos e a luz trêmula do fogo, os cheiros de lama e lúpulo e as risadas e vozes ao redor. Greta se recosta, fecha os olhos enquanto escuta e, quando os reabre, Ben a está observando com uma expressão mais séria. Há algo nessa expressão que a deixa tonta.

Quando eles enfim vão embora, a mesa cheia de garrafas vazias e pratos gordurosos do peixe com fritas que pediram, o ar lá fora é quase medicinal. Tudo que estava embaçado fica definido de repente, e eles param embaixo da velha placa de madeira como dois mergulhadores que acabaram de voltar à superfície.

Passa das oito, mas está começando a anoitecer só agora. As ruas ainda estão movimentadas, cheias de turistas carregando sacolas plásticas de suvenires, correndo em direção aos navios. Alguns adolescentes locais fumam cigarros em um banco e um homem tranca a porta de um quiosque de caranguejos.

Greta e Ben seguem pelo píer, andando em uma linha não muito reta.

Ele a olha de soslaio.

– Foi divertido.

– Foi – concorda ela.

– Tipo, muito divertido.

Ele para e coça o queixo. Está muito bonito naquele momento, mesmo com as ridículas botas de caminhada e o guia ainda molhado saindo do bolso do casaco impermeável.

– Foi a coisa mais divertida que eu fiz em muito tempo. E isso soa patético.

Ela sorri.

– Eu também me diverti.

– São só oito e quinze – diz ele, olhando para o relógio. – A noite é uma criança.

Ela meneia a cabeça na direção da plataforma.

– A gente tem que pegar o último barco.

Ben inclina a cabeça para trás e olha para o céu.

– *Love me tender* – canta ele, um pouco alto demais, um pouco bêbado –, *love me sweet.*

Um casal mais velho lança um olhar de reprovação quando passa, mas Ben não repara. Ele ainda está cantando desafinado, girando de forma irregular. Quando para, está a poucos centímetros de Greta. Parte dela quer revirar os olhos, enquanto outra parte – uma parte que ela não consegue compreender agora, pois está bêbada demais – só quer beijá-lo.

Ele a encara, os olhos semicerrados, levando um segundo para focar.

– Oi – diz ele com um sorriso incerto.

Ela ri.

– Oi.

O ar está carregado de maresia, e a forma como ele a olha deixa a cabeça dela leve. Ele franze a testa e dá um passinho para mais perto.

– Oi – diz ele de novo, embora, desta vez, seu rosto esteja sério.

– Oi – diz ela, o coração batendo um pouco rápido demais.

Tem uma pétala de flor no cabelo dele, pequena, rosa e inexplicável, mas, quando ela vai pegá-la, quando ele se inclina na direção dela, os dois levam um susto com um súbito grasnido de pato. Eles recuam, cada um olhando em volta com a mesma expressão confusa, até que o rosto de Ben se ilumina e ele solta uma gargalhada.

Greta o observa sem entender quando ele tira o celular do bolso.

– *Esse* é seu toque?

– O que você tem contra patos? – pergunta ele com um sorriso. O grasnido já parou, mas, assim que ele olha a tela, sua expressão muda.

– Merda – solta ele, parecendo sóbrio na mesma hora.

– O quê?

– É a minha mulher... minha ex-mulher... minha... – Ele parece completamente perdido. – Acho que eu deveria... você sabe...

– Claro – diz Greta, e o vê apertar um botão.

Mas, em vez da loura cuja foto ela viu on-line, um rostinho redondo aparece na tela. Mesmo de relance, Greta vê que ela se parece com Ben: os olhos castanhos inquisitivos e o nariz meio arrebitado. Ela se ajeita, ansiosa, balança o celular, o cabelo desgrenhado do sono.

– Papai – diz ela com um sorriso, revelando um buraco grande onde deviam estar os dentes da frente. – Adivinha o que aconteceu agorinha?

Ben ri.

– Não acredito – diz ele enquanto se vira um pouco para longe de Greta. – Você está fazendo a fada do dente trabalhar muito ultimamente.

Greta segue um pouco pela plataforma para dar privacidade a ele. Ela olha o próprio celular e encontra uma mensagem de Asher: Vcs já se mataram?

Não, ela escreve em resposta, mas só porque ele está trancado na cabine. Ela faz uma pausa e acrescenta: (Juro que não tenho culpa de nada.)

Pois é, responde Asher. Ele me acordou às 4 da manhã para contar, depois de eu ter passado a noite acordado com as gêmeas.

É difícil ser o favorito, responde ela, e ele envia um emoji revirando os olhos.

Tem também uma mensagem de Mary de algumas horas antes, com sua típica ausência de pontuação: voltamos a bordo estaremos na sala de jantar às 7 se junta a nós se quiser espero que vc tenha tido um bom dia!!!

Quando Greta levanta o rosto, vê Ben parado sozinho no píer, a mão pendendo ao lado do corpo com o celular. Ele está olhando para a água com uma expressão inescrutável.

– Tudo bem? – pergunta ela, andando até ele.

Ben assente, mas parece distraído.

– Avery perdeu um dente no meio da noite e queria me contar.

– Que fofo – diz Greta, e Ben olha para ela como se tivesse esquecido sua presença.

– Eu detesto perder esses momentos – comenta ele baixinho. – Está acontecendo muito mais agora, com a viagem e a separação, e às vezes eu não sei se é… – Ele para e balança a cabeça. – Desculpa. Você não precisa ouvir sobre isso.

– Eu não me importo – diz Greta, e ele abre um sorrisinho. Mas ela sente mesmo assim: o jeito como o ar parece sumir na noite.

Nenhum dos dois fala nada por um tempo. Eles olham para o navio, que está atracado na baía, pontilhado de luzes. Um momento antes, estava cintilando na neblina noturna. Mas agora a névoa está mais densa e deixa tudo embotado e distante.

– A gente deveria voltar – Greta acaba dizendo, e Ben assente.

Desta vez, eles mantêm certa distância um do outro enquanto andam, carregando o silêncio constrangedor para a lancha e pelo curto trecho de água escura, pela passarela e para o elevador do navio, até o sexto andar, onde Ben sai na frente dela e, logo antes de desaparecer, só consegue desejar um boa-noite baixo e decepcionantemente formal.

Treze

Greta espera vários minutos para a porta ser aberta e então se vê cara a cara com uma versão do pai que ela nunca viu.

Ela o encara.

– Você está bem?

– Eu pareço bem? – pergunta ele, olhando para ela.

Não parece. O rosto está pálido, o cabelo está oleoso e ele usa um pijama cinza amarrotado. Mesmo do corredor, o quarto parece úmido e abafado, com um cheiro levemente azedo.

Greta espia atrás dele e vê que as cortinas estão fechadas.

– Por que você não abre a outra porta para deixar o ar circular?

Conrad a encara com cansaço.

– Eu não tenho energia para ficar aqui explicando por que eu não tenho energia para fazer qualquer coisa além de ir ao banheiro e voltar.

– Eu abro – diz ela, e entra no quarto.

Ela tenta prender a respiração de uma forma que não seja óbvia demais e puxa a cortina bege grossa, abrindo a porta da varanda. O ar noturno entra e traz um frescor bem-vindo. Greta inspira o ar frio por um momento e, ainda um pouco bêbada, se vira e vê o pai voltando para a cama.

– Bem melhor – diz ela enquanto começa a arrumar o resto do quarto. Há toalhas espalhadas por todo lado e três latas vazias de *ginger ale* na mesinha ao lado do sofá.

– Você não deveria estar aqui – repreende Conrad com os olhos fechados. – Não toque em nada.

– Alguém veio ver como você está?

– Uma equipe de limpeza – murmura ele. – E uma enfermeira.

– E aí?

– Não tem mais ninguém doente. Então não é a comida.

– Que bom – diz ela e, quando ele abre um olho, ela dá de ombros. – Ao menos para o resto de nós.

Ele geme e puxa a coberta até o pescoço.

– Você tem que ir. Eu ainda estou de quarentena.

– Por mais quanto tempo? – pergunta Greta, puxando a cadeira e se sentando ao lado da cama.

– Por 24 horas depois da última vez que eu… – Ele para de falar. – Você sabe.

– Certo. E quanto tempo já faz?

Ele se esforça para tirar o braço de baixo das cobertas e olha o relógio.

– Duas horas.

– Então mais 22 horas?

– Graças a Deus eu paguei um bom professor particular de matemática para você – diz ele, se remexendo na cama e suspirando. – Isso é horrível.

– Pelo menos vamos passar o dia no mar amanhã.

– Acredite, a única coisa pior do que uma virose estomacal é uma virose estomacal num navio. Essas ondas estão me matando.

– Eu só quis dizer que você não terá que perder outra parada.

– A próxima será na Baía dos Glaciares – diz ele, a voz angustiada. – Você sabe há quanto tempo nós… – Ele para abruptamente. – Você sabe há quanto tempo eu estou ansioso para ver isso?

– No pior dos casos – comenta ela, indicando a janela –, você tem varanda.

Ele fecha os olhos de novo.

– Não é a mesma coisa. Eu queria ir até o ninho de corvo para apreciar a vista. Queria ouvir as palestras dos geólogos e naturalistas. Queria tirar fotos com Davis, Mary, Todd e Eleanor.

– Pai – diz Greta com delicadeza. – Você vai conseguir ver as geleiras.

– Você nem sabe quais nós vamos ver. Aposto que não leu nada sobre elas.

– Eu gosto da surpresa – diz Greta, abrindo o casaco.

Conrad parece alarmado de vê-la se acomodando. Ele abre a boca, mas, antes que possa dizer a palavra *quarentena*, ela balança a cabeça.

– Tudo bem. Eu tenho um ótimo sistema imunológico.

Ele ri.

– Você tem o sistema imunológico de um órfão de Dickens.

– Ei! – diz ela, mas não consegue conter uma risada. – São os seus genes.

– Não me culpe. Eu não sou pálido assim. É coisa da sua mãe.

Greta repara que ele está tremendo e se levanta para fechar a porta da varanda. Já passa das nove e os motores do navio estão ganhando vida de novo. Do outro lado da água, as montanhas começam a se tornar silhuetas. Ela deixa a porta entreaberta, sem conseguir abandonar completamente o ar fresco.

– Está precisando de mais alguma coisa? – pergunta ela. – Tomou remédio? Comeu alguma comida sem gosto?

– Nada de comida – murmura ele com a cara no travesseiro. – Nem diga essa palavra.

Greta se senta de novo.

– Quer um livro? Um filme?

– Não, não. Eu só… estou com saudade da sua mãe.

– Eu sei – diz ela baixinho.

O navio passa por uma onda, e ela se encosta na cadeira e olha o quarto em volta, banhado na luz amarelada. Na parede, há um quadro de um chalé de madeira coberto de neve. A respiração de Conrad se torna regular, tanto que é difícil saber se ele ainda está acordado.

– O que ela faria? – pergunta-se Greta após um minuto, sem ter certeza se está se dirigindo ao pai ou falando sozinha. Não espera resposta, mas ele se mexe embaixo do cobertor e a cabeça aparece de novo.

– Ela teria dito para você ir embora. Para você não ficar doente também.

– Não, eu quis dizer…

– Eu sei o que você quis dizer. – A voz dele está mais ríspida agora. – Mas ela não está aqui, então de que adianta pensar nisso?

O coração de Greta se parte um pouco com a repreensão. Ela fecha os olhos tentando visualizar a mãe e a imagem que surge é de Helen na primeira fileira de um dos shows dela, os olhos brilhantes, os braços agitados e um grande sorriso. Conrad só viu Greta tocar uma vez nos últimos dez anos: na festa de lançamento do álbum, à qual ele foi sob protestos, nem um pouco animado de perder uma conferência de trabalho. Depois, quando ela perguntou o que ele tinha achado, ele deu de ombros.

– Foi bom – disse ele. – Para esse tipo de coisa.

Mas Helen... ela não só amava ver a filha tocar, como também amava os shows. Sempre gostou, desde os dias de show de talentos na escola e os shows adolescentes em restaurantes da cidade. A primeira apresentação de verdade que ela viu aconteceu anos antes, antes do EP, antes do álbum, antes de tudo, quando Greta a levou para ver uma exibição curta em um local pequeno e animado em Seattle. Na ocasião, Helen ainda era enfermeira de escola e, toda animada, contou sobre o evento para todo mundo – motoristas de táxi e garçons, funcionários de hotel e outros músicos. Greta a pegou no aeroporto e sugeriu que elas fossem comprar roupas mais apropriadas para um show, que não a fizessem se destacar tanto na multidão. Mas é claro que Helen insistiu em usar a calça cáqui de sempre, com um cardigã e mocassins.

– Eu não ligo de me destacar, querida – disse ela com alegria. – Assim você vai poder me ver.

A plateia não foi tão grande naquela noite, com cerca de duzentas pessoas. Mas, assim que pisou no palco, Greta viu que sua mãe estava certa. Lá estava ela, bem na frente, com os óculos de aro fino, o cabelo grisalho curto e os sapatos confortáveis, sorrindo no meio de um mar de universitários e hipsters vestidos basicamente de preto. Quando seus olhares se encontraram, Helen sorriu e ergueu um pequeno cartaz branco. Greta estava no meio de um riff difícil, mas, quando a música acabou, avançou uns passos e estreitou os olhos para tentar ler as palavras.

MÃE DA GRETA, dizia simplesmente em letras de forma.

Ela riu e seu coração bateu mais forte. Ela voltou para o microfone.

– Minha mãe está aqui hoje, senhoras e senhores – disse ela. – Não tem como não ver. Ela está com o cartaz.

Na plateia, Helen sorriu, e os fãs satisfeitos aplaudiram e tiraram fotos, e uma até viralizou no Twitter na manhã seguinte: uma mulher pequena de roupa estampada no meio de uma boate lotada, segurando com orgulho um cartaz e sorrindo para a filha no palco. A internet adorou e, na semana seguinte, Howie recebeu uma quantidade surpreendente de pedidos de entrevistas com a "mãe rockstar". Quando Helen recusou porque "precisava terminar a leitura do mês do clube do livro", Howie enviou para Greta um print da resposta com a legenda "Sua mãe é uma figura".

Depois disso, virou tradição. Sempre que Helen tinha folga na escola e não era convocada para cuidar das netas, Greta arrumava para que ela fosse a uma apresentação e a mãe aparecia com o cartaz feito em casa. Ela viajou para Mineápolis e Orlando, Denver e Los Angeles, Houston e Nashville. Em Cleveland, derramaram cerveja no cartaz, e quando Helen fez um novo, ela tomou o cuidado de plastificar. Os fãs ficaram loucos.

Em março, quando pousou em Columbus e descobriu que era tarde demais, que sua mãe tinha morrido enquanto ela voava para lá, Greta foi direto para casa. Conrad e Asher ainda estavam no hospital, cuidando da papelada e resolvendo a logística infeliz da morte, e a casa estava vazia. No andar de cima, ela acendeu a luz do closet pequeno da mãe e fechou a porta. Deitou-se no chão e se encolheu em posição fetal, como fazia quando criança, quando o mundo parecia sufocá-la.

Ela não chorou; já estava se sentindo vazia demais para isso, entorpecida da cabeça aos pés. Ela encostou o rosto no piso de madeira, as batidas do coração ecoando nos ouvidos. Sua mãe estava em toda parte: nos suéteres dobrados e nas echarpes que o pai comprava para ela no Natal. O closet ainda tinha o perfume dela e Greta se deitou de costas e inspirou e expirou, inspirou e expirou, os olhos percorrendo o ambiente até pousarem em uma prateleira alta, na lombada de um livro que ela nunca tinha visto.

Quando se levantou para pegá-lo, se deu conta de que era um álbum cheio de fotografias e recortes de jornal amarelados. Ela o abriu aleatoriamente e encontrou o primeiro artigo em que era mencionada na *Rolling Stone*, voltou para o começo e deu de cara com uma foto do show de talentos do oitavo ano, o cabelo dela desgrenhado e o braço um borrão.

Ela se sentou de novo com o álbum no colo. Estava tudo ali, tudinho: um parágrafo no jornal *Village Voice* sobre seu primeiro show em Nova York, uma foto das duas nos bastidores antes de um show em Chicago, até sua primeira palheta de guitarra, colada no papel com dois pedaços de fita adesiva e uma etiqueta manuscrita embaixo, como uma peça exposta em museu. Havia recortes e ingressos, fotos e artigos, todas as coisas que sua mãe colecionou ao longo dos anos, uma carreira inteira em um álbum. E ali, bem no final, entre duas páginas e pronto para o próximo show, o cartaz.

MÃE DA GRETA.

Ela ficou sentada ali segurando o papel por muito tempo, surpresa que um pedacinho de papel plastificado pudesse destruí-la. Então a porta de entrada se abriu no andar de baixo e a casa se encheu de vozes e ela o guardou entre as páginas do álbum e ficou de pé.

Agora, o navio geme embaixo deles e balança de um lado para outro. Greta se levanta e anda até a porta entreaberta, o quarto de repente quente demais de novo. Ela inspira fundo e deseja fumar um cigarro pela primeira vez em muito tempo.

– Ela deveria estar aqui – diz, observando a água preto-azulada. – Era ela quem cuidava de todo mundo. Eu não sou boa nessas coisas.

Conrad levanta a cabeça e a observa com olhos febris.

– Nem eu.

– Eu sei – diz ela, achando graça. – Lembra quando Asher quebrou o pulso jogando hóquei e você não acreditou nele?

– Não foi bem assim.

– Você disse para esperar passar – lembra ela quando volta para a cadeira ao lado da cama. – Você só o levou ao médico depois porque a mamãe obrigou.

– Foi só uma fratura por estresse.

– Ele diz que ainda dói quando chove.

– Que bom que não foi você.

– Por quê?

Ele a olha como se fosse óbvio.

– Como você poderia tocar bem com o pulso ruim?

Greta o encara, confusa, desacostumada com essa versão do pai.

– O que foi? – pergunta ele, a testa franzida.

– Nada. É que… isso quase pareceu um elogio.

Ele solta um grunhido.

– Você sabe como é boa.

– Eu sei – fala ela com um sorriso. – Eu só nunca ouvi *você* dizer.

– Não é verdade. Lembra seu show de talentos do oitavo ano?

– Você vai ficar feliz em saber que eu melhorei um pouco depois daquilo.

Ele se vira para deitar de costas e olha para o teto.

– Eu nunca entendi como você conseguia mover as mãos tão rápido. Não foi a mim que você puxou.

– Ei, eu já te vi cortar cebola – brinca ela, mas ele parece pensativo.

– Eu fazia truques com cartas, sabia?

É uma coisa tão inesperada que Greta não consegue conter uma risada. Mas, na mesma hora, o rosto dele se fecha e ela aperta os lábios de novo.

– Estou falando sério – diz ele, como se não falasse sempre sério. – Eu sabia muitos truques quando era mais novo. Mas nunca tive a habilidade manual. – Ele levanta as mãos e examina as rugas e veias. – Eu conseguia embaralhar bem. Mas movimentos rápidos nunca foram meu forte.

– Talvez você devesse ter investido num coelho e num chapéu.

– Eu teria feito isso se tivesse dinheiro, provavelmente. Eu adorava.

Ela balança a cabeça.

– Não acredito que você nunca me contou isso.

– Eu era um garoto e tinha um hobby – diz ele, olhando para ela com curiosidade. – Mas superei. A maioria das pessoas supera.

Essa parte a atinge como ele pretendia, e Greta não consegue deixar de ficar impressionada que, mesmo doente, a mira dele continue certeira. Antes que ela possa responder, ele corre até a lata de lixo e vomita, depois limpa a boca com uma toalha. Quando se deita de novo, seu rosto está pálido e meio suado. Greta pega uma garrafa de água na mesa e entrega para ele. Conrad demora demais para abrir a tampinha de plástico.

– Pai – diz ela, olhando o movimento da garganta dele enquanto bebe. Um pouco de água escorre pela camisa do pijama. – Talvez você devesse…

– Eu já te contei sobre a primeira vez que vi sua mãe?

Claro, ela tem vontade de dizer. *Só um milhão de vezes.*

Mas ela sente pena dele naquele momento. Pensa no homem que se recusou a ler suas cartas, que depois foi obrigado a ouvir suas letras, que nunca poderia *desouvi-las*, um homem completamente diferente daquele ali que sente tanta saudade da esposa, sofrendo solitário, preso na cama em uma viagem que era para eles terem feito juntos.

E é assim que ela se ouve dizendo:

– Conte de novo.

– Eu cortava a grama para os pais dela – diz ele com um sorriso e um olhar distante. – Eles tinham uma casa enorme e um quintal maior ainda. Eu levava horas para cortar tudo. Eu já tinha visto a filha deles, obviamente. Ela era dois anos mais nova do que eu, devia ter 16 anos na época, e era linda, a garota mais linda que eu já tinha visto. Areia demais para o meu caminhãozinho.

No fim das contas não era, sua mãe sempre dizia nesse ponto da história, e o vácuo onde a voz dela deveria entrar parece tão gritante agora, como uma fala faltando em uma peça de teatro, uma nota esquecida em uma música, que Greta quase a recita.

– Eu ficava fantasiando sobre o que diria se conseguisse falar com ela – diz ele –, apesar de eu ser só um garoto pobre com um corte de cabelo horrível, de um bairro ruim, suado e coberto de grama. Um dia finalmente tive a chance, e sabe qual foi a coisa brilhante que eu fiz?

Greta sorri.

– Você espirrou.

– Isso mesmo – diz ele com uma risada. – E falei "pólen". Só isso. Só... "pólen".

– Foi uma boa fala – provoca Greta –, no fim das contas.

Mas o sorriso dele some e é substituído por uma expressão de preocupação, e ele se vira para o lado e pega a lata de lixo de novo. Por alguns segundos, ele a segura na frente do rosto. Mas o momento passa. Ele a coloca no chão de novo, aliviado, e se recosta nos travesseiros.

– Acho que você deveria descansar – diz Greta, mas ele a ignora.

– Eu só fui vê-la de novo anos depois – continua ele. – Ela foi estudar na Vanderbilt, eu fui para a guerra e, quando voltei, comecei a trabalhar como barman num lugar chamado...

– A Coruja Gorda – diz Greta.

Conrad assente.

– Uma noite, ela entra com o namorado, um riquinho que ela conheceu na faculdade. Eu sirvo as bebidas e eles se sentam ao bar e ele começa a explicar as regras do beisebol para ela de um jeito muito condescendente enquanto ela desenha em um guardanapo. O tempo todo eu fico pensando: *Esse cara? Sério?*

– Aí ele vai ao banheiro... – diz Greta, porque a história está demorando mais do que o habitual, e as pálpebras dela estão ficando pesadas.

– Eu estou limpando o bar, e ela ainda está desenhando no guardanapo e, sem erguer o rosto, pergunta: "Como está a contagem de pólen hoje?" Eu quase caí. Ela tinha falado comigo. Nossos olhares se encontraram. Eu perguntei o que havia no guardanapo e ela me mostrou a imagem de um pinguim, aí eu falei que sabia fazer melhor. – Ele estreita os olhos e ri com voz rouca. – Não sei o que me deu. Mas eu escrevi o número do meu telefone.

– Ousado.

– Foi mesmo – diz ele, parecendo satisfeito.

Quando os olhos deles se encontram, a ternura é real. Por um segundo, Greta lembra que eles têm pelo menos uma coisa em comum: os dois amavam a mãe dela mais do que tudo. Ele coça o queixo com um olhar de divertimento.

– E deu certo. Algumas semanas depois, ela voltou ao bar e, dessa vez, estava sozinha.

– E o resto é história – diz Greta, para fazê-lo sorrir, mas o efeito é o oposto. O rosto dele fica inexpressivo.

– É, bom, acho que tudo é história agora – diz Conrad. E, para o horror de Greta, tem lágrimas nos cantos dos seus olhos. Ele balança a cabeça. – Nós deveríamos cumprir esta parte juntos.

– Que parte?

– A chegada ao fim.

– Pai, não fala isso. Você só tem 70 anos.

Ele faz cara de que isso só piora as coisas, e ela sabe que ele está pensando em todos os anos solitários que ainda podem estar à frente. Ele passa o braço pelo rosto e afofa os travesseiros e puxa as cobertas de forma exagerada.

– Bom, é melhor você ir.

– Pai.

– Eu estou bem.

Ela morde o lábio.

– Tem certeza de que você não…

– Você não devia estar aqui – diz ele, com tanta determinação que Greta não tem escolha além de se levantar da cadeira.

Por um segundo, ela fica parada ao lado dele e Conrad parece velho, mas também muito jovem, o pijama um pouco grande demais, o cabelo espetado atrás. Ela se lembra de quando era criança, de como ele enfiava a cabeça na garagem para avisar que era hora do jantar. Às vezes, ela não o ouvia por causa do som do violão, então levantava o rosto e o via parado lá, sólido e imóvel, ocupando todo o vão da porta.

Ela veste o casaco e vai até a porta.

– Luzes acesas ou apagadas? – pergunta ela, a mão no interruptor.

Ele murmura alguma coisa que ela não entende. Greta apaga a luz e fica mais alguns segundos ali, ouvindo o som da respiração dele. Depois de um momento, abre a porta para o corredor e deixa um pouco de luz fluorescente entrar.

Quando está quase saindo, ela o ouve dizer:

– Boa noite.

– Boa noite – responde ela, e fecha a porta.

TERÇA-FEIRA

Catorze

De manhã, o céu é de um azul brilhante, tão iluminado e deslumbrante que as pessoas não conseguem falar de outro assunto no bufê de café da manhã.

– Um tempo perfeito para geleiras – informa o diretor do cruzeiro no alto-falante.

– Não tem uma única nuvem – observa Todd, maravilhado, estreitando os olhos para ver através das janelas.

– É uma pena seu pai estar perdendo isso – diz Mary enquanto guarda uma banana para ele.

– Não esqueça o protetor solar – avisa a velha senhora quando passa por Greta na máquina de café.

– De jeito nenhum – responde Greta.

Vai levar horas para eles chegarem à Baía dos Glaciares, mas já há um ar de expectativa no navio. Enquanto eles comem, Davis e Todd compartilham a fascinação recente pela indústria de enlatados e trocam estatísticas como se estivessem falando de beisebol. Eleanor aproveita a oportunidade para empurrar o folheto do show de talentos na direção de Greta.

– Caso você mude de ideia – diz ela com uma piscadela. – Todd e eu vamos dançar. Nós fazemos aula há dois anos.

– Uau – fala Greta, se perguntando se os Fosters não se cansam de andar com tanta gente branca. Ela se vira para Mary com um sorrisinho. – Vocês também?

– Meus pés jamais serão os mesmos – diz Mary, indicando Davis do outro lado da mesa. – Mas nós vamos fazer alguma coisa, tenho certeza.

– Adoraríamos te ver no palco – diz Eleanor, olhando para Greta com esperança. – E poderia ser uma boa chance para…

– Não, obrigada. – Greta faz um esforço para manter a voz suave, apesar de sentir uma pontada de irritação pela insistência de Eleanor. Ela empurra o folheto de volta pela mesa. – Mas estarei lá para aplaudir vocês.

Na mesa ao lado, um coro de "Parabéns pra você" começa. Eles avistam um homem hispânico pequeno e curvado cercado pela família, todos sorrindo enquanto ele assopra a vela enfiada nas panquecas. Há vários balões de hélio coloridos amarrados na cadeira dele e Mary se vira para Greta com um sorriso.

– Seu pai fazia isso para a sua mãe – diz ela, e Greta está franzindo a testa, tentando se lembrar de qualquer tipo de balão, quando Mary acrescenta: – Na escola.

Anos atrás, Mary deu aula para o terceiro ano na mesma escola de ensino fundamental onde Helen trabalhava como enfermeira. Pouco tempo depois, ela voltou a estudar para fazer mestrado e se tornou diretora em outro distrito. Mas, por um curto período, as duas trabalharam no mesmo prédio, iam e voltavam juntas de carro, compartilhavam o almoço e trocavam fofocas.

– Você não sabia? – pergunta Mary. – Em todos os aniversários, ele aparecia na porta da sala dela com um monte de balões. As crianças adoravam.

– Eu não fazia ideia – diz Greta, apesar de não estar exatamente surpresa.

Ela se lembra de ver os pais dançarem na festa de 15 anos de casamento deles, os dois coladinhos debaixo das luzinhas no quintal. "Eca", disse Asher, fazendo uma careta enquanto eles se beijavam. Ele tinha 11 anos e não curtia muito demonstrações públicas de afeto. Mas Greta não conseguiu tirar os olhos deles, da forma como os dois se olhavam, como se pensassem ser muito sortudos.

– Ele também ia almoçar com ela todas as sextas – diz Mary. – Eles se encontravam no refeitório e as crianças faziam biquinho de beijo e cantarolavam "A Sra. James tem *namorado*". E seu pai só sorria e dizia "Tem mesmo".

Greta balança a cabeça, sem acreditar.

– Todas as sextas?

– Todas as sextas. Depois de atravessar a cidade toda, ele só podia ficar uns quinze ou vinte minutos. Mas ele nunca faltava. Nenhuma vez em todos aqueles anos.

– Eles nunca falaram sobre isso.

– Eles chamavam de "encontro semanal" – diz Davis com um sorriso. – Eu sempre falei que ele podia fazer melhor do que comer pizza com um monte de alunos do segundo ano, mas sua mãe ficava tão feliz.

Todos fazem silêncio. Mary pega a mão de Davis e a aperta. Todd passa o braço em volta de Eleanor, que se recosta nele. E, do outro lado da mesa, Greta está sozinha, revirando histórias e lembranças, as pequenas alegrias e os rituais de uma vida compartilhada.

Depois de um momento, Davis empurra a cadeira.

– É melhor não nos atrasarmos para o quiz – diz ele, pegando a bandeja. – Temos que defender o título de ontem.

– Vem com a gente – convida Eleanor. – Vai ser divertido.

– Os prêmios são ótimos – diz Todd, tirando uma caneta do bolso. Tem um naviozinho na ponta.

Greta sorri.

– Talvez outro dia.

– Tem certeza? – pergunta Davis. – Seria bom ter uma ajudinha com a categoria de música.

Isso não é verdade. Davis sabe tudo sobre música. Mas ela percebe que eles estão tentando fazê-la se sentir incluída, o que é fofo.

– Se tiver dúvida, responda Rolling Stones – diz Greta.

Quando sai do salão, ela vê Ben na ponta do bufê, equilibrando uma bandeja cheia de uma coleção bem absurda de tigelas e xícaras. Quando a vê, ele para abruptamente, paralisado no meio da agitação do café da manhã. Em seguida, parecendo afobado, se vira e sai andando na outra direção.

Greta fica atônita. Uma parte dela sente certa mágoa. Mas outra parte examina a situação com perplexidade. Sempre foi uma ideia ridícula, não foi? O que ela faria com um professor universitário viciado em Jack London? Um cara que usa calça jeans de pai e passou os últimos anos nos subúrbios de Nova Jersey?

Por um momento fugaz, ela pensa como seria inseri-lo em sua vida, com as sessões de escrita de madrugada e os longos meses na estrada, as entrevistas com repórteres ansiosos em cafés do bairro e as apresentações explosivas que não deixam energia para mais nada. É difícil até imaginá-lo em um dos seus shows, em meio às luzes estroboscópicas e ao baixo vibrante, à plateia suada, dançando e gritando. Seria como levar um filhotinho de cachorro para uma roda punk.

Não importava o que fosse aquilo, só podia ser consequência do tédio. Afinal, ela está presa neste navio no meio do nada com milhares de turistas grisalhos e crianças gritando. Seu pai está entocado no quarto, respondendo suas mensagens de forma monossilábica (Como você está se sentindo? Bem. Precisa de alguma coisa? Não) e o sinal de celular é instável demais para ela ligar para alguém, embora a única pessoa com quem gostaria de conversar naquele momento esteja morta.

Há algo peculiarmente horrível em se sentir solitária quando se está presa em um navio, mesmo cercada de tanta gente. Greta anda entre as pessoas como um salmão nadando correnteza acima, passando pela quadra de *shuffleboard* e pelo bar de tacos vazio, pela plateia esperando do lado de fora do auditório por uma palestra sobre vida selvagem, e sente uma inquietação crescente.

Mas não há escapatória, não nesse dia, e ela segue para o quarto, onde pega um caderno e uma caneta. Volta para fora, encontra uma espreguiçadeira de madeira no convés de passeio e se acomoda enquanto vê as montanhas passarem, cada uma maior e mais coberta de neve do que a última.

Ela destampa a caneta e olha para a página em branco.

Pega um dos cobertores xadrez ásperos e o coloca sobre as pernas.

Olha para o sol, forte e intenso no ar cristalino.

Duas mulheres de coletes acolchoados passam por ela, e passam de novo alguns minutos depois, e de novo. Cada vez, elas param a conversa para sorrir para ela, e Greta assente em resposta.

A página em branco a encara.

Não que essa parte tenha sido fácil em algum momento. Mas ela nunca duvidou de si mesma como tem feito nos últimos meses.

Ela tenta se lembrar de quando foi o último bom dia de escrita que teve e se dá conta de que foi em fevereiro, algumas semanas antes da viagem para a Alemanha. Ela e Luke alugaram uma antiga casa de fazenda no norte do estado para um fim de semana prolongado. Eles exploraram as cidadezinhas ao longo do Hudson, xeretaram bazares e caminharam até cachoeiras parcialmente congeladas. Na última noite, eles cozinharam na velha cozinha, um banquete de frango assado comprado no açougue, legumes da feira e um garrafão de cerveja de uma produtora local. Depois, eles botaram um filme e ficaram juntinhos na frente da lareira, mas Greta percebeu que não conseguia se concentrar.

– Vai lá – disse Luke enquanto a olhava se remexer com agitação, batendo com os dedos no controle remoto, balançando a perna.

– O quê? – perguntou ela.

Ele riu.

– Eu sei que você quer compor.

Ela nem se deu ao trabalho de negar, só deu um beijo na bochecha dele e subiu a escada. Foi algo no aconchego da casa, no frio dos campos, na alegria profunda de um fim de semana fora. A ideia era relaxá-la, mas só a deixou ansiosa para compor.

Mais tarde, quando Luke subiu, ele se deitou na cama barulhenta ao seu lado e apoiou o queixo no seu ombro para ver o que ela tinha escrito.

– Linda – murmurou ele, os olhos fixos nos dela.

Greta não sabia se ele estava falando dela ou da letra, mas não importou, porque ele a beijou nessa hora, eles caíram nos travesseiros e o caderno foi parar no chão com um barulho baixo.

Seu celular apita e ela deixa a caneta de lado, agradecida pela distração. Ela vê que é uma mensagem de Howie: Consegui sua semana de folga. Mas em troca você precisa dar uma entrevista para o Times depois do show. E eles vão perguntar sobre o que aconteceu. Está na hora de superar. Tudo bem?

Greta hesita, mas escreve: Tudo bem.

Outra coisa: Cleo diz que querem aprovar o setlist.

Greta franze a testa para o celular. Cleo é a representante de artistas e repertório na gravadora, uma mulher negra baixinha e formidável de Quebec, que tem o hábito de falar francês sempre que está irritada ou chateada. Mesmo que não tivesse descoberto Greta durante um show no bar Red Hook em uma noite de neve, ela continuaria sendo uma das pessoas mais legais que Greta já conheceu. Mas, em todo o tempo que elas trabalharam juntas, Cleo nunca pediu nada assim.

Howie responde antes que ela possa perguntar: Vão transmitir ao vivo, lembra?

Sim, mas por quê?, indaga ela.

Por causa de tudo, escreve ele, o que obviamente significa: todos os meses de atraso no álbum, todas as semanas de publicidade perdida. Essa tinha sido a solução. Uma gravação ao vivo do retorno dela. Uma forma de lançar o novo single. E um caminho de volta para ela, supondo que aguente o tranco.

Não, digita ela. Por que eles querem aprovar?

Acho que estão com medo de você tentar cantar "Astronomia" de novo. Há uma pausa e ele acrescenta: Não atire no mensageiro.

Greta fecha os olhos por um segundo. Nem tinha passado por sua cabeça tentar aquela música de novo. Tem coisa demais em jogo. Ela sabe disso, e obviamente Cleo e todo mundo da gravadora também sabe. Eles querem que ela supere. Que siga o roteiro. E por Greta, tudo bem. Ela está tão ansiosa quanto todo mundo para deixar tudo para trás.

Tudo bem, responde ela para Howie.

Você vai estar pronta, né?, pergunta ele em seguida.

Ela olha para a água, pontilhada de pedacinhos de gelo flutuando, cada um refletindo os outros naquela imobilidade. Ao redor deles, a água parece vidro. Quando olha para o celular, ela não sabe o que dizer.

Ela sempre se sentiu pronta. Todas as vezes que subiu no palco. Todas as vezes em que segurou um violão ou uma guitarra, fechou os olhos e tocou a primeira nota. Essa foi a recompensa por ter insistido em milhares de horas de ensaios e por todo o resto, as pequenas indignidades e rejeições constantes que se acumularam no caminho: tocar para plateias quase vazias e esperar ligações que nunca vieram; ser dispensada por agentes, empresários e executivos; ouvir de praticamente todo mundo que era muito difícil esse sonho dela, como se sonhos tivessem que ser razoáveis.

Nada disso tinha importado. Não de verdade. Porque, no âmago, ela tinha uma fé inabalável em si mesma... e, mais do que isso, na sua música.

Porém, em uma noite atipicamente fria de março, exatamente uma semana depois da morte da mãe dela e um dia depois de terminar com Luke, tudo desmoronou.

Seis minutos. Foi o tempo que ela ficou no palco da Academia de Música do Brooklyn.

No fim das contas, leva bem menos tempo para descarrilar uma carreira do que para construir uma.

A apresentação fora planejada bem antes de a vida dela virar de cabeça para baixo, uma única música como parte de um show beneficente para arrecadar dinheiro para a educação artística. Se estivesse em condições de fazer qualquer coisa na época, ela talvez tivesse tentado pular fora. Mas não estava. E não pulou fora.

Foi um risco tocar uma composição tão nova. "Astronomia" tinha sido escrita nas páginas amassadas do caderno, notas e letras que ela rabiscou com a visão embaçada naquele longo voo para casa vindo da Alemanha, e ela só tinha ensaiado poucas vezes depois.

Ela sabia que ainda não era a hora. Não só porque tinha sido escrita com tanta pressa. Mas porque era uma música sobre amor, esperança e memória, um desejo mais do que qualquer outra coisa. Não havia nada ali, nadinha, sobre a dor que a consumiu como um buraco negro na hora em que o avião pousou. E, de certa forma, isso fazia a música soar mentirosa. Mas era uma mentira dentro da qual ela queria viver pelo tempo que pudesse.

Havia mais para escrever. Mas isso significaria dizer adeus.

E ela ainda não estava pronta para isso.

Ainda assim, o que mais ela podia ter tocado naquela noite? O que mais podia ter qualquer significado?

Ela foi bem, no começo. A garganta estava apertada quando tocou o início, a voz áspera quando começou a cantar. Mas a música sempre foi seu refúgio. Era uma válvula de escape quando o mundo ficava sombrio, um abrigo confiável para qualquer tempestade. Ela podia andar naquela corda bamba, voltar para seu apartamento, entrar embaixo das cobertas e fechar os olhos de novo.

Mas quando chegou ao fim do refrão, ela reparou no cartaz na plateia, erguido por um cara branco de barba e aparência séria, balançando ao lado da namorada, igualmente séria.

Dizia: ADEUS, MÃE DA GRETA.

Até aquele momento, ela não tinha chorado. Não no velório, não no enterro, nem no chão do closet da mãe. Ela não tinha chorado na viagem de volta a Nova York, embora tivesse a sensação de que deixara os próprios ossos para trás, nem quando terminou com Luke na manhã seguinte. Ela sabia que era uma coisa da qual só poderia fugir até determinado momento, que a represa estouraria mais cedo ou mais tarde. Ela só não esperava que acontecesse em um palco no Brooklyn, com quase três mil rostos segurando o que pareciam ser três mil celulares com câmeras.

Mas, ao olhar aquele cartaz, ela se sentiu como um balão furado por um alfinete, com o ar se esvaindo lentamente. A parte mais estranha foi quanto estava ciente, como seus pensamentos combinaram de forma tão precisa com o que seu corpo estava fazendo. *Agora minhas pernas estão ficando entorpecidas*, pensou ela quando o pé saiu do pedal. *E agora meus dedos estão congelados*, pensou ela quando a palheta caiu no palco.

Simples. Mecânico. Inevitável.

Atrás dela, os dois músicos que a acompanhavam (Atsuko na bateria e Nate no teclado) continuaram tocando mesmo depois que Greta tinha parado e se curvado para a frente como alguém que levou um soco no estômago, todos aqueles olhos a observando enquanto ela tentava recuperar o fôlego. Ela nem percebeu que estava chorando, de primeira, até sentir uma lágrima escorrer pelo nariz e, àquela altura, Atsuko e Nate também tinham parado, e o ambiente estava silencioso como nenhuma casa de shows deveria ficar, de uma forma que pareceu completamente errada. Um murmúrio se espalhou, e ela soube que eles ainda a acompanhavam, a plateia, solidária e preocupada e talvez até um pouco emocionada de ver alguém sendo tão genuíno, um pouco empolgada de ser testemunha de uma exibição tão pura de autenticidade.

Mas então algo mudou. Enquanto ela continuava a chorar, enquanto o silêncio se esticava entre eles, ela sentiu que estava durando tempo demais, sentiu que se prolongava dolorosamente, e se obrigou a se reaproximar do microfone, torcendo para conjurar uma força interior que devia existir (afinal, não são em momentos assim que ela costuma aparecer, se você procurar lá no fundo?), e recomeçou, tocando sem palheta, cantando sem fôlego, e o que saiu foi tão estridente e desafinado que ela não conseguiu continuar. Houve outro silêncio, menos misericordioso dessa vez, e ela abriu a boca para pedir desculpas, mas viu que não conseguia nem fazer isso.

A plateia ficou olhando para ela, e ela para eles.

Sem dizer mais uma palavra, ela simplesmente se virou e saiu do palco, sentindo todas as câmeras atrás de si.

Howie insiste que não foi tão ruim quanto ela pensa.

Mas foi. Ela sabe, pois viu o vídeo. Está em toda parte.

O mais difícil de engolir não foi ela ter desmoronado na frente de uma plateia gigante nem as filmagens terem se espalhado tão depressa. Dadas as circunstâncias, foi um tipo de fracasso aceitável, gerado pela dor, e a maioria dos artigos dizia exatamente isso.

A parte que a derrubou foi a pena que veio junto. Pena pelo colapso, pelo momento de fraqueza, pela vulnerabilidade dela.

E pena pela música em si, que foi a pior parte de todas.

A *Rolling Stone* a chamou de "piegas e sentimental, ao menos o que deu para ouvir dela". A *Pitchfork* disse que era "mais cantiga de ninar do que música, uma balada açucarada dessintonizada com o estilo usual de James". A revista *New York* foi mais seca e chamou a coisa toda de "desastre total do começo ao fim".

Greta sempre subiu ao palco com uma atitude empoderada. Era onde ela se sentia mais confiante e no controle. Ter casca grossa é uma exigência naquele ramo de trabalho, principalmente sendo uma mulher, musicista e guitarrista, e ela já aprendeu a receber críticas. Ela não tem problema em lidar com isso. Sabe desdenhar de insultos, reprovações e desprezo.

A maré de solidariedade, não só pela situação e pela apresentação, mas pela música em si, foi o que acabou com ela.

A gravadora ficou furiosa. Estavam no meio da divulgação do segundo álbum, que prometiam ser ainda mais explosivo e empolgante do que o primeiro. Então ela subiu num palco e chorou durante uma balada sentimental demais, o que agora era o principal resultado quando se pesquisava "Greta James".

Quiseram que ela fizesse outro show imediatamente depois. Uma oportunidade de limpar a barra e seguir em frente. Mas Howie, que tinha voado de Los Angeles para Nova York naquela noite e aparecera na manhã seguinte no apartamento de Greta com café e bagels, os convenceu de que seria melhor fazer uma pausa, mesmo que só por uma semana. Essa semana, claro, virou um mês. E outro. Em pouco tempo, tudo teve que ser adiado: o single, o álbum, a turnê, toda a publicidade. Mesmo assim, levou muito tempo para Greta começar a prestar atenção de novo, começar a se preocupar com qualquer daquelas coisas; não porque a maior perda tivesse passado, mas porque ela sabia que, se perdesse aquilo também, talvez nunca se recuperasse.

Agora, ela olha para o celular de novo, tentando se imaginar no palco, cantando uma música nova, todos os executivos da gravadora torcendo por um recomeço, todos os fãs querendo uma história para contar, tudo junto com o constrangimento e a dúvida que estão batucando como tambores por baixo do luto, aquele punho constante apertando seu coração.

Ela sabe que está na hora. Passou da hora. Talvez seja até tarde demais.

Mas, ainda assim, ela não sabe se está pronta.

Uma das coisas mais estranhas na morte é que ela não significa que você para de ouvir a voz da pessoa na sua cabeça, e, naquele momento, Greta sabe exatamente o que sua mãe diria.

Você vai ficar bem. Você está pronta. Vai conseguir.

Mas ela não está presente para falar.

Então Greta tenta falar por si mesma.

Eu vou ficar bem, ela escreve para Howie. Estou pronta. Vou conseguir.

Só não sabe se acredita.

Quinze

Greta está na amurada, hipnotizada pelos pequenos icebergs flutuando na água tranquila, quando Mary aparece ao seu lado. Ela está usando um casaco vermelho e o gorro está bem puxado sobre o cabelo preto e curto.

– A má notícia – diz ela, apoiando os cotovelos na amurada – é que perdemos nosso título no quiz. A boa notícia é que acertamos a pergunta sobre os Rolling Stones.

Greta ri.

– Fico feliz em ajudar.

– Fui dar uma olhada no seu pai. – Mary esfrega as mãos. – Ele parece bem melhor.

– Ele também gritou com você por causa da quarentena?

– Sinceramente, eu ficaria mais preocupada se ele não tivesse gritado.

– Estou com pena por ele estar preso no quarto – diz Greta. – Não posso nem botar a culpa nele por estar mal-humorado desta vez.

– Pega leve com ele. Conrad está passando por um momento difícil.

– Todos nós estamos.

Mary olha para ela, avaliando-a.

– Estou feliz que você esteja tendo um descanso esta semana.

– Eu estou descansando já faz um tempinho.

– Eu sei. Eu vi o vídeo.

– Você e uns dois milhões de pessoas – diz Greta, virando-se para ela enquanto tenta sorrir.

Mas o sorriso vacila quando ela vê a expressão de Mary, tão cheia de carinho que a faz ter vontade de chorar.

– Não sei se adianta de alguma coisa, mas eu achei a música linda.

– É só porque você também sente falta dela.

– Pode ser – diz ela, a expressão pensativa. – Você vai tocá-la de novo?

– Me instruíram explicitamente a não tocar – responde ela, e dá de ombros. – Não finalizei mesmo. Foi uma coisa que eu comecei a compor no avião. Antes de saber... – A voz dela falha. – Enfim, mesmo que não tenha estragado minha carreira por completo, não é adequada para os meus shows.

– Como assim?

– Não é meu estilo, uma música daquelas.

Mary revira os olhos.

– O que aconteceu com a ideia de compor o que você está sentindo?

– Você *viu* o que aconteceu – diz Greta com tristeza. – Acho melhor eu esquecer aquele capítulo específico por enquanto.

– Aquele capítulo – diz Mary gentilmente – vai te acompanhar por um longo tempo. Você querendo ou não. Às vezes, a única saída é encarar a situação.

– Parece o tipo de coisa que a minha mãe diria.

– Vou tomar isso como um elogio – responde Mary com um sorriso.

Por alguns segundos, as duas olham para a frente quando a primeira geleira aparece, um branco brilhante na água azul-esverdeada.

– Ela teria adorado isso – diz Mary, e balança a cabeça. – Ainda não acredito que ela se foi.

– Eu sei.

– Às vezes, eu me pego olhando pela janela para tentar vê-la quando estou lavando a louça. Ou pego o celular para ligar para ela quando uma coisa engraçada acontece. É como se meu cérebro soubesse, mas meu corpo não.

– Meu corpo sabe – diz Greta, e é difícil manter a voz firme. – Eu sinto em toda parte. No coração. Nos pulmões. Nos ossos.

Mary passa um braço pelos ombros dela e os aperta.

– Eu sei que ela não era perfeita – continua Greta. – Às vezes ela era irritante e teimosa, e uma péssima perdedora quando a gente jogava jogos de tabuleiro. E ela nunca se intrometia quando meu pai estava sendo um cretino. Ela podia ter opinado, mas não se envolvia porque o amava também e talvez acreditasse que a função dela era ser neutra. Mas não é para ser assim, principalmente quando uma das pessoas está tão claramente errada.

E sempre me magoou ela ficar mais calada do que eu queria, embora eu nunca tenha dito. Embora eu nunca tenha dito isso para ela. – Greta faz uma pausa, se balança apoiada na amurada e meneia a cabeça. – E ela fazia o pior café do mundo. Era muito ruim. E ela não tinha malandragem. Ia para Nova York e agia como se estivesse em um musical, como se o mundo todo estivesse cantando com ela. E… ela me abandonou. Abandonou todos nós, mas parece que ela me abandonou mais do que a todo mundo, e eu sei que isso parece muito egocêntrico, mas é o que eu sinto. Eu odeio que ela tenha morrido. Odeio demais mesmo.

O navio desliza devagar agora, quase sem agitar a água. Tudo ao redor parece imóvel, como se eles estivessem seguindo por um quadro.

– E isto não está ajudando em nada – diz Greta, piscando para segurar as lágrimas. – Estar aqui. Eu devia estar em Nova York, divulgando o festival, tentando salvar minha carreira.

Mary se inclina sobre a amurada ao lado dela.

– Você veio por causa do seu pai.

– Ele não liga.

– Liga, sim. Só não demonstra muito bem.

Greta a encara com ceticismo.

– Eu sei que vocês dois têm problemas – diz Mary, as sobrancelhas erguidas –, mas você sabe o que a sua mãe sempre dizia, não sabe? Que vocês são farinha do mesmo saco.

– Ela não dizia isso.

– Dizia. Sempre que vocês estavam se atracando, ela reclamava que os dois eram teimosos, que nenhum dos dois cedia. Que vocês eram idênticos.

– Não – diz Greta –, é Asher que…

– Asher fez escolhas e a vida dele pode parecer a do seu pai – observa Mary com um sorriso –, mas, lá no fundo, na essência de quem vocês dois são, eu acho que a sua mãe estava certa. Farinha do mesmo saco.

– Que belo saco – diz Greta, franzindo a testa para as ondulações na água.

Ela pensa na conversa deles da noite anterior, tenta visualizar o pai como aquele jovem esperançoso atrás do balcão de bar, tenta imaginá-lo como qualquer outra coisa diferente do que ele é agora, um vendedor de publicidade obstinado, convencional até os dedos dos pés, mas sua imaginação falha.

– Eu não estou dizendo que ele não é difícil às vezes – diz Mary. – Mas, no fundo, ele quer o melhor para você.

– Ele quer o que *ele* acha que é o melhor para mim. É diferente.

– Tudo bem – diz ela, assentindo. – Mas isso faz parte. Você acha que eu não estou rezando há anos para Jason se casar?

Greta sabe que deveria rir disso, mas não consegue.

– Eu não tinha certeza de que aconteceria, para ser sincera – continua Mary. – Reclamava disso com a sua mãe o tempo todo. Nós passamos tantas caminhadas matinais bolando planos para unir vocês dois.

– É mesmo? – diz Greta, olhando para ela de novo, incrédula.

– Nossos nova-iorquinos viajantes, obcecados por trabalho e com fobia de compromisso – diz Mary com um sorriso. – Concluímos que, se não conseguíamos juntar vocês com mais ninguém, talvez a gente pudesse pelo menos juntar um com o outro. – Ela ri da expressão de Greta. – Desculpa. Foi por amor.

– Eu não sabia que ela ligava tanto para isso.

– Ela só queria que você fosse feliz. Ela também entendia que essa era só uma versão da felicidade. – Mary estende a mão e segura a de Greta. – Ela tinha um orgulho imenso de você. Você sabe disso, não é?

Greta consegue assentir, mas, sinceramente, não tem mais tanta certeza. Sua mãe lhe ensinou que, não importava o que fizesse com a vida, deveria fazer de coração. Que ela deveria se esforçar e dar duro, sonhar grande e se importar profundamente. Mas, pela primeira vez na vida, ela se sente em total retrocesso.

Mary puxa o gorro sobre as orelhas e indica a porta do navio.

– Eu tenho que ir. Prometi ao pessoal que me encontraria com eles. Mas você deveria ir conosco ao musical hoje. Dizem que vai ser ótimo. Quase tão bom quanto um da Broadway.

Greta ergue as sobrancelhas.

– Bom, talvez um off-Broadway – diz Mary, e as duas olham para a neve e o gelo. – *Bem* off-Broadway. Mas você deveria ir. Nós vamos pegar o primeiro show.

– Está bem – concorda Greta, pensando que não tem mais nada para fazer à noite além de ficar na cabine sem janelas, sem poder tocar violão. – Desde que não tenha coristas.

Mary ri.

– Não posso prometer.

Em pouco tempo, alcançam a geleira, e o convés começa a ficar cheio de gente. A voz de um geólogo soa nos alto-falantes, mas, fora isso, só há silêncio. Greta pensa no pai sozinho na varanda lá em cima, olhando tudo.

– Uau – diz um garotinho ao lado dela.

Greta segue o olhar dele. De perto assim, dá para ver como a geleira é enorme, um bloco maciço que se estende no espaço entre duas montanhas. A frente é irregular e escarpada, de um tom de azul tão irreal que parece ter sido pintado à mão. Tudo está imóvel, exceto pelas gaivotas que circulam o navio em busca de sobras de comida e, embora o sol tenha saído, o mundo ainda cheira a inverno.

Greta inspira, pensando: *É impossível descrever isto.*

E então: *Ela teria adorado.*

Há um som que parece um tiro, um estalo alto que ecoa por toda a baía silenciosa, e algumas pessoas apontam freneticamente para o lado esquerdo da geleira. Quando seus olhos encontram o local, Greta só vê o resultado: um *splash* rompendo a imobilidade da água. Mas, um segundo depois, outro pedaço de gelo se solta da lateral e cai, uma miniavalanche, o som chegando até eles alguns segundos depois.

– O barulho que vocês estão ouvindo – diz o geólogo – é o desprendimento do gelo. Ou trovão branco.

– Trovão branco – repete o garoto em voz baixa, seu tom um tanto reverente.

Greta olha para o local onde o gelo desapareceu, pensando como é lindo tudo aquilo, as montanhas oníricas e o céu de um azul intenso, as nuvens refletidas na baía, e como é triste ver algo tão magnífico desmoronar diante dos seus olhos.

Ela se afasta da amurada e entra.

Dezesseis

Greta está a caminho do auditório quando recebe uma mensagem de Asher.

Eu soube que vc foi ver o papai ontem à noite. Ele pareceu feliz. Está sendo um começo complicado para a viagem.

Ela para na escadaria coberta por um tapete vermelho, pensando em quanto o rosto dele estava abatido e pálido. Eu sei, responde ela. Estou com pena dele.

Não está sendo bem como ele imaginou.

Bem, escreve ela, muita água ainda vai rolar. Por assim dizer.

Alguns momentos se passam antes que Asher responda: Quando as pessoas me perguntam como é ser irmão de uma estrela do rock, eu preciso me segurar muito para não dizer como vc é besta.

Não se preocupe, digita Greta. Quando as pessoas me perguntam como é ser irmã de um gerente de banco, essa é a primeira coisa que eu falo.

Ele responde com um emoji com a língua para fora.

Uma multidão se reuniu na frente do teatro, todos ansiosos para entrar e conseguir bons lugares para o show das oito. Por um segundo, Greta considera dar meia-volta e rumar direto para o quarto. Ou fugir para um dos conveses externos e desaparecer debaixo de um cobertor de novo. Qualquer outra coisa que não sejam noventa minutos de entretenimento de cruzeiro. Mas Davis Foster, mais alto do que todos, a vê e levanta a mão.

– Vocês estão tão bonitos – diz ela quando alcança seu grupo peculiar, os três muito arrumados. – Qual é a ocasião?

– Não tem ocasião – diz Davis, ajeitando o paletó esporte fino. – É só um código de vestimenta totalmente arbitrário para o salão de jantar.

– Traje de gala – completa Eleanor com olhos brilhantes. Ela está usando um vestido preto cintilante e o cabelo está cacheado nas pontas. – Todd já fugiu para tirar o terno.

Davis lança um olhar rebelde à esposa, elegante em um vestido verde--esmeralda.

– Sorte a dele.

Mary balança a cabeça.

– Mais umas duas horas não vão te matar.

– Não, mas duas horas de musical talvez matem – diz Davis, gracejando.

O navio, que passou a tarde firme na baía, recomeçou a balançar. Mesmo depois de poucos dias a bordo, Greta sente como se houvesse um metrônomo dentro dela; começou a transferir o peso de um pé para outro quase sem perceber.

Eleanor tropeça para a frente.

– Como alguém consegue dançar assim?

– É o trabalho deles – diz Mary. – São treinados para isso, o que significa que sabem lidar...

O navio sacode com força para a esquerda e alguém bate em Greta por trás e a empurra para cima de Davis, que ri e a ajuda a se firmar de novo.

– Acho que já sabemos como *você* se sairia no palco daqui – brinca ele.

Mas Greta não está prestando atenção. Quando se vira para ver quem quase a derrubou, dá de cara com Ben. Ele parece tão surpreso quanto ela, e os dois se encaram por um momento constrangedor.

Eleanor Bloom é a primeira a falar.

– Jack London!

Ben olha para ela. Ele está usando o mesmo paletó de tweed do dia da palestra, com remendos nos cotovelos e tudo, e o cabelo está bem penteado. Tem dinossauros minúsculos bordados na gravata vermelha.

– Meus amigos me chamam de Ben – diz ele depois de um momento, um esforço para soar engraçado que desmorona completamente quando ele se vira para Greta, o rosto sério. – Me desculpe. Acho que ainda não me acostumei a me equilibrar no mar.

– Fica bem mais difícil depois do jantar – diz Davis, fingindo tomar uma bebida, e dá de ombros em resposta à expressão de Mary. – Pelo menos para mim.

Ben olha de relance para Greta, faz menção de dizer alguma coisa, mas ela fala primeiro:

– Deu tudo certo com a fada do dente?

Ele a encara com uma expressão angustiada.

– Deu. Obrigado.

As portas estão abertas agora e as pessoas começam a entrar no teatro, correndo para pegar os melhores lugares.

– Você vai ao show? – pergunta Davis a Ben, que, para a surpresa de Greta, assente.

– Vai? – indaga ela, sem conseguir se controlar. – Por quê?

Eleanor e Mary franzem os lábios em reprovação, duas mães substitutas prestando atenção nos modos dela. Mas Greta as ignora.

– Eu gosto de musicais – diz Ben, sério.

– É, mas... num barco?

– É um navio – diz ele, e ela revira os olhos.

– Eu aposto 5 dólares que algum dançarino ou dançarina vai cair.

– Greta! – diz Mary, parecendo chocada.

Mas Davis ri.

– Eu aceitaria a aposta – diz ele para Ben, que não parece ouvir.

O olhar dele está fixo em Greta. Ele parece se esforçar muito para não achar graça.

Depois de um momento, ele limpa a garganta.

– Eu deveria...

– É – diz Greta. – Bom show.

– Para você também – fala ele. Então assente para os outros e entra.

– Minha nossa – diz Eleanor quando ele se afasta. – O que você fez com ele?

Dentro do auditório, eles encontram uma fileira de assentos perto dos fundos. Greta entra primeiro, depois Eleanor, Mary e Davis, que fica no corredor porque tem pernas compridas demais. Um minuto depois, Todd aparece com o guia de campo debaixo do braço.

– Ah, não acredito – diz Eleanor, revirando os olhos para ele quando Greta chega para o lado para abrir espaço. – Você trouxe um livro?

Ele dá de ombros.

– Só por garantia.

– Garantia em caso de quê? De um pássaro misterioso decidir se juntar a nós?

– Nunca se sabe – diz ele com um sorriso.

Em volta deles, as pessoas conversam animadamente. Tem outro show às dez, então este está lotado com as pessoas que vão cedo para a cama. No fundo, há um amontoado de andadores e cadeiras de rodas e, uns dois segundos depois de se sentar, o homem imediatamente à frente de Greta se levanta e diz para a esposa que precisa ir ao banheiro mais uma vez antes de o show começar. Três outros perto dele o imitam.

Pouco antes de as luzes se apagarem, Greta vê Ben. Ele está sentado duas fileiras à frente, mas para o lado, e quando se vira para observar a plateia, seus olhares se encontram. Ele desvia o olhar imediatamente, mas ela vê na tensão de seus ombros o esforço que isso exige e algo nessa constatação a anima.

– Lá vamos nós – sussurra Eleanor quando as primeiras notas musicais começam a tocar.

Greta tem uma lembrança repentina de ver *O quebra-nozes* com as três (sua mãe, Mary e Eleanor) quando tinha uns 12 anos. A filha dos Blooms, Brigid, já tinha idade para recusar de forma mais convincente, e o restante das crianças (Asher, Jason e os dois irmãos mais velhos de Jason) jamais seriam arrastados para um balé. Então Greta foi a única a se sentar de cara amarrada na ponta da fileira, remexendo na gola do vestido que não queria ter colocado.

Quando as luzes ficaram mais fracas, sua mãe se inclinou para ela.

– Espere só – sussurrou ela. – Vai ser mágico.

Não foi. Ao menos, não para Greta. A música era bonita e a dança era legal, mas no começo do segundo ato ela já estava balançando o joelho com impaciência e desejando estar em qualquer outro lugar.

Assim que as luzes se acenderam, a plateia explodiu em aplausos e, para sua surpresa, ela viu que sua mãe estava chorando. E não eram poucas lágrimas. As bochechas estavam molhadas e os olhos, avermelhados; ela parecia totalmente tocada pela apresentação.

– Está tudo bem? – perguntou Greta, meio envergonhada e meio incrédula.

A mãe dela sorriu enquanto procurava um lenço na bolsa.

– Tudo *maravilhoso* – disse ela, com uma emoção tão grande que Greta não pôde deixar de ficar intrigada, imaginando o que lhe passara despercebido.

Não que ela pensasse que a mãe não tinha sentimentos. Greta a tinha visto chorar por outras coisas, coisas até demais: comerciais de Natal e tragédias no noticiário e até pelos pássaros que iam ao bebedouro que ela botava no quintal. Mas alguma coisa no balé a abalou da forma que certas músicas abalavam Greta às vezes, deixando-a sensível e vulnerável. Podiam ser músicas diferentes – "Dança da fada açucarada" em vez de "Smells Like Teen Spirit" –, mas a expressão dela era a mesma, e Greta achou isso estranho e revelador, que elas pudessem ser tão parecidas e tão diferentes ao mesmo tempo.

Agora os primeiros dançarinos aparecem no palco com o ímpeto de um canhão, um borrão de lantejoulas, sapatos de sapateado e sorrisos largos demais. A coisa toda já está meio ridícula. Os figurinos são exagerados e, dos seis atores, pelo menos dois estão desafinados. Mas tem muito entusiasmo naquele palco, *muito*, e Greta aprecia o esforço e decide ficar de mente aberta.

Isso até um dos homens levar um tombo.

Não é totalmente culpa dele. O navio vira com força para um lado em um movimento que parece se espalhar pela plateia. Mas os dançarinos estão no meio de um número que envolve movimentos complicados, e para eles é ainda pior. O primeiro homem, um sujeito enérgico com uma espécie de smoking de cetim, esbarra no segundo, que consegue permanecer de pé por pouco. Mas é tarde demais para o amigo, que, com as pernas bambas como um filhote de cervo, leva um tombo.

A plateia ofega, mas os outros dançarinos mantêm o ritmo acelerado. No chão, o cara de smoking, ileso e imperturbável, se levanta, e a plateia vai à loucura.

É nessa hora que Greta percebe que Ben a está observando.

E, desta vez, quando ela o olha, ele não desvia o olhar.

Ela espera que ele sorria ou assinta ou dê de ombros timidamente, algo que faça referência à aposta que ela propôs. Mas ele não faz nada disso.

Mesmo no escuro, há algo de magnético no olhar dele. De repente, ela esquece os dançarinos trêmulos e a apresentação que continua no palco. De repente, o resto da plateia desaparece e só há os dois.

Existe o tipo de mágica sobre o qual sua mãe se referia em *O quebra-nozes* e existe o tipo sobre o qual seu pai falou na noite anterior. E tem esta também: duas pessoas no escuro, se olhando como se houvesse um fio esticado entre elas.

Greta não fica surpresa quando ele se levanta para sair. Ela já está fazendo o mesmo.

Para sair da fileira, ela precisa se espremer por Eleanor e Todd, Mary e Davis. As duas mulheres a encaram sem entender, mas o olhar de Davis é de pura inveja.

Quando ela sai da fileira e abre a porta dupla nos fundos, Ben já está esperando no corredor vazio. Quando ele caminha na direção dela, Greta não tem certeza do que vai acontecer e sente um arrepio que faz seu coração disparar. Mais tarde, ela vai tentar lembrar quem beijou quem, mas é impossível saber. Em um segundo há espaço entre eles, e de repente não há mais; de repente, os braços dele estão em volta dela e as mãos dela estão na nuca dele e os corpos estão colados um ao outro. A barba dele é áspera contra o rosto dela, mas os lábios são macios e Ben está com gosto de uísque. Não importa o que isso seja, essa energia entre eles: é elétrica o suficiente para fazê-la esquecer onde estão, flutuando naquele navio estranho e lotado na escuridão de uma noite fria do Alasca.

Quando eles se afastam, Greta está um pouco tonta. Ela olha para Ben, que a encara maravilhado, os olhos calorosos.

– Eu estava querendo fazer isso desde ontem à noite – diz ela, e ele sorri.

– Eu estava querendo fazer isso desde a primeira vez que te vi.

Ele segura a mão dela e, juntos, andam apressados pelo longo corredor.

QUARTA-FEIRA

Dezessete

Eles ainda estão acordados às três da madrugada, quando a luz começa a se infiltrar pelas bordas das cortinas.

– Eu me sinto meio enganado – diz Ben, se virando de lado para ficar com o rosto a centímetros do de Greta. – Quando você finalmente pode ficar acordado a noite toda conversando com uma garota de quem você gosta, a noite não deveria acabar tão cedo.

– Pensa de outra forma – replica ela com um sorriso. – Nós estamos bem mais perto de fazer sexo matinal.

– Isso definitivamente ajuda – replica Ben, olhando para ela da forma como a olhou a noite toda, o rosto sério, os olhos grudados nos dela, e afasta uma mecha de cabelo de sua testa com tanta delicadeza que Greta treme. – Você está com frio? – pergunta ele, já jogando a coberta para o lado e saindo da cama.

Ele está usando apenas uma cueca boxer estampada com pinguinzinhos de cachecol e, na luz cinzenta do quarto, ela vê os músculos de suas costas enquanto ele remexe na gaveta. Ben joga para ela um moletom cinza escrito COLUMBIA. Está puído nos punhos e é absurdamente macio e tem o cheiro dele.

– Posso fazer uma pergunta? – diz ela enquanto o enfia pela cabeça.

Quando reaparece, Ben está usando uma camiseta com o nome do navio.

– Onde eu comprei isto? – pergunta ele, subindo na cama e a puxando para perto.

– Não… bom, sim. Quer dizer, eu ia perguntar sobre os pinguins, mas agora eu quero saber quantas vezes você foi à lojinha do navio.

– Só duas vezes – diz ele e, quando ela o encara, Ben dá de ombros. – Tudo bem. Quatro vezes. Mas uma foi porque eu esqueci minha escova de dentes. E, quanto aos pinguins, eles pareceram adequados ao ambiente, ainda que não cientificamente.

Ela indica a gravata, que ele tirou assim que entraram no quarto e que está agora jogada em cima da máquina de escrever.

– Como você explica os dinossauros?

– Quem não gosta de dinossauros?

– Asteroides? – sugere ela, fazendo-o rir.

Ele a beija, e o beijo causa efeitos que vão até os dedos dos pés dela.

– Eu sabia – diz Ben quando eles se separam de novo.

– Sabia o quê?

– Que você era uma nerd, lá no fundo.

Mais tarde, eles abrem as cortinas para ver o sol nascer atrás das montanhas com picos cobertos de neve, a luz amarelada inundando o quarto. Os braços de Ben estão ao redor dela, a barba arranhando seu pescoço, as pernas dos dois entrelaçadas. É estranho estar deitada na cama enquanto a paisagem passa, estar totalmente imóvel enquanto o mundo os alcança.

– Você tem tanta sorte de ter janela – diz ela, virando-se para encará-lo.

Ele franze a testa e ela passa um dedo pelas rugas ali. Em seguida, sem conseguir se conter, ela segura o rosto dele entre as mãos e o beija.

– Espera aí – diz ele, se afastando de novo. – Você não tem?

– Não. Tem uma parede bege com um quadro de urso, uma parede bege com um quadro de montanha, uma parede bege com uma porta para o banheiro e uma parede bege com uma mancha vermelha suspeita.

– Caramba – diz ele, confuso.

– Não se preocupe. Tenho quase certeza de que é só vinho.

– Não, eu quis dizer… que deve ser claustrofóbico.

– Não é o ideal.

– Então, por que…?

– Porque, quando fiz a reserva, era a única coisa que tinha sobrado – diz ela, as palavras mais secas do que pretendia.

Ben parece abalado.

– É verdade. Sua mãe. Sinto muito…

– Tudo bem – diz Greta, mas ele segura a mão dela debaixo da coberta mesmo assim. O gesto faz sua garganta ficar apertada. – Vamos falar de outra coisa.

– De pinguins?

– Você sabe alguma coisa sobre pinguins? – pergunta ela, conseguindo abrir um sorrisinho. – Porque eu não sei nada.

– Que tal dinossauros, então? Hannah teve uma longa fase de dinossauros no ano passado e eu tenho vários fatos ótimos. Piadas também. – Ele limpa a garganta. – Qual é o nome do tiranossauro que pensa que é um cachorro?

– Qual?

– Tiranossauro Rex.

Ela solta um grunhido.

– Eu me recuso a dar uma risada.

– É, mas você quer – diz ele, se deitando no travesseiro com um sorriso satisfeito. – Dá para perceber.

Por um momento, ela observa o rosto dele, as rugas finas nos cantos dos olhos, o leve grisalho na barba, prateado na luz matinal.

– Aposto que você é um ótimo pai – diz ela, e ele parece surpreso.

– Eu tento. Está mais difícil agora, obviamente. Mas elas são maravilhosas e merecem um bom pai. – Ele hesita, mas pergunta: – E você? Gosta de crianças?

Greta pensa nas sobrinhas, um caos agitado de lágrimas, risadas e carinho. Às vezes, quando vai visitá-las, tenta imaginar como seria se elas fossem suas filhas, se fosse responsável não só pelas coisas do dia a dia (trocar fraldas e incentivar o consumo de legumes, vestir pijamas e contar histórias de ninar), mas também pelo trabalho maior de modelar pequenos seres humanos, cuidar para que valorizem as coisas que você valoriza, como empatia, gentileza e igualdade, ao mesmo tempo mantendo opinião própria; basicamente, fazer todo o possível para impedir que elas se tornem adultos babacas.

Ser mãe ou pai parece um trabalho impossível, além de parecer bem triste ter que vê-los se afastarem e seguirem para o mundo, tão mais interessantes e complicados do que você imaginava que seriam, como uma música que começa de um jeito e termina de outro – não necessariamente melhor ou pior, mas diferente. E totalmente fora do seu controle.

– Eu gosto – diz ela.

– Eu sei que todo mundo fala isso, mas é diferente quando você tem os seus.

Greta assente, evasiva.

– É. Todo mundo fala isso.

– É porque é verdade. Sinceramente. Os filhos dos outros são uns monstros. Eles têm mãos grudentas e narizes catarrentos e fazem muito, muito barulho.

– E as suas não?

Ele dá de ombros.

– As minhas também. Mas é mais fofo quando são as *suas* monstrinhas grudentas, catarrentas e barulhentas.

– Eu entendo – diz Greta. – Tenho três sobrinhas, então já passei bastante tempo com crianças.

– Quantos anos elas têm?

– As gêmeas têm 5 e a mais nova tem 3.

– Uau.

– Pois é. Meu irmão e minha cunhada vivem ocupados.

– Quais são os nomes?

– Asher e Zoe.

– Não, das crianças.

Greta hesita.

– Não ri.

– Por que eu riria?

– Violeta, Lis e Jasmim.

Ben ergue as sobrancelhas.

– Ah. Uau.

– Zoe é dona de uma floricultura – explica Greta. – Mas as meninas são mesmo maravilhosas. São umas bobocas e não têm vergonha disso, e dão os melhores abraços. E estão sempre perguntando se podem participar da minha banda.

– O que elas tocam?

– Atualmente? Elas só batem em qualquer coisa que estiver por perto.

– Parece promissor.

– É mesmo – diz ela enquanto enrola distraidamente a borda do lençol e a desenrola de novo. – A questão é que eu as amo. Amo mesmo. Mas, mesmo quando estou com elas, não sinto que esteja perdendo nada. Ao menos não agora. – Ela dá de ombros. – Eu gosto muito da minha vida.

– E casamento? – pergunta Ben. – Consegue se imaginar casada?

Ele está fazendo o que todos fazem: avaliando o terreno, tentando localizar os limites dos sentimentos dela sobre o assunto. Greta não se importa; nunca tentou esconder quem é. Uma vez, saiu para beber com um cara com quem tinha terminado um ano antes e, enquanto estavam sentados no bar, ele ficou tentando olhar a mão esquerda dela.

– O que foi? – perguntou ela, irritada, e ele fez um movimento tímido de ombros.

– Só estou tentando ver se você está de aliança – admitiu ele.

Greta tinha 28 anos na época, e embora os amigos tivessem começado a noivar (uma série de pedidos cada vez mais exagerados que a teriam matado de vergonha), nada poderia estar mais distante da mente dela. Quando ela riu da ideia, primeiro o cara pareceu confuso, depois um pouco aliviado, talvez, como se tivesse se livrado de algum tipo de problema.

Não é que Greta não queira nada disso – casamento, filhos, todo o circo complicado. É que ela não *precisa*. Não como tantas outras pessoas parecem precisar. Se encontrasse alguém perfeito para ela, se acabasse querendo mais estar com ele do que ter flexibilidade, mais do que estar na estrada… aí seria ótimo. Claro que seria. Mas e se nunca acontecer? Ela ficaria bem com essa versão da vida também. E é isso que deixa as pessoas incomodadas.

– Talvez – diz ela. – Nas condições certas.

Ele parece achar graça.

– Não é assim com todo mundo que se casa?

– Eu tenho muitas condições – diz Greta com um sorriso.

Ela espera que ele ria, mas Ben parece perturbado. Por baixo da coberta, ele solta a mão dela e se senta.

– Olha, eu sinto muito por ontem. Quando a minha filha ligou… eu não pretendia agir daquele jeito esquisito.

Greta se senta também.

– Mas eu já sabia que você tem família.

– Eu sei. Acho que eu… Parece que eu esqueci minha vida real por um segundo. E aí Avery ligou e a ficha caiu. Então me senti culpado.

– Por estar longe?

– Por estar com você – diz ele, esfregando os olhos cansados sob os óculos. – Isso tudo é território novo para mim, e sinto como se estivesse tendo uma espécie de crise de identidade. Sei que eu sempre vou ser um pai responsável do subúrbio, e adoro isso. De verdade. Mas eu também deveria usar esse tempo para descobrir se há outras formas de ser feliz, outras formas de viver, e aí, no momento em que eu relaxo o suficiente para flertar com alguém, parece que o universo vem e diz: *Não tão rápido, Ben.*

Greta ergue as sobrancelhas.

– Você estava flertando?

– Eu não disse que era bom nisso – diz ele, com um sorriso fraco.

– Você parece pragmático demais para acreditar em carma.

– Talvez seja só culpa, então. Mas é frustrante, porque não tem motivo para eu sentir culpa. Nós podemos sair com outras pessoas. Isso foi parte do acordo. E conhecer você... – Ele demonstra nervosismo de repente. – Não dê tanta importância ao que vou falar, porque vai parecer bem mais intenso do que é...

Ela apoia o queixo nos joelhos.

– Está bem.

– Conhecer você foi a melhor coisa que me aconteceu em muito tempo – diz Ben, olhando para ela de um jeito que deixa seu rosto quente.

Greta espera um segundo para o alarme disparar, como sempre acontece. Mas, para sua surpresa, não dispara.

– E não só por você ser muito mais descolada do que eu – continua ele, ainda sério. – Nem porque meu eu de 17 anos surtaria por eu estar na cama com uma estrela do rock agora. É porque você sabe exatamente quem você é. E você não faz ideia de como isso é revigorante.

– É possível que você esteja me dando um pouco mais de crédito do que eu mereço – diz Greta. – Eu não tenho ideia de quem eu sou. Principalmente agora. Eu estou péssima.

– Todo mundo está – retruca Ben, dando de ombros. – Mas você fica péssima com estilo.

Ela ri.

– Obrigada, eu acho.

– Olha, eu sei bem como tudo isso soa – diz ele, se inclinando para a frente. – Então, não entra em pânico nem nada. Eu sei bem qual é a situação.

– Eu não estou em pânico. Eu estou com cara de pânico?

– Não. Sua cara está linda.

Ela balança a cabeça, sorrindo a contragosto.

– Agora você foi um pouco longe demais. Pega mais leve, Wilder.

Ele ri e levanta as mãos.

– Desculpa. O que eu quero dizer é que eu sei que isto aqui não é a vida real. Eu não quero que você pense que estou fantasiando nem nada.

Greta olha pela janela. No pé de uma das montanhas, há um chalezinho, o primeiro que eles veem em quilômetros, e parece tão solitário, tão abandonado, açoitado pelo vento e desolado, que ela fica arrepiada. Ela sai da cama, passa pelas pilhas de roupas deles, jogadas apressadamente no chão poucas horas antes, e fecha a cortina, deixando o quarto na penumbra.

Quando ela se vira, Ben a está observando com uma expressão insondável. Eles se olham no espaço apertado por um momento e ele levanta o canto do cobertor.

A vida real, pensa ela, as palavras latejando na cabeça enquanto entra embaixo das cobertas. Seu pai acredita que toda a sua vida adulta é um exercício para evitar isso: desviar de qualquer coisa permanente demais, fugir de tudo que possa prendê-la. Mas o que Greta tenta fazer é o oposto: ela tenta viver um sonho. E talvez seja possível que essas coisas coexistam; talvez seja possível retorcer a vida até obter uma combinação das duas. Ou talvez não. Talvez seja preciso trocar uma coisa pela outra em algum ponto no caminho. Talvez não seja tão diferente de crescer.

– Tem uma citação do Jack London… – diz Ben, então faz uma pausa. – Bem, alguns acadêmicos questionam se as palavras podem realmente ser atribuídas a ele, porque na verdade vieram de…

– Ben?

– Ahn?

– Só me diz a citação.

– Certo. É assim: "A verdadeira função do homem é viver, não existir."

Os dois ficam quietos e deixam as palavras ecoarem por um minuto.

– Por muito tempo pareceu que eu estava só existindo – diz Ben por fim. – E agora… eu não sei. Talvez seja o Alasca. Ou o fato de que me afastei um pouco da minha vida. Mas tem alguma coisa diferente. – Atrás dele, as bordas das cortinas ficam douradas enquanto o sol continua sua ascensão invisível. Ele põe a mão no peito e olha para ela solenemente. – Eu consigo sentir meu coração batendo, sabe?

Antes que possa mudar de ideia, Greta estende a mão e a coloca sobre a dele, imaginando por um segundo que também consegue sentir a batida regular do coração dele. Mas o que está sentindo é o seu próprio.

– Eu sei – responde.

Dezoito

Greta não se lembra de pegar no sono, mas acorda com o celular apitando loucamente na mesa de cabeceira. Ao seu lado, Ben está roncando tão alto que quase parece fingimento. Mas continua sem parar quando ela sai de baixo do braço dele para pegar o telefone.

Tem várias mensagens do pai dela, cada uma mais impaciente do que a anterior:

Pronta para ir?
Onde você está?
Você não está atendendo a porta.
Espero que não esteja dormindo ainda.
Acho que vamos ter que te encontrar lá embaixo.
Ponto de desembarque, às 10h.
Use algo quentinho.
E à prova d'água.
Espero que você não tenha esquecido.
Onde você se meteu?
Alguém aí?

Ela olha a hora, vê que são 10h07 e imagina que ele esteja furioso, embora não consiga se lembrar de jeito nenhum o que eles iam fazer hoje. Ela digita uma mensagem rápida: Estou indo! Ainda dá tempo?

A resposta é imediata: Eu menti. Sairemos às 10h30. Ande logo.

Greta sai da cama, pega a calça jeans no chão e procura papel e caneta enquanto se veste. Ela escreve um bilhete rápido para Ben: *Não foi pânico, só estou indo encontrar meu pai. Te vejo mais tarde.* Ela pega o resto das roupas e vai para a porta, ainda descalça e usando o moletom enorme dele de Columbia.

A primeira pessoa que vê, claro, é a velha senhora. Mas desta vez ela não diz nada sobre protetor solar. Só levanta as sobrancelhas e olha para Greta de modo avaliador.

– Espero que ele seja bonito – diz ela quando elas se cruzam no corredor estreito. Mas, um segundo depois, ela se vira e acrescenta: – Ou ela!

Greta ri e corre pela escadaria, torcendo para não encontrar ninguém que realmente conheça. No quarto, ela veste a calça de caminhada à prova d'água que o pai a fez comprar (e ela gostaria de conseguir lembrar para quê) e pega um boné do Dodgers que já pertenceu a um namorado, do passado distante. Fica tentada a usar o moletom de Ben, mas o troca por um dela. Pega o casaco impermeável da mãe e sai.

– Onde é o ponto de desembarque? – pergunta ela ao primeiro tripulante que vê, um garoto ruivo que não pode ter mais que 18 anos e que a olha por tanto tempo que Greta desconfia que ele a reconheceu. Ela puxa o boné para baixo enquanto ele dá instruções.

Quando ela chega, são 10h32, e Conrad parece muito irritado. Um grupo com cerca de vinte pessoas espera na mesma área. Suas roupas variam de casacos pesados a coletes acolchoados e casacos de *fleece*, logo não a ajudam a perceber qual é o programa.

– Você está atrasada – diz Conrad quando ela chega, o rosto severo sob o chapéu, que tem o logo de um clube de golfe.

– Só dois minutos.

– Foram 32 – diz ele. – Se quisermos ser técnicos.

– Bom, nós estamos de férias.

– Você não estava no quarto.

– É, eu levantei cedo – diz ela rapidamente, torcendo para não estar com nenhuma marca de travesseiro no rosto. – E pensei em comer alguma coisa.

Seu estômago ronca e eles se encaram por um segundo.

– Mas e aí? – diz Greta, ansiosa para mudar de assunto. – Como você está se sentindo?

– Bem – responde ele bruscamente, como se fosse uma pergunta ridícula de se fazer. Ele ainda está meio pálido, mas não como da última vez que ela o viu. Apesar do mau humor, Greta vê que ele está feliz de sair do navio. – Acho que foi uma virose de 24 horas.

– Onde está todo mundo?

– Eles foram pescar.

Greta observa a área de espera, olhando para as muitas pessoas de roupa esportiva.

– E nós não?

– Não, nós… – Ele para, exasperado. – Você não leu a programação que eu te mandei?

– Eu estou meio atrasada nas minhas leituras.

– Este é o dia em que a gente ia… – Ele para abruptamente, a mão no bolso do casaco, sem saber como prosseguir. Por fim, diz: – Nós vamos fazer um safári.

– Um safári no Alasca?

Ele gesticula ao redor, como se fosse óbvio.

– É… um negócio. A gente vai de barco a uma ilha e observa a vida selvagem, desce um rio de canoa e caminha até uma geleira.

– E por que o pessoal não vem?

– Já falei. Eles foram pescar.

– Sim, mas…

– Porque… – diz ele, tão alto que um casal usando jaquetas vermelhas idênticas olha para eles. Conrad diminui um pouco o tom de voz: – Porque sua mãe escolheu essa atividade. Só para nós dois.

A lembrança é intensa: Helen à mesa da cozinha em Ohio, cantarolando cantigas de Natal baixinho enquanto folheava o livreto.

– Você acha que seu pai gostaria de um tour ferroviário? – perguntou ela a Greta, que estava sentada na cadeira em frente, tentando botar em dia os e-mails que tinham se acumulado enquanto estava na estrada.

Do lado de fora, floquinhos de neve batiam nas janelas. O cheiro dos biscoitos cobertos de açúcar, que Helen tinha passado a tarde preparando com as gêmeas, deixava o aposento aconchegante e caloroso.

Greta ergueu os olhos da tela do computador.

– É um tour *por* um trem ou *de* trem? – perguntou ela. – Porque… Bom, nenhum dos dois.

– E tirolesa?

– Sério? O papai?

Helen suspirou.

– Eu quero planejar uma coisa para nós dois. Estou muito feliz que os Fosters vão e ainda estou convencendo os Blooms, mas não é muito romântico se ficarmos com o grupo o tempo todo. Que tal um safári?

Ela mostrou outro livreto, com a imagem de uma canoa laranja e um guia jovem e bonito segurando um remo, e ela pareceu tão esperançosa naquele momento que Greta teve vontade de dizer: *Você sabe que vai fazer esse passeio com o papai, né? Não com esse cara aí?* Mas, em uma demonstração impressionante de autocontrole, apenas disse:

– Acho que esse é o melhor.

– Eu também acho – disse Helen, parecendo satisfeita. – Tem uma caminhada, uma geleira e um passeio de canoa. Tem também um piquenique em um campo de morangos silvestres. Você sabe como seu pai ama morangos.

– Eu sei – disse Greta. – Tudo parece bem romântico.

Helen riu.

– Você não acreditaria em quanto ele sabe ser romântico.

– O cara que sempre te dá um par de luvas no Natal?

– Para a sorte dele – disse ela com um sorriso –, eu acho luvas uma coisa muito romântica.

Agora, Greta olha para Conrad, o coração apertado. Porque esse era para ser o dia deles. Mas ela está ali, Helen não está e, de alguma forma, de alguma forma eles precisam encontrar um jeito de passar por aquilo sem ela.

– Pai... – começa Greta, mas, antes que possa dizer qualquer outra coisa, um homem de bochechas coradas, usando botas de pesca que vão até os joelhos e um gorro tricotado aparece na porta, os braços abertos.

– Oi! Eu sou o capitão Martinez! – grita ele. – Se vocês estão aqui para o safári, vieram ao lugar certo. Vamos começar levando vocês para o barco, mas primeiro vamos verificar se todo mundo está aqui.

Quando ele começa a chamada, Greta sente Conrad ficar tenso. É raro sentir a mesma coisa que ele, ao mesmo tempo, mas ela sabe que os dois estão suplicando silenciosamente para que o capitão não diga o nome da mãe dela.

Quando ele diz "James, duas pessoas", ela relaxa um pouco. Mas, ao seu lado, o rosto de Conrad ainda está pétreo. Greta gostaria de pensar que é porque ele está lutando com a própria dor, pensando em como o dia poderia ter sido. Como deveria ter sido. Mas ela desconfia que ele está apenas tendo a mesma percepção desanimadora que ela: que eles estão prestes a passar um dia inteiro juntos. Só os dois.

– Tudo bem, galera – diz o capitão Martinez quando termina de checar os nomes. Ele observa o grupo heterogêneo e assente. – Vamos nessa!

Sem olhar para ela, Conrad vai atrás do grupo na direção da saída, uma porta na lateral do navio que leva a uma rampa de metal. Greta o segue, já exausta do dia que mal começou. Mas ela se sente melhor assim que sai. A cidade de Haines se estende à frente deles como um cartão-postal, uma série de prédios quadrados, vermelhos e brancos sob um céu azul deslumbrante, tudo sob uma fileira de montanhas irregulares. A sensação é de descer de um navio do século XIX e chegar a uma cidade remota açoitada pelo vento, meio adormecida, meio selvagem. *Como algo saído de uma história sobre a corrida do ouro*, ela pensa. E se dá conta de que a história deve ser *O chamado selvagem* e de que Ben vai amar aquele lugar com um entusiasmo tão grande e espontâneo que ela quase deseja poder estar presente quando ele acordar e o vir.

Não há barquinhos de transporte hoje; o navio atracou junto a um píer de madeira e a rampa de metal estala enquanto eles descem. Sob a sombra do enorme navio, que deve ter a mesma quantidade de gente que a cidade, estão enfileirados alguns barcos de turismo menores. Greta e Conrad seguem o capitão até o deles, partindo com o restante do grupo e pegando lugares nos bancos lá dentro. Embaixo deles, o barco geme e balança.

Todo mundo parece mais preparado do que Greta: um casal grisalho com os chapéus de aba larga e garrafas de água, uma mulher com a câmera cara pendurada no pescoço e a capa à prova d'água para o celular, um casal da idade dela usando tantas peças de roupa cáqui que parecem estar indo para um safári na África.

Quando todos estão a bordo, o capitão fala sobre segurança, mostra os coletes salva-vidas e os kits de primeiros socorros e descreve a lista de atividades do dia. Greta não está prestando muita atenção, hipnotizada pelo ritmo da água batendo nas fundações da doca. Mas quando a palavra *piquenique* surge, ela ergue os olhos.

– Morangos – diz ela baixinho.

Na mesma hora, o capitão fala:

– Tem um campo de morangos nos limites da ilha e vocês podem colher quantos quiserem. Mas cuidado com as raposas, porque elas também gostam.

Conrad a encara.

– Pensei que você não tinha lido a programação.

– Eu não li.

– Então como você sabe?

Ela quer contar. E quase conta.

Mas a palavra *mamãe* fica entalada na garganta.

Então, ela só diz:

– Eu devo ter ouvido em algum lugar.

O barco parte da doca e deixa um rastro enquanto se afasta da margem. Ao redor, tudo parece saturado de cor, o azul nada natural do céu, o verde brilhante da água, o branco chocante da neve, como se um botão tivesse sido girado para realçar o mundo. Greta fecha os olhos, sentindo as gotículas de água no rosto conforme eles aceleram. Ao seu lado, Conrad suspira e, com uma voz tão baixa que ela quase não ouve, diz:

– Eu amo morango.

Dezenove

Eles não atracam, exatamente, apenas seguem direto até terra firme, o barco se arrastando em uma praia de cascalho em uma ilhota remota. Um a um, o capitão os ajuda a descer, e Greta gira sem sair do lugar, os tênis esmagando as pedras enquanto ela observa tudo: as fileiras de montanhas com picos esbranquiçados e os topos dos abetos à frente. Entre eles, a geleira é um choque de branco. De longe, quase parece estar em movimento, pela forma como se curva e flui como água, como se a qualquer momento pudesse cair em cima deles. Mas, claro, o oposto é a verdade. Centímetro a centímetro, ela está recuando. Com o tempo, tudo aquilo vai desaparecer.

Tem um ônibus escolar enferrujado parado em um campo, pintado de verde e bege como se estivesse tentando se camuflar. Três caras brancos e jovens de galochas e bonés, dois com barbas densas, os esperam perto da porta.

– Eu não ando de ônibus escolar há cinquenta anos – diz Conrad, estreitando os olhos. – Já estou com as costas doendo só de imaginar.

– Vem, coroa – diz Greta com alegria, e eles seguem na direção do ônibus, os sapatos fazendo barulho na lama.

O trajeto é sacolejante, como temido, e todos abrem sorrisos nervosos enquanto escorregam nos bancos. Na frente, um dos guias barbados, que se apresenta como Tank, explica o que eles vão fazer lá no alto: uma caminhada até o rio e uma descida de canoa por uma enseada, depois uma caminhada até a base da geleira.

O ônibus sacode ainda mais quando o motorista muda de marcha, levando o veículo pesado pela estrada enlameada. Pinheiros arranham as janelas e Conrad faz uma careta toda vez que eles são jogados para a frente.

Greta apoia a cabeça no encosto.

– Isso me lembra o verão em que você me obrigou a ir para um acampamento.

– Que você odiou.

– Eu não *odiei* – diz ela. – Só estava tendo uma crise existencial.

– Aos 10 anos? – Ele balança a cabeça. – Asher amava aquele lugar.

– É, mas eu não sou o Asher.

– Não, isso é verdade – fala ele, pensativo, como se só agora estivesse percebendo. – Você sempre foi melhor com o violão do que com a vara de pescar.

– Ei, eu peguei alguns peixes naquele verão – diz ela, e Conrad a encara com ceticismo. – Tudo bem, eu só pesquei o Timmy Milikin. – Ela sorri com a lembrança. – É sério! Eu fisguei a parte de trás da camisa dele.

– De propósito?

Greta ri.

– O que você pensa que eu sou?

– Eu não sei, às vezes – diz ele, mas o tom é meio carinhoso. – Não sei mesmo.

Eles são deixados em um pavilhão de madeira no meio da floresta. Dentro há fileiras de coletes salva-vidas, galochas e remos, que o guia começa a distribuir.

– Aqui – diz Conrad, erguendo o celular assim que Greta consegue vestir tudo. O colete fica apertado e as galochas ficam largas e, de forma automática e instintiva, ela segura o remo como um violão. Ele tira uma foto.

– Quanto você acha que pagariam por isso na *Rolling Stone*?

Ela faz uma careta para ele.

Quando todos estão adequadamente equipados, fazem uma fila atrás de Tank, que os guia por uma trilha na floresta coberta de agulhas de pinheiro. Greta segue Conrad, pensando de novo naquele verão no acampamento, em que todas as outras crianças pareciam caricaturas de vigorosos habitantes do Meio-Oeste, agressivamente entusiasmadas por caiaque e carpintaria. Eles trocavam pulseiras da amizade, cantavam músicas e tocavam Red Rover com alegria e abandono, enquanto Greta, magrela, pálida e confiante de uma forma nada natural, fingia uma doença atrás da outra para poder ficar deitada no frescor da enfermaria com os fones de ouvido escutando

"Wonderwall" sem parar. Ela tinha 10 anos e estava infeliz, e, embora ainda não entendesse totalmente o motivo nem soubesse direito quem se tornaria, tinha certeza de que não era alguém que gostava de disparar flechas em alvos.

À frente, Conrad tropeça em uma raiz e quase cai.

– Tudo bem? – pergunta Greta, e ele assente sem olhar para ela. Mas Greta vê que ele já está ofegante, uma das mãos segurando o remo e a outra no bolso do casaco.

Ela sabe que o pai sempre amou essas coisas. Ele cresceu nos arredores de Columbus, em uma casa pequena demais para oito pessoas. Quase não havia dinheiro suficiente para comida, muito menos para acampar. Mas, em um verão, o melhor amigo dele o convidou para ir ao Mohican State Park com a família. Por uma semana maravilhosa, Conrad aprendeu a montar barraca, dar nós e esfregar dois palitinhos para fazer fogo. Ele se sentiu a milhões de quilômetros da própria vida, o que era exatamente o que ele queria, e eles o convidaram no verão seguinte, e no outro, até virar uma tradição, o melhor momento do ano.

Assim que Asher e Greta aprenderam a andar, Conrad os botou para caminhar pelas ravinas pantanosas perto de casa nas manhãs de domingo. Por anos, foi líder do grupo de escoteiros de Asher e dava um canivete a cada menino quando eles faziam 10 anos. Ele sempre ficava perplexo que Greta conseguisse passar um lindo dia dentro da garagem empoeirada, mexendo em amplificadores e pedais, quando havia trilhas para explorar e lagos onde pescar.

– Você é um gato doméstico – disse Asher certa vez, como se isso explicasse tudo. – E eu sou um golden retriever.

– E o papai é o quê, então?

Ele riu.

– Um leão da montanha?

Um falcão voa no céu e solta um grito agudo, e Greta vê o pai tropeçar de novo. É novidade sentir esse tipo de preocupação por ele. Fisicamente, ele está igual: os ombros largos e o rosto marcado, o corte de cabelo caprichado e o olhar duro. Mas, desde que sua mãe morreu, ele está menor. Parece que até leões da montanha envelhecem.

Um dos outros guias, de barba feita e impossivelmente jovem, coloca-se ao lado dela.

– Você precisa tomar cuidado com aquilo ali – diz ele, apontando para uma planta verde, alta e coberta de espinhos. – Chama-se ginseng-do-alasca.

– O que ela faz? – pergunta Greta, intrigada.

– Se você encostar em uma e aqueles espinhos ficarem presos na sua perna... – Ele balança a cabeça e assobia. – Nem pinça adianta.

– Aí faz o quê? – pergunta ela. – Você vira meio porco-espinho e pronto?

– Você precisa esperar alguns dias, até infeccionar, aí dá para começar a tirar. – Ele sorri. – Se parece nojento é porque é mesmo. Confie em mim, eu sei.

– Acho que é o tipo de erro que só se comete uma vez – diz ela, mas ele não responde. Em vez disso, ele a encara com os olhos semicerrados, a cabeça inclinada para o lado.

– Você já veio aqui?

– Neste bosque no meio do Alasca? Não.

– Eu quis dizer neste passeio... No verão passado, talvez?

Ela balança a cabeça, mas já sabe aonde aquilo vai dar. E ela vê pelo jeito como Conrad se vira um pouco para observar o rapaz que ele também sabe.

– Ah – diz o guia. – Bom, eu sou o Urso. É um apelido. Na verdade, meu nome é Preston, mas não é um nome muito impressionante para quem mora no mato o verão todo.

Greta assente e começa a descer uma inclinação.

– Prazer em te conhecer, Urso.

Por um segundo, ele fica parado, ainda olhando para ela com intensidade curiosa, torcendo para ela também se apresentar e isso bastar para ativar sua memória. Seu pai deve achar que ela está relutante por causa do colete laranja feio e das botas de borracha e do remo que está usando como bengala enquanto meio que desliza colina abaixo. Mas não é porque ela não se parece com Greta James no momento; é mais porque ela não se sente Greta James. Não naquele momento. Não há um tempo.

Eles finalmente avistam um rio verde-amarronzado no pé da trilha e andam até a margem de pedrinhas. Quando saem do meio das árvores, a geleira aparece do outro lado da água, reta e branca entre montanhas cinzentas. No rio parado, três canoas os esperam.

Enquanto Tank explica a próxima parte do passeio, Urso volta para perto dela.

– Você não é do Texas, é? – pergunta ele.

– Não – diz Greta, enquanto, ao seu lado, Conrad cruza os braços e olha para a frente. Ela quase consegue sentir a irritação irradiando dele.

Certa vez, quando seus pais estavam visitando Nova York, eles foram jantar em um antigo restaurante do Brooklyn e a garçonete ficou de olhos arregalados quando viu Greta. Ainda era cedo para esse tipo de coisa; seu primeiro álbum nem tinha sido lançado e as únicas pessoas que a reconheciam eram os fãs raiz que tinham ouvido o EP ou a visto tocar com outras bandas ao longo dos anos.

– Puta merda – disse a garota, quase deixando o copo de água cair. Ela tinha 20 e poucos anos, usava piercing no nariz e tinha pelo menos umas dez tatuagens. Não era uma pessoa que parecia ficar abalada facilmente. – Você é Greta James.

Helen soltou uma gargalhada surpresa ao olhar para Greta, mas Conrad, que estava espiando o *ribeye* da mesa ao lado, começou a olhar o cardápio.

– Eu te vi tocar naquele show indie no Knitting Factory, no verão passado – disse a garota. – Você arrasa na guitarra.

Greta sorriu.

– Obrigada. Você toca?

– Um pouco. Geralmente eu canto.

– Que incrível!

Por ser Nova York – onde as pessoas são de boa demais para surtar, ou tentam fingir que são –, a conversa parou aí. Mas Greta passou o resto do jantar vibrando, empolgada pela interação.

Quando eles saíram do restaurante, sua mãe deu o braço a ela.

– Minha estrela – disse ela, sorrindo.

– Mãe – resmungou Greta. Mas as duas estavam sorrindo como malucas.

– Não foi incrível, Con? – perguntou Helen, e, por um segundo, o rosto de Conrad se suavizou. Isso era uma característica dele: de vez em quando o orgulho transparecia.

– É sempre bom ser reconhecido pelo seu trabalho – admitiu ele rigidamente. Mas não pôde deixar de acrescentar, com um tom de reprovação: – Só que o objetivo não deveria apenas ser aplaudido.

– Bom, no meu tipo de trabalho, é – disse Greta – Literalmente.

Isso fez Helen soltar aquela gargalhada alta e inesperada, típica dela.

– Ela te pegou – disse ela para Conrad, soltando o braço do de Greta para andar até ele. – Se um dia você precisar ser aplaudido de pé, querido – disse ela, dando um beijo nele –, é só avisar.

Agora, quando Tank termina a demonstração de como entrar na canoa, Urso ainda está com a testa franzida por baixo da aba do chapéu.

– Você é atriz?

– Não.

Ele parece decepcionado.

– Modelo?

Greta ri.

– Definitivamente não.

– Não é possível. Eu *sei* que te conheço de algum lugar.

Ela balança a cabeça evasivamente enquanto Tank bate as mãos enormes.

– Vocês seis vêm comigo – diz ele, apontando para uma família –, vocês seis vão com McKee e vocês seis com Urso.

Urso sorri para Greta, que agora faz parte do grupo dele. Conrad grunhe enquanto anda na direção da primeira canoa. Quando todos entram, a embarcação estreita balançando de um lado para outro, Urso mostra como segurar os remos e Tank empurra a canoa, com o fundo raspando nas pedras. Eles são os primeiros a saírem flutuando pelas águas calmas, girando em um círculo lento antes de Urso dar a ordem e todos começarem a remar.

Greta é a mais baixa e Urso a colocou na proa. Conrad está no banco de trás, seguido de dois casais: um par de homens gays atléticos na casa dos 50 anos, e marido e esposa de aparência mais velha, com uma quantidade ridícula de equipamentos esportivos chamativos, inclusive uma bússola do tamanho de uma bola de golfe que a mulher usa como colar.

O dia está perfeito, só céu azul e ar frio. Quando eles se afastam da margem, as outras vozes somem; só resta o barulho dos remos e a ondulação da água conforme seguem na direção da geleira gigante poucos metros de cada vez. Acima, um pássaro voa lentamente, e Greta inclina a cabeça para trás, deixando a calma tomar conta dela, permitindo que a paz…

– Já sei! – grita Urso da outra ponta da canoa, e ela volta ao presente. – Eu *sabia*. Sabia que você era famosa.

Logo atrás, ela ouve Conrad suspirar e casacos farfalhando quando os outros se viram para se entreolhar, confusos.

– Você – diz Urso, a voz soando triunfal sobre a água calma – é Greta James.

Há um minuto de silêncio.

E mais um.

Então a mulher com a bússola diz:

– Quem?

Vinte

A canoa deles é a primeira a chegar à margem oposta, um trecho estéril e lodoso açoitado pelo vento que leva até a base da geleira. Assim que eles encostam na areia, Conrad pula da canoa.

– Espera! – exclama Greta, mas ele já está na praia, desajeitado com o colete salva-vidas e as botas duras, a cabeça baixa contra o vento.

– Tudo bem – diz Urso, pulando para fora para segurar a canoa enquanto os outros passam com cuidado pela lateral. – Ele deve querer ser o primeiro. É comum. Ficar sozinho com a geleira.

Greta desconfia que ele queira na verdade se afastar dela, mas não fala nada. Urso ainda a encara com olhos meio brilhantes.

– Você está tocando em algum dos navios? – pergunta ele enquanto arrasta a canoa para terra firme. – Eu não imaginaria que...

– Não, eu só estou... num cruzeiro. – Ela aponta. – Com meu pai.

Ele se empertiga e limpa as mãos na calça impermeável.

– Ah.

– É.

– Sabe, um dos meus colegas de apartamento é doido por você. – Ele pega o celular e sorri. – Você se importaria se...?

Com um suspiro, ela olha para a figura cada vez mais distante do pai, assente e aproxima o rosto do de Urso, abrindo um sorriso rápido e protocolar. De boné, ela parece menos uma pessoa famosa e mais a irmãzinha de alguém, mas ele não parece se importar.

– E aí – diz ele, enfiando o celular em um dos muitos bolsos. – Você está, tipo, saindo com alguém?

– Estou – responde ela secamente, os olhos voltados na direção do pai, que está se afastando, parecendo ainda menor ao longe em comparação com a muralha enorme de gelo azulado.

Urso parece decepcionado.

– Aquele tal produtor?

Greta fica surpresa de ele ter aquela informação, mesmo sabendo que ela e Luke se tornaram alvos frequentes dos fotógrafos nas festas e de alguns paparazzi, pois, pouco antes de eles ficarem juntos, Luke saiu com uma estrela de reality show conhecida – mais famosa pelo Instagram do que por qualquer outra coisa – e Greta teve uma enorme projeção na carreira enquanto eles namoravam.

Ela está prestes a dizer para Urso que isso não é da conta dele, mas então nota a mulher com a bússola ali perto, o celular na mão.

– Desculpa, mas será que posso tirar uma foto também? Para ser sincera, eu não sei quem você é, mas acho que a minha filha deve saber. Ela gosta de… – Ela balança a mão vagamente. – Cultura pop.

Greta sorri a contragosto.

– Eu sou musicista.

– Ela é uma estrela do rock – corrige Urso.

A mulher tira uma foto e a observa por um momento com interesse genuíno.

– Legal – diz ela, então dá de ombros e sai para se juntar ao marido, que está olhando para a geleira com um binóculo enorme.

As outras duas canoas ainda são pontinhos cor de laranja distantes na água, e o grupo deles começa lentamente a caminhada pela areia dura misturada a pedras espalhadas. A geleira está começando a se assemelhar a uma miragem, como se, por mais que eles andassem, nunca fossem alcançá-la. Mas, depois de alguns minutos, ela parece menos blocada e mais intrincada, como um tipo de doce, delicada como um merengue.

Conrad está quase lá, sua sombra pequena perto da grandiosidade da geleira. Todo mundo se espalha, seguindo Urso até o lado oposto da ampla face da geleira, onde uma caverninha se formou no gelo. Mas Greta segue em frente, os olhos em Conrad, que parou para observar os arredores. O colete dele ainda está bem preso, como se pudesse ter que correr de volta para a canoa a qualquer momento, e as mãos estão nos quadris;

ele parece ao mesmo tempo irrecuperavelmente perdido e totalmente em casa.

Ela se aproxima e pigarreia.

– Pai – diz Greta, mas a palavra é devolvida pelo vento. Ela se coloca ao lado dele e tenta de novo: – Ei!

Desta vez, ele se vira e olha para ela, a expressão inescrutável.

– É lindo, né? – fala ela, os olhos percorrendo o gelo.

De longe, parecia limpo e branco, mas agora ela vê que é cheio de sujeira e areia. Só que, por baixo disso, o tom azulado é ainda mais brilhante de perto, como se a coisa toda brilhasse de dentro para fora. E o tamanho é impressionante; à distância, a coluna na frente deles não parecia tão notável, porém, na verdade, tem o tamanho de uma casa de dois andares e cintila sob o sol abundante.

Conrad demora um segundo para responder.

– Não consigo decidir – diz ele, a cabeça inclinada para trás para observar tudo – se é mesmo a coisa mais extraordinária que eu já vi. – Ele se vira para ela. – Obviamente, é uma maravilha da natureza. Mas também é só um monte de gelo, sabe?

Greta sorri ao ouvir isso. Lá na água, a segunda canoa está chegando. Vozes empolgadas se espalham pela praia vazia, carregadas por um sopro de vento. Mais à frente, junto à geleira, o resto do grupo posa para fotos, que Urso tira agachando-se para conseguir os melhores ângulos.

Ela faz um gesto de cabeça na direção deles.

– A gente deveria...?

Mas Conrad não responde. Em vez disso, ele avança e coloca a mão exposta no gelo. Parece uma peça de arte abstrata, as curvas indiferentes a qualquer tipo de lógica, exceto pela água descendo em filetes, formando poças lamacentas na base.

– Escuta, sinto muito por...

– O quê? – pergunta ele, se virando para ela, os olhos encobertos pela aba do boné.

– Eu sei que você não gosta quando as pessoas me reconhecem – diz ela, dando de ombros.

Ele estreita os olhos para o gelo.

– Nem tudo gira em torno de você, sabia?

– Eu sei – diz Greta. Mas, depois de uma pausa, ela não pode deixar de acrescentar: – Se bem que, para falar a verdade, parece que a maioria das coisas gira. Quando se trata de você, pelo menos.

Ele se vira para ela de novo.

– O que isso quer dizer?

– Só que, obviamente, nós temos nossas diferenças.

– E daí?

– E daí que você gosta de salientá-las.

Há uma pausa e então um sorriso de divertimento aparece no rosto dele.

– Acho que eu preferia seus anos de adolescente emburrada.

Greta não consegue conter uma risada.

– Isso é porque eu ainda não tinha descoberto a terapia – diz ela. – Eu só botava todos os meus sentimentos em músicas horríveis e exageradas.

– Que você tocava absurdamente alto, não importava a hora.

– Pare com isso – fala ela, sorrindo. – Você tem que admitir que "A vida é uma droga" foi um clássico.

Conrad balança a cabeça.

– Para uma garota que levou uma vida boa de classe média, você sofria demais.

– A boa notícia é que eu dei um jeito de me sustentar com isso.

Na mesma hora, a expressão dele muda. E, na mesma hora, Greta fica irritada.

– Só porque eu não fico atrás de uma mesa o dia inteiro, não significa que não trabalho duro – diz ela apressadamente, sempre na defensiva.

– Trabalha duro? – repete ele, a voz carregada de escárnio.

– É.

– Você toca guitarra.

Greta cerra os punhos.

– É, pai, eu toco guitarra. Todos os dias. Por horas e horas. Eu também componho minhas músicas. Produzo. Vou para o estúdio de gravação e lido com a parte comercial das coisas, com marketing e publicidade, sem mencionar que fico na estrada duzentos dias por ano e...

– Não mais.

Ela o encara com olhos semicerrados. Seu nariz está escorrendo por causa do frio e ela o seca com as costas da mão.

– Como assim?

Ele dá de ombros.

– Você não vive mais na estrada.

Ela sente um embrulho no estômago, que se intensifica agora. Achou que ele não tinha notado. Achou que ele não estava prestando atenção.

– Eu sei que você cancelou seus shows dos últimos meses – continua ele, erguendo a voz em meio ao vento. – E que adiou a turnê.

Greta engole em seco.

– E daí?

– E daí – diz ele, com uma paciência irritante – que, se seu emprego dos sonhos é tocar música e você não está fazendo nem isso, o que você *está* fazendo?

– Isso não é… – começa ela, mas se dá conta de que não sabe como terminar a frase. – Isso foi… temporário. Eu vou tocar no Governors Ball no domingo. – Antes que ele possa perguntar o que é aquilo, ela acrescenta: – É um festival. Em Nova York. Bem grande.

Ele a observa por um momento.

– E o que vai acontecer se você também não se sair bem? – pergunta ele por fim.

Já é ruim pensar no último show em que tocou.

É um milhão de vezes pior ouvir isso vindo do pai.

Ela imaginou que ele estivesse ao menos superficialmente ciente do que tinha acontecido. Era difícil não estar. Mas, até o momento, não tinha ideia se ele tinha visto o vídeo.

Agora ela sabe que sim.

– Eu não me *saí bem* no último – diz ela, escolhendo as palavras com cuidado – porque foi uma semana depois que a mamãe morreu. E porque ela não estava lá naquela noite, o que acabou comigo. E porque eu escrevi aquela música para ela e aquele foi o momento em que me dei conta de que ela nunca a ouviria. – Greta balança a cabeça, tentando conter a frustração. – Eu sei que você não entende. Como poderia entender, se nunca foi a um show meu?

Ele parece ofendido.

– Não é verdade. Eu fui ao…

– Lançamento do álbum? É. Mas só porque a mamãe insistiu.

– Nós dois sabemos que não é bem meu tipo de ambiente – diz ele, dando de ombros.

– Você acha que era o ambiente da mamãe? Ela ia aos shows porque queria me apoiar. Não por ser secretamente fã de música indie.

O rosto dele se suaviza um pouco.

– É, mas ela amava.

– Isso porque ela *me* amava – diz Greta, meio gritando com ele por causa do vento. – Como você não entende isso?

– Eu entendo – responde Conrad, em um tom surpreendentemente arrependido. – Foi por isso que eu fui.

– Bom, foi difícil perceber. Você passou a noite toda no canto do bar, com cara de que preferia estar em outro lugar.

Ele a encara.

– Você pode me culpar?

Greta abre a boca e a fecha de novo. O vento parece estática ao redor. Ela está tentada a fingir que não entendeu o que ele quis dizer, mas sabe que não é justo. Que aquela conversa era inevitável. Mesmo assim, ela não se sente preparada.

Ela se lembra da primeira vez que tocou "Eu te disse" para a mãe, como ela comprimiu os lábios ao ouvir a música sair do celular de Greta. As notas de abertura eram ásperas e crescentes; os versos iniciais também: *A todos os haters/ que achavam que eu não ia conseguir.* Quando chegou ao refrão, as mãos de Greta estavam suadas, e ela não conseguiu erguer os olhos. Não importava. Com o olhar fixo no celular, Helen estava de testa franzida enquanto ouvia a música, que era metálica, vibrante e cheia de raiva, um dedo do meio em forma musical.

Quando acabou, houve um silêncio ensurdecedor. Greta já estava explodindo de argumentos a seu favor; estava preparando suas falas desde que os primeiros versos surgiram em uma viagem para Londres, onde ela ficou sentada em um café vendo um pai ensinar pacientemente à filha como desenhar uma lagarta na parte de trás de um cardápio infantil e pensou: *É assim que deveria ser.*

Aquele pensamento ficou girando na cabeça dela, até acabar virando uma música. Que ela tinha todo o direito de tocar. Que ele tinha merecido ouvir, e muito.

Mas, quando Helen finalmente a encarou com uma expressão de decepção, a postura desafiadora de Greta derreteu e seu rosto ficou quente.

– Eu nunca te diria o que sentir – disse sua mãe lentamente, cada palavra precisa – e certamente nunca te diria o que fazer no que diz respeito à sua música.

Greta cravou as unhas na palma da mão enquanto esperava o resto, a parte que ela sabia que viria desde que escrevera as primeiras palavras.

– Mas o que posso lhe dizer é que isso vai magoá-lo. E, antes que você siga por esse caminho, eu só quero ter certeza de que você sabe disso.

Greta assentiu uma vez, sem encarar a mãe.

– Eu sei.

Isso foi tudo que ela disse, e as duas nunca mais conversaram a respeito. Nem quando a música foi lançada como primeiro single do álbum de estreia dela e chegou a entrar nas listas de música indie, ainda que lá atrás. Nem quando o vídeo saiu e a música continuou ganhando impulso. Nem quando o álbum foi lançado e seus pais foram a Nova York para a festa e ela viu como seu pai parecia deslocado no bar, de calça jeans e camisa xadrez, olhando o salão como se já soubesse o que todos estavam pensando: que a música que todos foram ouvir era sobre ele.

E ele estava certo.

Greta esperava se sentir triunfante. *Viu?*, ela se imaginou dizendo para ele naquela noite. *Eu consegui. Você achou que eu não conseguiria, mas eu consegui.*

Eu te disse.

Mas em vez disso, ficou surpresa ao se sentir triste.

Todo mundo lá conhecia Helen como a mãe com o cartaz.

E conhecia Conrad como o pai da música.

O cara da "Eu te disse".

No meio da sua grande noite, ela tentou invocar todos os sentimentos que tinha colocado na música, as lembranças que reuniu como gravetos para uma fogueira. Houve a vez em que ele jogou o violão dela no lixo depois de uma briga. A vez em que ele disse que não ajudaria com a faculdade se ela planejasse estudar música. A vez em que ele não apareceu no show de talentos do sexto ano. O folheto de inscrição em uma faculdade de administração que ele deixou no travesseiro dela, no ensino médio. O orgulho que teve quando Asher se tornou gerente de banco. A indiferença quando Greta contava suas conquistas.

Ele não concordava com nada daquilo. Ela sabia. De certa forma, até se orgulhava disso, usava a reprovação dele como armadura. A intenção era desviá-la do rumo, mas só a fez se esforçar mais durante todos aqueles anos. Fez com que ela tentasse mais, se preocupasse mais, tocasse mais. Deu a ela algo contra que lutar. Só não tinha ocorrido a Greta, até aquela noite, que sem todo aquele atrito ela talvez não estivesse onde estava. Ela talvez não fosse *quem* era.

Mas já era tarde demais para eles.

Sua mãe insistira em um brinde.

– Aos sonhos realizados – disse ela com um sorriso largo para Greta enquanto erguia a taça. – Eu sempre soube que você conseguiria.

As duas se viraram para Conrad, que ergueu a cerveja com certo constrangimento.

– Parabéns – conseguiu dizer e, pela primeira vez, ele pareceu sincero.

Mas depois, quando chegou a hora de ela tocar, Greta reparou nele parado rigidamente no fundo. Quando ela entrou nos primeiros acordes de "Eu te disse" e uma gritaria explodiu pelo salão, ele cochichou algo para Helen e saiu pela porta.

Agora, o sol desce atrás das nuvens e o rosto do seu pai se torna sombrio assim como o céu. Atrás dele, Greta vê a geleira escarpada, cortante e vazia. Mais ao longe, na praia, o resto do grupo ainda está ocupado explorando a caverna de gelo, as vozes baixas ao longe.

– Você compôs aquela música sobre mim – diz Conrad, o olhar duro. – E esperava que eu fosse à festa e sorrisse? O que era para eu sentir?

– *Orgulho*. Era para você sentir orgulho. Foi uma noite muito importante para mim. Não se tratava de você.

Ele solta uma gargalhada sem humor.

– Quando você lançou aquela música, passou a ser sobre mim.

Greta enrijece.

– Arte é contar a verdade. E expressar sentimentos. Era o que eu estava fazendo. Não é pessoal.

Ele a encara com uma expressão de *fala sério*, como se os dois soubessem que não é verdade.

– Você escreveu uma canção de amor para a sua mãe – diz ele. – E eu entendo. Acredite, entendo mesmo. Se eu soubesse compor, também escreveria uma. Mas o que você escreveu para mim... foi mais como um grito de guerra. E eu não sei o que fazer com isso.

– Pai, você age como se não tivesse culpa nisso – diz ela rispidamente. – Como se aquela música tivesse aparecido na minha cabeça do nada. Talvez, se você tivesse me dado mais apoio...

– Eu comprei seu primeiro violão!

– Eu *sei* – responde ela. – É por isso que dói tanto. Porque eu o amava e, em determinado momento, você também. Mas, em algum ponto do caminho, você decidiu que meus sonhos não eram práticos o suficiente e parou de torcer por mim. Eu tinha 12 anos e era *boa*, mas, em vez de torcer, como qualquer pai normal, você me desencorajou. E, quando isso não deu certo, você se retirou completamente da equação. Você tem ideia de como eu me senti?

– Não – diz ele. Por um segundo, ela acha que vai ser só isso. Ele coça o queixo, os lábios comprimidos, os olhos no céu. Mas Conrad se vira para ela com uma expressão tão abertamente angustiada que ela sente o estômago se contrair. – Mas eu sei como é se preocupar com dinheiro. E eu queria que você fosse realista.

– Que abrisse mão dos meus sonhos, você quer dizer.

– Que encontrasse uma carreira mais estável.

– Que me acomodasse.

Ele suspira.

– Que começasse a pensar em uma direção mais estável. Eu não vou pedir desculpas.

– Sabe qual é a pior parte? – diz ela friamente. – Que nunca passou pela sua cabeça que eu poderia ser bem-sucedida nisso.

Conrad chuta a areia cinzenta, deixando um buraco.

– O que você quer que eu diga? Os filhos dos outros... eles têm empregos de verdade. Empregos, com benefícios e segurança. Empregos que fazem sentido para mim. Eu sei dar conselhos a Asher sobre como gerenciar uma equipe e sobre quanto investir no plano de previdência privada. Fico feliz por você ter chegado tão longe em uma área difícil. Fico mesmo. Mas sua vida não se parece com a que eu imaginava.

– É – diz Greta. – É *melhor*. Por que só você não consegue ver isso?

– Porque, por mais que eu olhe e preste atenção, essa coisa toda parece construída sobre palpites e varinhas de condão. E pode desmoronar a qualquer momento. Talvez esteja desmoronando agora mesmo. E eu não posso mentir e dizer que não me assusta saber que minha filha tem um *emprego* – ele faz aspas no ar nesse momento – em que não há plano B e há tanta incerteza e nenhuma garantia.

– Pai – diz Greta e, para sua surpresa, sua garganta fica apertada.

Essa conversa é como estar atolada na lama, as rodas girando em falso. Eles a tiveram tantas vezes que é como se estivessem em uma peça, cada um repetindo suas falas. Mas, de alguma forma, eles não conseguem parar.

– Não é para ter garantias – continua ela. – É para ser algo único. É como se eu tivesse ganhado na porra da loteria, mas você prefere que eu devolva o bilhete e fique sentada em algum escritório velho trabalhando com números só porque o trabalho é seguro. – Ela balança a cabeça. – É impossível conversar com você sobre isso! Nós estamos em planetas completamente diferentes.

– Estamos mesmo – diz ele com um grunhido. – No meu planeta, não tinha acampamento de verão bacana. Nem aula de violão. Você sabe quantos empregos eu já tinha tido na sua idade? Eu entregava jornais, cortava grama e estocava mercadorias. Depois da Marinha, fui barman e trabalhei em construção civil e...

– Pai, eu sei disso tudo.

– Quando eu finalmente cheguei às Páginas Amarelas, podia estar só fazendo fotocópias e pequenas tarefas, mas fui o primeiro da minha família a trabalhar em um escritório. O primeiro a usar gravata todos os dias. Talvez não fosse glamouroso, mas eu sempre sabia de onde viria meu próximo contracheque, e isso é uma coisa e tanto. Eu lutei para estar em terra firme e achei que tinha te ensinado o mesmo.

– E ensinou! – diz ela, sobressaltada. – É por isso que eu me dedico tanto ao que faço. Todos os dias. Eu quero que dê certo. Muito. Quero continuar tocando e fazendo álbuns melhores e dando shows melhores e melhores.

– É, mas e se der errado? Você não tem nenhum plano B.

– Pai – diz ela, achando certa graça. – Claro que tenho. Eu cresci debaixo do seu teto, não foi? Eu tenho plano C e D e E.

Ele se permite um leve sorriso, um breve momento de orgulho, mas logo fica sério de novo.

– Você sabe a frequência com que me convidam para escrever para outros músicos? – continua Greta. – Ou quantas pessoas já quiseram que eu produzisse para elas? Eu tenho um convite permanente para dar aula na NYU, caramba. Eu sei que esse mercado é frágil. E que nada é certo. E também sei que não estou no meu melhor momento agora. Mas a probabilidade de chegar aonde estou... é mínima. E eu cheguei. Eu consegui.

– Por enquanto – diz ele, rabugento.

Greta o encara, tentando não se sentir tão desanimada.

– Por que é tão difícil acreditar em mim? – pergunta ela. – Você já teve um sonho?

– Já – diz ele simplesmente. – Sua mãe era o meu sonho.

A resposta dele é tão inesperada e tão dolorosamente óbvia que a faz hesitar. Ela inspira fundo, tentando se recuperar.

– Bom, esse é o *meu* sonho. E, no fim das contas, não importa o que você pensa. Porque eu estou bem. Eu estou *bem*. Eu vou ficar bem.

Ela fala três vezes. Como se fosse um encantamento. Como se estivesse tentando conjurar alguma coisa.

Como se estivesse tentando conjurar *alguém*.

Mas ela só tem o pai, encarando-a com expressão pétrea, as tiras do colete salva-vidas batendo loucamente ao vento. Nunca deu certo procurá-lo para obter conforto. Ela se odeia por precisar disso, por se importar com o que ele pensa, apesar de ter dito para si mesma mais de mil vezes que não precisa. Mas ali estão eles de novo.

– Você nunca se arriscou em nada? – diz ela, a voz falhando. – O que aconteceu com o garoto que adorava mágica?

– A vida – responde ele, olhando para ela com incredulidade. – A *vida* aconteceu. Eu cresci. Formei uma família. Arrumei um emprego que pudesse botar comida na mesa. – Ele dá de ombros. – Eu sempre entendi as minhas prioridades. Obviamente, uma coisa que você tem dificuldade de entender.

Greta olha para ele, confusa.

– Como assim?

Ele anda alguns passos na frente da geleira e passa por cima de um córrego que se formou do derretimento. Então se vira e volta, o maxilar tenso e o olhar duro.

– Você escolheu sua música – diz ele. Por um segundo, Greta fica confusa. Mas ele praticamente rosna a parte seguinte, e ela sente o estômago embrulhar. – No momento que mais importava, você botou isso em primeiro lugar.

Não há nada que ela possa dizer. Porque ele está certo.

Ela não tinha pensado dessa forma, claro. No momento, ela não estava pensando em nada. Ela tinha acabado de chegar a Berlim e faltavam alguns dias para o festival. Ela e Luke tinham planos de ir a alguns museus, passear pela cidade e beber muita cerveja. A ligação do pai pareceu vaga e distante: sua mãe estava tendo dores de cabeça e ele estava preocupado. Era raro que ele ligasse; isso já devia ter sido um aviso. Mas também havia algo na voz dele, algo sutil e difícil de definir.

– Ela não me contou nada – disse Greta. Ela estava no saguão da Berlinische Galerie, tomada pelo barulho de vozes e passos. – Ela foi ao médico?

– Ainda não, mas temos uma consulta na sexta. Asher está vindo. Talvez você também devesse vir.

Luke tinha comprado ingressos e estava parado perto da entrada, acenando para ela. Quando Greta olhou, ele articulou uma pergunta: *O que houve?* Ela balançou a cabeça e se virou de novo.

– Pai – disse ela, colocando um dedo no outro ouvido quando um grupo de estudantes alemães passou. – Eu estou em Berlim. Vou tocar em um festival este fim de semana.

– Ah. Verdade. Eu esqueci.

– Você está muito preocupado? Quer dizer, se você acha que eu deveria cancelar...

Ela já estava arrependida das palavras antes de saírem da sua boca. Na tarde de sábado, ela seria a principal atração diante de quarenta mil pessoas. Não era impossível cancelar. Teria um custo e seria preciso explicar muita coisa, mas ela poderia, se precisasse. Se fosse importante.

Ela só não queria.

– Tenho certeza de que não é nada – disse Conrad bruscamente. – Ela provavelmente me mataria se soubesse que eu estou te ligando.

– Escuta, eu volto para Nova York na segunda, mas posso mudar minha passagem e ir direto para Columbus.

– Não precisa – disse ele, mas a voz estava tensa. – Nós vamos ficar bem.

– Bom, se alguma coisa mudar, eu posso ir. Eu *vou*. Prometo.

– Eu sei.

Greta sentiu uma pontada de incerteza.

– Você vai me avisar como foi a consulta?

– Claro. Boa sorte no festival.

– Obrigada – disse ela, mas percebeu que ele já tinha desligado.

Agora, ele a encara com uma expressão meio confusa, como se não tivesse muita certeza de como eles foram parar ali. Eles nunca tinham conversado sobre isso antes, não abertamente, mas de repente ali estava, largado na areia entre eles como algo pesado e sem vida.

– Pai – diz ela, a mente em disparada, mas sem saber o que dizer.

Não há pedidos de desculpa que bastem. Ela pensou naquela conversa constantemente ao longo dos meses anteriores; é uma luzinha que pisca em seu peito sem nunca enfraquecer. Mas ela só está se dando conta agora do quanto seu pai ficou de lado. Ela se culpa por não ter estado lá quando a mãe precisou, a parte mais dolorosa de tudo, e, logo atrás disso, a dor aguda por ela não ter tido a oportunidade de se despedir. Mas, pela primeira vez, Greta vê que estava sentindo pena da mãe e pena de si mesma e, no fim de tudo, não sobrou nada para o pai.

Os ombros de Conrad estão caídos e seu rosto parece queimado pelo vento.

– Não importa agora – diz ele.

Mas claro que importa! Importa mais do que tudo. Aquele momento, aquela ligação, aquela oportunidade perdida: tudo aquilo é tão fundamental na vida deles quanto aquela geleira é para a praia, enorme e imponente e diminuindo tão devagar, tão gradualmente, que dá para perdoar quem pensa que ela vai estar ali para sempre.

– Pai – diz Greta de novo, e desta vez ele parece decepcionado por ela não conseguir encontrar uma resposta. Mas ela se sente totalmente vazia.

Ao longe, Urso vem andando na direção deles. Ele está sorrindo, um sorriso tão contrastante com o momento que é quase engraçado. Quase.

Conrad se vira para acompanhar o olhar dela e solta um suspiro pesado.

– Tudo passou tão rápido – diz ele, vendo o homem mais jovem atravessar a praia. Greta não sabe bem a que ele se refere, mas, quando ele se vira para ela, seus olhos, da mesma cor dos dela, parecem bem cansados. – Eu também não vou estar aqui para sempre.

– Pai – repete ela pela terceira vez, sentindo o desespero de quem está despreparada para o que quer que seja aquela conversa. – Você tem que parar...

– Eu falei para ela que ia garantir que você ficasse bem. Eu prometi.

Urso está chegando perto agora e Greta vê que ele está com um pequeno pedaço de gelo na mão. Ela se vira para Conrad, sentindo um pânico estranho.

– Eu *estou* bem – diz ela de uma forma que dá a entender o oposto. – Nós só temos definições bem diferentes disso.

A boca dele se aperta nos cantos, mas Conrad não diz nada.

Quando Urso se aproxima, diz a eles:

– Eu não podia deixar vocês perderem a diversão. – Ele balança o pedaço de gelo. – Vocês precisam experimentar. Não tem nada como gelo de geleira.

Greta balança a cabeça, ainda tomada demais pelas emoções para conseguir abrir um sorriso. Conrad também o encara com expressão pétrea.

– Não, obrigado – diz ele, mas isso não basta para dissuadir Urso, que saltita os últimos metros com a animação de um filhote de cachorro.

– Confiem em mim – replica ele, colocando o gelo nas mãos de Conrad.

Por um segundo, ninguém se mexe. Os três ficam parados no meio do nada, as bochechas rosadas e as botas afundadas na areia, olhando para o pedaço de gelo azul-acinzentado como se fosse um oráculo.

Então, para surpresa de Greta, Conrad dá uma única lambida.

– Viu? – diz Urso com um sorriso. – Agora sempre vai se lembrar deste dia como o dia em que você experimentou gelo de geleira.

Há um vislumbre de alguma coisa no rosto de Conrad.

– Duvido.

Mas Urso é insistente.

– Claro que vai. O que pode superar isso?

– Minhas bodas.

Por alguns segundos, a ficha não cai; ela rodopia pelas bordas da mente atribulada de Greta, a palavra se movendo pela cabeça dela como música: *bodas, bodas, bodas.*

De repente, de uma vez só, seu coração fica apertado.

Era hoje. Claro que era hoje.

A viagem inteira era uma comemoração. Mas hoje era o dia. Quarenta anos desde que eles subiram no altar de uma igrejinha de madeira em Ohio; quarenta anos desde que fizeram seus votos e, rindo, jogaram bolo um na cara do outro.

Quarenta anos. E eles deviam estar passando aquele dia juntos.

Quarenta anos. E Greta esqueceu completamente.

Ela se vira para o pai, a boca aberta, se sentindo péssima. Mas, antes que possa dizer qualquer coisa, Urso dá um tapa tão forte nas costas dele que Conrad cambaleia um passo para a frente.

– Feliz aniversário de casamento, cara – diz Urso. – Quantos anos?

Conrad encara Greta e responde, a voz seca e trêmula:

– Quarenta.

O que ele não diz, o que ela o sente omitindo, é: *Pelo menos iam ser quarenta.*

– Uau – diz Urso, balançando a cabeça, impressionado. Na mão dele, o pedaço de gelo começou a derreter, pingando devagar. – Quarenta anos. Qual é o segredo?

Novamente, Conrad olha para Greta.

– Nós sempre cumprimos nossas promessas.

Vinte e um

Quando Urso vai reunir os outros, Greta começa a ir atrás. Mas Conrad fica. Ela se vira para olhá-lo, sem saber o que dizer. Todo o calor entre os dois se dissolveu; o que sobrou foi algo mais pesado, algo queimando mais devagar.

O rosto dela está dormente por causa do vento, as mãos tão frias que parecem quentes. Uma imagem da cama desconfortável no quarto sem janelas do navio surge na mente dela, mas a ideia de sair de onde está para voltar para lá – a caminhada, a canoa, o ônibus, o barco – parece impossível, como se ela estivesse na lua.

Conrad tateia o bolso de novo, enfia a mão lá dentro e tira um saquinho de plástico, segurando-o com cuidado na mão. Para desespero de Greta, ele está com cara de quem vai chorar.

Mesmo assim, leva um segundo para ela se dar conta do que ele está segurando.

Quando percebe, ela se aproxima e olha para o conteúdo do saco, que não parece tão diferente da areia cinzenta sob seus pés.

Ela fica de boca aberta.

– Não é tudo – diz ele baixinho. – O resto ainda está em casa. Mas pareceu certo trazer um pouco para cá.

O coração de Greta está em disparada por baixo de todas as camadas de roupa. Ela olha na direção do grupo e depois para o saco plástico, para aquele pedaço da mãe dela que ele carregou de Ohio, que guardou no bolso o dia todo. Fica sem fôlego de ver aquilo.

– Achei que você podia querer ajudar – diz ele, e ela assente, apesar de não ter certeza.

Seu cérebro está meio lerdo, os pés estão absurdamente pesados quando começa a andar de volta na direção da geleira, a cabeça curvada contra o vento.

Conrad observa a área.

– O que você acha?

Há o gelo na frente deles, alto e escorregadio. Abaixo, uma série de poças entre trechos de areia. Greta está tremendo agora, apesar de não saber se é de frio ou de outra coisa. Ele está certo: ela ia querer isso. Mas ainda é difícil imaginar deixar uma parte dela ali, naquele lugar açoitado pelo vento.

É difícil imaginar deixar qualquer parte dela.

– Talvez ali – diz Greta, apontando para uma pequena reentrância no gelo, logo acima da altura dos olhos, porque parece firme e lisa e um pouco protegida dos elementos.

Conrad assente solenemente.

– Quer ir primeiro?

Ela aceita o saquinho da mão dele, sentindo a leveza, e segue até o gelo, as galochas afundando nas poças. Não sabe se deve virar direto do saco ou botar um pouco na mão primeiro. No fim das contas, ela fica com medo de o vento soprar tudo, então enfia a mão e pega um punhado, depois vira delicadamente no gelo. Uma parte voa mesmo assim e se espalha no ar como neve. Mas ela se sente surpreendentemente mais leve enquanto vê as cinzas se espalharem e, quando se vira para o pai, vê que ele também está chorando.

Quando chega a vez dele, Conrad fica parado muito tempo, a cabeça curvada como se em oração. Atrás dele, Greta recita baixinho uma oração própria:

– Eu te amo, eu te amo, eu te amo.

Suas palavras também são levadas pelo vento.

Depois, Conrad enfia o saco vazio no bolso e passa a manga do casaco no rosto. Perto das canoas, Urso está gritando para eles, a voz distante. Mas eles não se apressam. Na metade do caminho, Greta é tomada por um impulso repentino. Ela passa o braço pelo do pai e ele enrijece por um momento, depois relaxa. Eles andam o resto do caminho assim.

Mal deixaram as margens do rio, a geleira já ficando para trás, quando Greta sente um puxão na canoa. Ela se vira e vê Urso com o remo apoiado na água, os olhos voltados para os abetos.

– Shh – diz ele, embora ninguém esteja falando.

Ele se levanta, a canoa se inclinando, e todos erguem os remos molhados e seguem seu olhar. Um dos homens passa para Urso um binóculo e ele solta uma risadinha enquanto observa.

– Caramba – diz ele. – Eu ouvi falar que uma águia-marinha-de-steller tinha sido avistada em Juneau no mês passado. Ela deve ter chegado até aqui.

– Uma o quê? – pergunta a mulher da bússola.

Urso entrega o binóculo para ela.

– Uma águia-marinha-de-steller. É uma ave muito rara. Principalmente aqui. Essa é errante.

– Errante? – pergunta o marido. – O que isso significa?

O binóculo chega a Conrad, e Greta o vê levá-lo aos olhos e observar as árvores. Ela percebe quando ele avista a ave só pela forma como seu corpo todo fica imóvel.

– Significa que está fora da área dela – explica Urso. – Elas costumam ser vistas na Ásia.

– Uau – diz um dos outros homens. – O que ela está fazendo aqui?

Conrad entrega o binóculo a Greta, e é mais pesado do que parece. Ela olha pelas lentes, o mundo borrado antes de se focar. Ela procura nas copas das árvores até encontrar uma mancha laranja: o bico grande e curvo da ave, que parece enorme independentemente da ampliação das lentes. A ave é grande e preta, a ponta das asas, brancas, e está sentada placidamente nos galhos, os olhos brilhantes alertas, a cabeça se movendo mecanicamente para lá e para cá.

– Bom, essa é a questão – diz Urso. – Não sabemos. Mas dizem que essas aves são mensageiras da terra dos mortos, que voltaram para visitar seus entes queridos.

Greta abaixa o binóculo e se vira para Conrad, o coração em disparada. Ele a está encarando, incrédulo, o rosto subitamente pálido. Por um momento, a canoa gira lentamente na água, tudo tão silencioso que quase parece barulhento. Então Urso começa a rir.

– É brincadeira – diz ele, sorrindo. – Ela deve ter se perdido. Ou perdeu o rumo em uma tempestade.

Toda a tensão some do corpo de Greta. Ela quer rir com os outros, mas não consegue. Quando olha para o pai, ele abre um sorriso meio constrangido e ela se sente menos sozinha, imaginando que ele também acreditou, apesar de os dois saberem, apesar de os dois entenderem que é bem mais fácil se perder do que percorrer distâncias tão impossíveis.

Mais tarde, eles estão voltando para o navio, e Greta segue Conrad pela longa rampa em silêncio. É o mesmo silêncio que se instalou entre eles há horas, desde a canoa até a caminhada e a área de piquenique – onde eles comeram os morangos sem dizer nada, ambos pensando em Helen –, depois de volta ao ônibus, que ficou atolado na lama na metade da montanha e todos tiveram que descer e coletar gravetos para enfiar embaixo das rodas, vendo-as girar inutilmente até algo finalmente se firmar e o ônibus sacudir, derrapar por alguns metros na estrada e parar para todos subirem de novo.

É um silêncio complicado. Mas não é desagradável.

No navio, eles param diante dos elevadores para olharem um para o outro. Greta não consegue pensar em nada para dizer, não depois de tudo aquilo. Conrad também não, ao que parece. Quando o elevador chega, ele entra e segura a porta para Greta. Mas ela indica o corredor.

– Acho que eu preciso caminhar um pouco.

Ele assente.

– A gente se vê amanhã, então.

– E o jantar?

– Acho que você já me aguentou bastante por hoje.

Greta ri.

– Isso significa que você já me aguentou bastante?

– Significa que nós sobrevivemos ao safári – conclui ele, com um toque de diversão na voz. – O que não era necessariamente garantido.

E, com isso, ele afasta a mão e a porta se fecha.

Greta fica parada ali por muito tempo, os tênis enlameados, queimada de sol, exausta e inquieta. Seu reflexo na porta prateada do elevador, borrado e distorcido, como o de um espelho de casa maluca em um parque de diversões, reflete perfeitamente como ela se sente no momento.

Ela continua imóvel quando o elevador apita de novo e a porta se abre e revela Todd Bloom, de capa de chuva azul, o cabelo grisalho cacheado agitado pelo vento.

– Ah – diz ele, meio surpreso. – Oi. Eu não sabia que vocês tinham voltado.

Greta chega para o lado para ele poder sair do elevador.

– Acabamos de chegar.

– Foi bom?

– Foi – diz ela, pensando que não conseguiria explicar melhor nem se tentasse. – Como foi a pesca?

– Eu não fui – responde ele com um sorriso culpado. – Tem uma área de preservação de águias em Chilkat que eu queria...

– Ah – diz Greta, lembrando. – Nós também vimos uma.

– Águia-careca?

– Não, um tipo de águia marinha que é bem rara. De Seller, talvez?

Todd arregala os olhos.

– Vocês viram uma águia-marinha-de-steller?

– Vimos. Era quase toda preta, mas tinha branco nas asas e...

– Vocês viram uma *águia-marinha-de-steller*? – repete ele enquanto uma família grande sai do elevador no meio de uma discussão agitada sobre quem deveria ter feito a reserva do passeio de hidroavião.

Eles contornam Greta e Todd, mas, mesmo quando já tinham se afastado, o rosto dele continua paralisado, como se o cérebro tivesse entrado em curto com a informação.

– Elas costumam ser da Ásia, né? – diz Greta, em uma tentativa de arrancá-lo daquele estado.

– *Vocês viram uma águia-marinha-de-steller?* – reclama ele uma terceira vez. – Você sabe quais são as chances disso? Não deve ter sido avistada mais de duas ou três vezes por aqui. Na história! São difíceis de encontrar até no habitat natural. E encontrar uma em um continente completamente diferente, quando não se está nem procurando? – Ele balança a cabeça. – Que sorte. É sorte do tipo ganhar na loteria. Eu nem consigo expressar o tamanho da minha inveja.

– Bom, se te faz sentir melhor, ela estava bem longe...

– Não, eu estou feliz de vocês terem visto – diz ele com sinceridade. – É uma coisa muito especial. Não só a ave em si, mas é tipo... Ver um falcão-gerifalte no Círculo Polar Ártico já é uma coisa incrível, sabe? Mas quando se vê um em Ohio, bom, é totalmente diferente. Significa que ele voou por muito tempo e para muito longe para ter chegado a um lugar tão improvável. O fato de não ser daquele lugar é o que o faz se destacar. É o que o torna ainda mais extraordinário.

Uma imagem da mãe surge na cabeça de Greta, dançando na plateia em um dos seus shows, parecendo totalmente deslocada e irradiando felicidade. Ela engole em seco.

– Devia ter sido você – diz ela baixinho, mas Todd sorri.

– Não – diz ele. – Tenho a sensação de que era para ser você.

Vinte e dois

Greta não sabe para onde vai depois disso, mas acaba atravessando a área da piscina coberta, que está cheia e abafada, as janelas embaçadas e o ar carregado de cloro. Ainda há horas de sobra para explorar a cidade antes de zarparem de novo, mas metade dos passageiros folheia revistas em espreguiçadeiras ou relaxa na hidromassagem, alheia às montanhas enormes atrás deles. É como se estivessem em qualquer outro lugar, em um hotel barato em Las Vegas ou em uma piscina comunitária no verão, até mesmo nos quintais de suas casas, e Greta tem um impulso repentino e nada característico de gritar com eles por perderem tudo aquilo, por desperdiçarem uma viagem que outros dariam qualquer coisa para fazer.

Sentindo-se claustrofóbica, ela anda entre as cadeiras e sai pela porta do outro lado, de volta ao ar fresco, e para, segurando na amurada do navio, olhando para a baía e ouvindo os gritos incessantes das gaivotas.

– Ei – diz alguém atrás dela.

Quando ela se vira e vê Ben, seu coração pula. Ele está com traje de pesca, uma calça emborrachada laranja, galochas e um boné do Boston Red Sox desbotado. Sob a aba, ele a observa com uma expressão meio intrigada.

– Oi – diz ela, se virando e se apoiando na amurada. – Pegou alguma coisa?

Ele assente. Greta espera que ele fale mais alguma coisa, que faça uma piada ou avance e a beije. Mas ele fica de testa franzida, como se algo estivesse errado.

– O que foi? – diz ela por fim, o prazer de vê-lo (e da lembrança da noite anterior) se tornando algo bem menos paciente. Porque este dia já parece ter mil anos, e ela não precisa daquilo ali, seja o que for.

– Eu só... – Ele se interrompe, inseguro, e tira o celular do bolso da jaqueta. – Você não... quer dizer... você teria me contado se...

– Ben – diz ela com um suspiro. – Fala logo.

Há um lampejo de irritação no rosto dele, possivelmente algo mais do que isso. Ele acaba dizendo:

– Você está noiva?

Greta o encara.

– O quê?

Desta vez, ele não pergunta.

– Você está noiva.

– Eu... o quê? – repete ela, a mente se movendo devagar. – Não estou, não.

– Aqui diz que está.

Ele mostra o celular. Na tela, tem uma foto de Greta e Luke se beijando em uma esquina. Ela reconhece a imagem na mesma hora, e a noite volta com tudo. Aquilo foi há dois anos, pouco depois de eles começarem a sair. Greta tinha tocado de surpresa em um local pequeno no Brooklyn, para testar algumas faixas do álbum várias semanas antes do lançamento. Ela e Luke tinham passado o dia discutindo sobre a ponte em uma delas, e, apesar de Greta ter concordado em tentar do jeito dele, mudou de ideia depois de subir no palco. Isso acontecia com frequência nas apresentações ao vivo; qualquer pessoa que tocasse com ela sabia que Greta tinha a tendência de mudar as coisas depois que começava a se apresentar. Às vezes as mudanças davam certo e às vezes não. Mas elas sempre mantinham o show interessante. Aquela noite tinha sido boa e, depois, eufórica pela recepção, pelos aplausos enlouquecidos da plateia, ela correu para o camarim e o encontrou vazio. Luke estava esperando na rua, andando no ar gelado, as mãos enfiadas nos bolsos. Greta estava esperando uma briga, mas ele a puxou para perto e a beijou.

– Você foi brilhante – disse ele simplesmente.

A foto estava na internet no dia seguinte. Os fotógrafos estavam lá por causa da banda que ia tocar depois dela, bem mais famosa do que Greta na época, e não houve muita divulgação. Mas depois, quando o álbum saiu e o interesse no romance dela com o produtor australiano bonitão começou a aumentar, a foto ressurgiu.

E agora, ali está de novo: debaixo de uma manchete que, inexplicavelmente, anuncia o noivado dela com Luke Watts.

Ela pega o celular da mão de Ben e o observa.

– Isso não é... – diz ela, então recomeça: – Eu não...

– Então por que diriam isso?

– Não sei – diz Greta, devolvendo o celular. Ela começa a andar perto da amurada do navio, sem saber direito para onde vai. – Porque estão tentando atrair cliques?

Ele a segue.

– Bom, deve haver alguma verdade nisso. Senão, por que eles...

– Ben – diz ela, se virando. – Eu não estou noiva, obviamente.

Ele exibe uma expressão dura.

– Talvez não seja tão óbvio quanto você pensa.

– O que isso significa?

Ele dá de ombros.

– A gente acabou de se conhecer. Como eu ia saber se você está mesmo...

– Olha quem fala – diz ela, explodindo de raiva repentinamente. Ela abre a porta para a parte interna do navio, os ouvidos apitando quando deixa o vento para trás. – É você quem é casado.

– É diferente.

– É mesmo – diz Greta. – É pior.

– Nós estamos separados – sibila Ben enquanto eles passam por uma família a caminho do bufê. Greta o ignora e segue pelo corredor com tapete vermelho na direção do elevador. – E esse não é o problema aqui. Eu não acho maluquice ver uma manchete assim e me perguntar se a minha...

– A sua o quê? – pergunta ela sem se virar.

No elevador, ela aperta o botão com força demais. Ben aparece ao seu lado e bloqueia a porta.

– Você é mesmo tão imatura a ponto de a gente nem poder conversar sobre isso?

– Acho que sim – diz Greta. Quando soa um apito e a porta se abre atrás dele, ela ergue as sobrancelhas. – Você é mesmo tão imaturo a ponto de não me deixar entrar?

Com uma expressão de profunda decepção, ele chega para o lado e Greta entra depressa no elevador. Ela aperta o botão do sétimo andar, o coração batendo mais rápido do que deveria, por motivos que não sabe explicar. O rosto de Ben está dividido entre a perplexidade e a frustração.

– Só para deixar registrado, eu não estou noiva de ninguém – diz ela. Logo depois que a porta se fecha, ela acrescenta: – Estou sozinha.

Durante a subida, essas últimas palavras ecoam em sua cabeça. Ela nem sabe por que as pronunciou, mas as sente mesmo assim, no fundo da alma, em um lugar sincero e intocado.

Está sozinha.

No quarto, ela pega o celular, que tinha desligado antes para economizar bateria. Assim que o liga, começa a apitar loucamente com notificações. As mensagens vão se acumulando, de Howie e Cleo, do seu agente e seu assessor de imprensa, até de Atsuko e Nate. Tem uma de Asher que diz "Não é verdade, né?" e outra de Yara que diz "Espero que seja fake news".

Não tem nada do Luke.

Ela desliga o celular, o coração em disparada, e tira a calça e o moletom, colocando o mesmo vestido do primeiro dia. Então pega a jaqueta jeans, enfia os pés em um par de Vans e anda com determinação pelo corredor, como se soubesse exatamente aonde está indo, como se alguma vez soubesse.

Para descer do navio, ela precisa mostrar a identificação de passageira a uma dos tripulantes, que a escaneia em um computador e assente secamente.

– Esteja de volta até as seis – diz a mulher, e Greta sai andando ao sol.

Mas, depois de alguns passos, ela se vira.

– O que acontece se eu não estiver?

A tripulante parece surpresa.

– Bom, o navio vai embora sem você.

– E aí?

– Você tem que chegar até a próxima parada ou ir para casa – diz ela, e acrescenta com um sorriso: – Ou então passa a viver aqui.

São quase quatro horas e a água está cintilando no sol do fim da tarde enquanto Greta anda pelo porto. No fim do píer, dois garotos de galochas vendem isca em um balde de metal. Um barco de pesca flutua na baía, pequenininho atrás do navio de cruzeiro. Tudo parece emudecido pela extensão impossível da paisagem ao redor deles, e ela imagina como seria morar em um lugar como este, acordar todas as manhãs em uma casinha vermelha sob o céu enorme e as montanhas gigantescas.

Às vezes, Greta acha quase doloroso pensar em todas as vidas diferentes que poderia estar vivendo, saber que todas as escolhas que fez significaram a perda de tantas outras possibilidades. Todos os dias, mais portas se fecham. Sem nem tentar, apenas por seguir em frente, compromete-se mais com a vida que escolheu. E a única forma de sobreviver é se comprometer integralmente com ela, dizer a si mesma que é a escolha certa. Mas e se não for verdade?

Mais perto da cidade, uma garotinha montou uma barraca de limonada com um prato de Oreos e um pote de gorjetas. Aos pés dela, um filhote de husky mastiga uma galhada, como uma imagem saída de uma propaganda do estado do Alasca.

Greta para junto à mesa e aponta para a jarra de plástico.

– Quanto é?

– Você é do navio, né? – pergunta a garota, estreitando os olhos para ela sob uma franja castanha e espessa. Ela deve ter 9 ou 10 anos, tem pele branca e olhos escuros, e está usando uma camiseta amarela com estampa de joaninha.

– Eu tenho cara de ser do navio?

A garota reflete.

– Não, mas você não é daqui.

– Como você sabe?

– Porque eu conheço todo mundo que mora aqui. Literalmente.

Greta sorri.

– Então você vai me cobrar preço de turista, é?

– As regras são essas – diz a garota com seriedade.

– É justo. – Greta entrega a ela uma nota de 20 dólares. – Acho que vou ter que me mudar para cá para ter um desconto.

– Você nunca faria isso – retruca a garota com segurança. Ela se levanta para servir a limonada e vira o conteúdo da jarra em um copo de papel. – Ninguém vem morar aqui. Pelo menos, ninguém como você.

– O que isso significa?

– Gente estilosa – diz a garota com certa timidez. – De algum lugar maneiro. Provavelmente.

– Eu sou de Ohio, na verdade – diz Greta, e a garota parece decepcionada. – Mas moro em Nova York.

– Sabia. – Ela entrega o copo e Greta toma um gole, tentando não fazer careta por causa da acidez. Mas a garota a observa com atenção. Ela dá de ombros. – Eu sei que não está tão boa. Mas serve para ocupar meu tempo.

– Está ótima – diz Greta, e dispensa o troco. – Pode ficar. Considere um adiantamento para a próxima vez.

A garota começa a sorrir, mas então ela balança a cabeça e se ocupa empilhando copos.

– Você não vai voltar para cá.

– Pode ser que a gente se encontre em Nova York, então – diz Greta, e a garota ergue o rosto com surpresa e satisfação.

Greta espera até ter percorrido alguns quarteirões e joga o copo quase cheio na lata de lixo. Então para e olha em volta. A rua principal é cheia de bares empoeirados e lojas de suvenires. Tem uma estátua de madeira de um urso na frente de um deles e uma placa em néon que diz SALMÃO SELVAGEM DO ALASCA na vitrine de outro. Um grande cachorro preto a observa da caçamba de uma picape azul suja de lama e, do outro lado da rua, há o Hammer Museum, que Greta supõe conter artefatos de um grande explorador chamado Hammer, até reparar na escultura de 3 metros de um martelo e um prego na frente e se dar conta de que "hammer" é simplesmente "martelo".

Mais adiante, ela vê uma cervejaria com vigas de madeira e vai até lá. O local cheira a grãos e a lúpulo e está lotado com turistas do navio. Greta espera na fila para pedir a cerveja local e carrega a caneca para o jardim dos fundos, que não está tão cheio.

Por muito tempo, ela fica sentada deixando os eventos do dia se dissiparem. A cerveja está gelada e refrescante, e o sol aquece seu rosto. Ela acompanha o volume crescente e decrescente das conversas ao redor e vê uma abelha voar em torno de um copo vazio. Depois de um tempo, pega o celular e faz uma coisa que tinha jurado jamais voltar a fazer.

Ela liga para Luke.

Vinte e três

– Não fui eu – diz ele assim que atende o celular.

Nesse mesmo momento, Greta chama a atenção de um garçom atarantado e aponta para sua caneca. O sujeito assente e vai na direção das torneiras de cerveja, mas ela faz um gesto frenético e ele se vira de novo.

Dois, diz ela só com o movimento dos lábios, mostrando dois dedos.

– Greta? – diz Luke do outro lado do telefone.

Ela se odeia por sentir saudade de como ele fala o nome dela, o *e* tão arrastado que soa como *Greeta*. É tão específico, tão exclusivo dele. A familiaridade deixa o estômago dela embrulhado.

– Você está aí?

– Estou. Escuta…

Mas, claro, escutar nunca foi o ponto forte dele.

– Juro que não fui eu. Só soube quando desci do avião em Sydney ainda agora e tinha um milhão de mensagens me esperando. Está em toda parte. Meu irmão disse que virou até trend no Twitter.

– Que fantástico – diz Greta secamente.

– Olha, você não deve estar curtindo muito, mas não é verdade, obviamente, então quem se importa, não é?

Ela trinca os dentes.

– Eu me importo.

– Bom, eu não.

– Isso me soa familiar.

– *Isso* também – diz ele, mas parece estar mais achando graça do que qualquer outra coisa. – Você precisa admitir que teria sido uma estratégia inteligente para te fazer me ligar. – Alguns segundos se passam enquanto Luke espera que ela quebre o silêncio, mas ele não aguenta. – Como você está?

– Eu estou bem, Luke – diz ela com um suspiro. – Essa não é a...

– Eu vi que você vai tocar no Gov Ball. Que incrível! Queria estar lá para ver.

Greta ajusta a posição do celular.

– É.

– Você está preparada?

Ela não quer falar sobre isso com ele.

Pelo menos, ela não quer *querer* falar sobre isso com ele.

Mas a verdade é que ninguém vai entendê-la tão bem quanto Luke, ao menos em relação à música. Durante os anos em que ficaram juntos, ele foi um idiota em relação a muitas coisas (não fazer nenhum esforço para se dar bem com Yara e bancar o advogado do diabo quando eles falavam sobre política, sempre precisando ter a última palavra em uma briga), mas, quando o assunto era música, eles estavam quase sempre sincronizados.

Eles tinham se conhecido em Los Angeles, quando Greta fez o show de abertura de uma banda maior no Wiltern. Seu EP havia saído havia alguns meses e ela estava no meio da gravação do álbum. Cleo a juntara a um produtor em Nova York, um sujeito branco de 60 e poucos anos com orelhas peludas, que tinha produzido três álbuns de platina de rock na década anterior. Mas, em cada faixa, o feedback dele era o mesmo: "Um pouco menos."

Greta não sabia na época, mas o que ela precisava era de alguém que pedisse mais.

Luke estava no show daquela noite com alguns amigos músicos. Quando eles foram aos bastidores falar com ela depois, ele era o único sem chapeuzinho hipster. Mais tarde, depois que os outros dois foram embora e Luke acabou ficando, empoleirado no braço do sofá puído do camarim, ela perguntou se eles tinham esquecido os monóculos.

Ele riu, um som surpreendentemente profundo.

– Eles são cantores. O que você esperava?

– Eu sou cantora – disse ela, arqueando uma sobrancelha, ainda sem saber direito se estava flertando com ele. Ele estava todo de preto naquela noite (camiseta, calça jeans e botas) e tinha um daqueles cortes de cabelo que só se vê em atores, do tipo que parece desafiar a gravidade.

– Você canta – disse ele com naturalidade. – Mas você não é cantora. Ao menos não é o principal.

Ela o encarou.

– Eu não consigo decidir se devo me ofender com isso.

– Não deve – disse ele. – Você tem uma voz interessante. Funciona. Mas, no fim das contas, você é mais uma guitarrista. Uma guitarrista boa demais.

Se ele tivesse dito que ela era inteligente, estilosa ou bonita, se tivesse dito que gostava dos olhos dela, do cabelo ou da roupa, Greta talvez ficasse satisfeita. Mas nenhum outro elogio poderia ter funcionado tão bem quanto aquele. Nada poderia ser tão importante.

Boa demais.

Ela carregou essas palavras por meses.

Depois, eles comeram hambúrguer em uma lanchonete próxima, beberam em um bar decadente na esquina e voltaram para o hotel dela com a intenção de tomar a garrafa de champanhe que o concierge tinha deixado para Greta. Mas, algumas horas depois, eles ainda estavam na cama, a garrafa ainda fechada, quando Luke perguntou se podia ouvir de novo a terceira música que ela tinha tocado.

– Vai ser o single, não vai? – perguntou ele enquanto dedilhava pela clavícula dela. – "Eu te disse"? Acho que descobri qual é o problema dela.

Greta franziu a testa.

– Quem disse que tinha problema?

– Você está se segurando – disse ele, sem se deter. – Não é para ser uma balada. Não é nem mesmo para ser uma *power ballad*. É um hino. Você escreveu uma música grandiosa, uma música raivosa, e agora está com medo de tocar dessa forma… O que é uma pena, porque é uma música boa pra cacete. Ou poderia ser, se você parasse de se preocupar com o que as pessoas podem pensar e só tocasse com tudo.

Se qualquer outra pessoa tivesse dito isso, ela talvez o tivesse expulsado da cama. Mas havia algo de hipnotizante na certeza dele. Greta já entendia que ele tinha razão. Que talvez ela até já soubesse disso. Só precisava ouvir da boca de outra pessoa. E assim, só com um lençol em volta do corpo, ela saiu da cama e se curvou para abrir o estojo da guitarra.

– Você parece uma Estátua da Liberdade fodona – disse Luke com um sorriso preguiçoso enquanto se apoiava no braço tatuado para assistir.

– A Estátua da Liberdade *é* fodona – disse Greta.

Em seguida, embora o quarto estivesse quase totalmente escuro, ela fechou os olhos e começou a tocar. No começo, teve dificuldade de encontrar o ritmo certo. Então parou e recomeçou duas vezes, mas, na terceira tentativa, a música e a letra começaram a casar de novo. Houve algo catártico em tocar uma música tão familiar em um ritmo desconhecido, algo na velocidade que deu nova intensidade à música, uma eletricidade que combinava com o sentimento por trás.

Na metade, ela abriu os olhos e seu coração acelerou, uma batida toda própria. Ela não sabia se era a música ou a forma como Luke a olhava, com uma expressão entre a arrogância e o assombro, uma expressão que dizia que era claro que ele estava certo, claro que ele sabia que ficaria melhor assim. Mas não tinha imaginado que seria *daquela* forma.

Agora, o garçom volta com duas cervejas, e Greta toma um longo gole de uma delas. Ele tinha perguntado se ela estava pronta para o Festival Gov Ball e ela não tem certeza de como responder. Para qualquer outra pessoa, mentiria e diria que sim. Para Luke, ela diz:

– Sinceramente, não sei.

Ele pelo menos não promete que vai ficar tudo bem, como tantos outros fariam. Eles não se falavam havia meses, mas ele ainda a conhece.

– Não é nada que você nunca tenha feito – diz Luke. – Nada que você não saiba fazer.

– É, mas tem um tempinho.

– Eu reparei – diz ele, a voz mais suave agora. – Você está bem?

Greta inclina a cabeça para o céu azul do Alasca. Por um segundo, sente vontade de rir. Ela está bem? Naquele momento, parece uma pergunta impossível.

Luke limpa a garganta.

– Você tem pelo menos tocado sozinha?

– Um pouco.

– Bom, deveria tocar. Estou falando sério. Você precisa botar fogo no palco no próximo fim de semana.

Ela tenta pensar em uma resposta, mas seu coração está batendo alto demais nos ouvidos. Greta percebe que isso não é uma conversa motivacional. Ele não está apenas sendo legal.

Ele está tentando salvá-la.

Está tentando dizer que ela precisa ser salva.

– Eu já te vi fazer isso um monte de vezes – continua Luke. – Tocar como se não houvesse nenhuma preocupação. Como se estivesse sozinha no palco.

Greta fica em silêncio por um momento.

– Mas eu deveria, não é?

– O quê?

– Me preocupar. Com tudo. Com esse show. Com a minha carreira. – Ela espera que ele diga alguma coisa, mas ele não diz. – E se eu não conseguir?

– Meu Deus, Greta – fala Luke, e parece genuinamente abalado. – Você nem parece a mesma pessoa.

– Eu não me sinto a mesma pessoa.

– A Greta que eu conheço é teimosa demais para ouvir os outros.

– Bem… – diz ela, girando a cerveja âmbar no copo. – Eu estou ouvindo agora.

– Você não precisa que eu lhe diga nada. Você já sabe o que deve fazer.

– Tocar mais rápido? – brinca ela, e ele ri.

– Não isso – diz Luke, e acrescenta mais sério: – Era para a sua mãe, não era?

Ela assente, embora ele não consiga ver.

– Eu não devia ter tocado.

– Você arriscou.

– Foi inconsequente.

– Foi emocional. Não tem nada de errado nisso.

Greta toma um gole da cerveja e a coloca na mesa.

– Eles querem aprovar o setlist. Querem que eu abra com "Prólogo".

– E você não quer. – Não é uma pergunta.

– Eu odeio deixar as coisas inacabadas – diz ela, e os dois sabem que

Greta não está mais falando de "Prólogo". Ela apoia a testa na mão. – Uma parte de mim quer tentar de novo, mas parece impossível voltar a ela.

– Eu sei que era só um esqueleto. Mas, pelo que ouvi, tem uma base sólida. Você só precisa estar disposta a concluir o trabalho.

– Me fizeram prometer deixá-la de fora.

– Eles que se fodam – diz Luke, tão rapidamente que ela ri. – Estou falando sério. Aquele vídeo não viralizou só porque as pessoas estavam zombando. Você emocionou todo mundo, mesmo não tendo sido do jeito que você pretendia. Você foi magnética naquele palco. Sempre é.

Greta sente um nó se formar na garganta.

– E se acontecer de novo?

– Não vai acontecer. Mas se acontecer… bem, faz parte.

– Parte de quê?

– De fazer arte. Você sabe disso melhor do que qualquer pessoa. E a pior coisa que pode fazer agora é se segurar. Fodam-se os almofadinhas. Tente de novo. Dobre a aposta. Acerte. Suba lá e toque pra valer.

– Agora você vai me dizer para cantar com o coração – brinca ela, mas ele não ri.

– Basicamente isso. Escuta, se você não estiver pronta no domingo, paciência. Mas faça com que seja uma decisão sua. Não deles. E, o que quer que você decida, precisa pegar a porcaria da guitarra de novo, está bem? O mais rápido possível. Apenas toque.

– Está bem – diz ela.

Nesse momento, ela se dá conta de que sente saudade dele. De verdade. Ela se lembra de quando eles pousaram em Nova York, ainda atordoados do funeral e dos dias confusos que se seguiram. No aeroporto, Luke foi automaticamente para o mesmo táxi que ela, mas Greta balançou a cabeça.

– Acho que eu preciso ficar sozinha agora – disse ela, e ele assentiu e se inclinou para beijá-la antes de fechar a porta.

Ela não conseguiu dormir naquela noite e, por volta das quatro da manhã, acabou desistindo e foi caminhar, seguindo por Nolita e depois Chinatown, as ruas vazias e as lojas fechadas com grades. Por fim, chegou ao rio, onde parou e ficou olhando a ponte do Brooklyn, as luzes dos carros cintilando e rumando para o centro da cidade.

Ela só parou uma vez para olhar os enormes arcos de pedra ao passar. À frente, o sol estava nascendo em fatias entre os prédios, amarelo e depois laranja e rosa, e quando ela chegou ao apartamento de Luke em Dumbo, já estava claro. A voz dele no interfone estava grogue e ele esperava no corredor, descalço e com os olhos turvos, quando Greta chegou ao topo da escada.

Assim que ela o viu, teve certeza. Os dois tiveram.

– Não faça nada precipitado – disse ele.

Mas ela não tinha essa sensação. Parecia algo que estava para acontecer havia muito tempo. Ela e Luke eram como uma onda que se formou cedo demais. Houve a loucura inicial da paixão e, quando isso passou, eles ainda tinham a música, que parecia suficiente. Mas Greta estava no mundo sem a mãe havia seis dias e já sabia que precisava de mais.

– Obrigada, Luke – diz ela ao celular. – Não só pela ligação, mas por tudo.

– Viu? – diz ele, e ela escuta o sorriso em sua voz. – Eu não sou a pior pessoa do mundo para um noivado fake.

– Não, não é – concorda ela.

– Boa sorte no fim de semana. Arrasa, viu?

– Vou tentar – diz ela, e encerra a ligação.

Está ficando tarde agora e ela toma um último gole de cerveja, paga a conta e anda pela rua principal da cidadezinha. Sua mente está uma confusão, seus pensamentos atrapalhados. Só sabe que, pela primeira vez em muito tempo, está doida para tocar, e isso não é pouca coisa.

Quando ela volta para o navio, a mesma tripulante está na entrada.

– Que bom que você decidiu continuar – diz ela, como se soubesse alguma coisa que Greta não sabe, como se tivesse conseguido espiar diretamente em seu cérebro.

– Continuar? – pergunta Greta ao entregar o cartão magnético.

– No cruzeiro – diz a mulher, como se fosse óbvio. – Sabe, em vez de ficar morando aqui.

Greta se vira parcialmente para dar mais uma olhada na cidadezinha e na grande montanha por trás. Então, quando o cartão é passado no leitor, ela o enfia no bolso e corre para o elevador. Ela está prestes a apertar o 7, mas pensa no quartinho com paredes finas e aperta o 2.

Quando sai do elevador, ela olha para a esquerda e para a direita no corredor, tentando lembrar onde fica o clube de jazz por onde passaram naquele primeiro dia no mar. Ela passa pelo piano bar e pelo cassino antes de encontrá-lo escondido atrás da casa noturna. Não tem porta, só um cavalete anunciando os shows da noite, um às oito e outro às dez. Agora, as mesas estão vazias e as luzes, fracas.

No palco, há um teclado e uma bateria, cercados de várias caixas de som, microfones e fios. Acima disso tudo, como da vez anterior, há seis guitarras penduradas em fila. Antes que possa mudar de ideia, Greta segue pelo corredor, sobe no palco e observa a primeira, uma Yamaha vermelha e branca. Ela olha em volta antes de tirá-la delicadamente do gancho perto dos holofotes. Há vários amplificadores atrás dela, mas Greta não liga a guitarra. Só passa os dedos pelas cordas, o coração dando um pulinho.

Quando esse primeiro acorde silencia, ela olha para o salão.

Não tem plateia. Só dezenas de assentos vazios.

Ela olha para a guitarra de novo.

Respira fundo.

E começa a tocar.

Ela não liga para a letra; isso vai ter que vir depois. Agora, é só a música, e é diferente desta vez, mais intensa. Greta fecha os olhos enquanto toca e, quando chega ao fim, quando as últimas notas somem, é como emergir de um sonho. Ela desperta lentamente e, neste momento, repara em Preeti, parada meio hesitante junto à porta. O salão cai no silêncio de novo quando ela coloca a mão sobre as cordas ainda vibrantes da guitarra.

Greta toca para plateias desde que tem 12 anos. Já liderou festivais com dezenas de milhares de fãs, gravou em alguns dos locais mais famosos do mundo, tocou com alguns dos seus heróis de infância e já deu mais bis e recebeu mais aplausos de pé do que consegue contar.

Mas, neste momento, nada, *nada* pode se comparar à expressão de assombro no rosto daquela garota.

– Uau – diz Preeti suavemente.

Greta sorri, porque a guitarra precisa de afinação e a ponte não funcionou muito bem sem alguém no teclado, e ela ainda precisa pensar na letra para acompanhar o que acabou de tocar. Mas, mesmo assim, foi bom. Deu para sentir.

Preeti dá alguns passos para dentro do salão.

– Essa música é... – Ela balança a cabeça, sem encontrar palavras. – Você vai tentar de novo? Em público?

– Não sei – admite Greta, tirando a guitarra do pescoço. – Não deu muito certo da última vez.

– É, mas talvez seja minha nova favorita – diz Preeti, com tanta sinceridade que Greta precisa engolir o bolo na garganta antes de falar.

– Obrigada.

– As mudanças de acorde no meio... Como você fez aquilo?

– Toma – diz Greta, oferecendo a guitarra. – Vou mostrar.

Preeti parece momentaneamente atordoada. Então corre para subir no palco, passa a alça pela cabeça e coloca os dedos com cuidado nas cordas. Ela está usando uma camiseta da Blondie e uma calça jeans rasgada nos joelhos, com o cabelo escuro preso em um coque desleixado, e Greta fica zonza com quanto é parecida com a versão mais jovem de si, até no jeito como ela morde a língua em concentração.

Ela olha para Greta, de repente tímida.

– É a parte entre a segunda estrofe e a ponte – diz ela. – Suas mãos estavam voando.

– Use seu dedo do meio – diz Greta, o que faz Preeti rir. Mas ela ajusta a mão. – Pronto. Tenta agora. Começa com o mi.

A primeira nota sai com confiança; a segunda, mais hesitante.

E às vezes é assim mesmo.

– Não é para ser fácil – lembra Greta, e Preeti levanta o rosto.

– Como é para ser, então?

– Acho que divertido? – diz Greta, com tanta falta de convicção que as duas começam a rir. – É. Divertido. Definitivamente é para ser divertido. – Ela olha de novo para o instrumento nas mãos de Preeti. – Aqui. – Ela posiciona os dedos em um braço de guitarra imaginário. – Tente assim.

Os olhos de Preeti vão das mãos de Greta para a guitarra que está segurando. Ela recomeça. Desta vez, quando toca, as notas ecoam pelo salão vazio com uma satisfação tão grande que nenhuma das duas consegue conter o sorriso.

– Bom – diz Greta, descendo do palco. – Agora continue praticando.

Ela ainda está cheia de energia quando começa a voltar para o corredor, o coração batendo rápido, como se ainda não tivesse abandonado a música.

Preeti levanta o rosto.

– Aonde você vai?

– Preciso fazer uma coisa – diz ela, mas, antes de sair, se vira mais uma vez, olha para a garota no palco, cheia de determinação, e sorri. – Arrasa, viu?

Vinte e quatro

– Eu descobri uma coisa – diz Greta assim que Ben abre a porta.

Se ele tem perguntas, não as faz. Apenas a encara por um segundo, o ar carregado entre os dois, e dá um passo à frente. Ela também. E, de repente, eles estão se beijando, primeiro suavemente, depois com mais urgência, enquanto cambaleiam pelo quarto e caem na cama, deixando a porta se fechar sozinha.

Um minuto depois, ele se afasta.

– Espera, o que você descobriu?

Ela sorri.

– Como voltar a tocar.

– Você tinha parado?

– É uma longa história.

– Eu gostaria de ouvir.

Ela o ignora e passa o dedo em volta de um dos botões da camisa dele.

– Olha, você sabe que eu não estou noiva de verdade, né?

Ele assente.

– E você sabe que eu não estou casado de verdade.

– Bom, sim… mas eu estou mais não noiva do que você está não casado.

– É verdade – diz Ben, e então, depois de uma pausa: – Mas eu não me sinto casado.

Greta ri.

– Eu tenho certeza de que ninguém se sente quando começa a dormir com outra pessoa.

– Não é isso – diz ele, prendendo o cabelo dela atrás da orelha de um jeito que causa um frio na barriga. Os dois ainda estão com cheiro de natureza, de protetor solar, água salgada e terra.

– Eu sei – diz ela, e beija o ombro dele.

Ben a puxa para perto e ela apoia a cabeça no peito dele, sentindo o subir e descer da respiração. Os olhos dela vão até a mesa do canto, onde está a máquina de escrever, totalmente incongruente ao lado do celular e do computador e de outros dispositivos mais modernos.

– Eu ainda não acredito que você usa máquina de escrever.

– Eu sei que parece pretensioso – diz ele timidamente –, mas é a única forma de eu conseguir escrever. Não tem distração. Só palavras no papel. Você deveria tentar qualquer hora.

– Eu escrevo rock, não estou tentando desvendar o escândalo de Watergate – diz ela com um sorriso. – Uso arquivos de voz para organizar melodias. E cadernos para as letras.

– Eu também uso cadernos. Não tem nada melhor que caneta e papel. Se bem que acho que depende da caneta.

Ela assente.

– Esferográfica até o fim dos tempos.

– Você não pode estar falando sério – diz ele, mudando de posição para encará-la. – Você não usa caneta-tinteiro? Não tem nada melhor.

– Tem, sim. Uma bela Pilot V5 de ponta fina.

Ele ri.

– Você tem patrocínio, por acaso?

– Não, mas eu deveria mandar o Howie…

Antes que ela possa terminar, ele a beija e, quando se afasta, seu rosto está iluminado com uma alegria tão simples que o coração de Greta estremece de leve.

– Posso te convidar para sair hoje? – pergunta ele.

– A gente está em um barco.

– É navio. E eu sei disso. Eu só quis dizer um encontro.

– Encontro? – repete ela com ceticismo.

– Qual é o problema? Formal demais? Nerd demais?

Ela sorri.

– Não. Um encontro seria ótimo.

Quando volta para o quarto para tomar banho e trocar de roupa, Greta dá uma olhada nas mensagens recebidas no celular. Todo mundo que tem um emprego relacionado a ela tentou entrar em contato. Ela liga para Howie e ele atende na hora.

– Meu Deus, por onde você andou?

– Em um barco – lembra ela.

– Eu sei disso. Eu quis dizer... Deixa pra lá.

Ele suspira, e Greta consegue imaginá-lo apertando o alto do nariz, como costuma fazer quando está estressado – o que acontece com frequência. Howie gerencia um pequeno grupo de músicos, mas a maioria deles significativamente mais famosa do que Greta, e ele sempre parece estar trabalhando.

– Só me diz uma coisa: foi você quem fez isso?

– Fiz o quê? – pergunta ela friamente. – Fiquei noiva do Luke?

– Não, você...

– Se eu plantei a notícia? Meu Deus, Howie. Claro que não! Qual seria o sentido?

– Para conseguir publicidade antes do fim de semana – diz ele secamente.

Esse é o problema do Howie. Ele não é como alguns agentes e empresários. Não é malandro e não tenta puxar o saco. Ele é sempre direto. E é por isso que Greta gosta dele. Quase sempre.

– Esse *não* é o tipo de publicidade que eu quero – diz ela. – E, para deixar registrado, nem estamos mais juntos. Eu não o vejo há meses. E eu nunca vazaria uma coisa assim. Mesmo que fosse verdade.

– Faz sentido. Eu tinha que perguntar – diz Howie de forma objetiva. – Próxima questão: agora que a notícia se espalhou, você quer que eu acabe com ela ou que espere até depois do fim de semana?

Um nó se forma no peito de Greta, porque ela sabe exatamente o que ele está dizendo.

Que pode ajudar.

Que talvez ela até precise.

Não se passou nem uma hora, mas a alegria de voltar a tocar – a sensação das cordas sob os dedos e o peso tranquilizador da guitarra pendurada no pescoço – está começando a passar.

Ela fica em silêncio por muito tempo. Do outro lado da linha, Howie pigarreia.

– Tudo bem. Entendido – fala ele.

– Eu não disse nada.

– Nem precisa.

Greta suspira.

– Me deixa pensar mais um pouco. Eu te ligo depois.

– Combinado – diz ele, e desliga.

Há um código de vestimenta para o salão de jantar esta noite e Greta veste a melhor roupa que levou, um vestidinho preto e sapatos de salto. Quando está descendo, ela vê Davis e Mary sentados em um sofazinho perto de grandes janelas, os rostos próximos, sorrindo para um celular. Quando chega mais perto, Greta ouve a voz de Jason. Ela está prestes a dar meia-volta quando Davis levanta o rosto.

– Greta – diz ele, tão alto que ela pula de susto. – Nós estamos falando com o Jase. Vem dizer oi!

Por um segundo, ela pensa em recusar. Mas não há uma forma educada de fugir da situação. E assim, desanimada e constrangida, ela contorna o sofá e se inclina para ver o rosto de Jason na tela.

– Olha, como você está bonita – diz ele com aquele sorriso estonteante, os olhos brilhando de diversão. – Como está a vida em alto-mar?

Davis entrega o aparelho a Greta e se levanta do sofá. Mary também fica de pé.

– Botem o papo em dia – diz ela. – Temos que nos arrumar para o jantar.

– E seu celular? – pergunta Greta, oferecendo o aparelho a ele, mas Davis descarta a ideia com um gesto.

– A gente pega depois. – Ele acrescenta, distraído: – Até mais, filho. – Então sai andando pelo corredor.

Quando eles vão embora, Greta ergue a tela de novo. De repente, estão só ela e Jason, que está rindo.

– Típico – diz ele. – Sempre querendo me dispensar.

– Ei, parabéns pelo noivado.

– Parabéns pelo *seu* – responde Jason, e, na tela, ela vê claramente que seu rosto fica vermelho.

– Bom, isso não é…

– O quê?

– Verdade. A gente terminou. Meses atrás.

Ele parece surpreso.

– Ah. Parece que nem sempre dá para acreditar no que se lê na internet.

– Um choque, eu sei.

– Bom, o meu está 100% verificado – diz ele gentilmente. – Você está ouvindo direto da fonte.

– Estou muito feliz por você.

Jason assente.

– Me desculpa por não ter contado antes. Eu não sabia como.

Ela o encara pela tela, pensando em como isso é estranho. Eles nunca conversaram pelo celular.

– Você não me deve desculpas – diz Greta, em um tom gentil, e ele curva a cabeça e passa a mão pelo cabelo curtinho. Quando ergue os olhos de novo, a expressão dele está difícil de interpretar.

– Na verdade, devo, sim. Naquela noite em Columbus eu não estava sendo um babaca. Preciso que você saiba disso – fala ele, de repente sério. – Olivia e eu tínhamos dado um tempo. Não estou dizendo que não fiz merda, mas eu e ela estávamos passando por um momento difícil, eu não sabia se a gente ia ficar junto e andava pensando em você. Muito. E aí a sua mãe morreu, eu fui para te ver e talvez estivesse tentando descobrir se a gente podia... você sabe.

– O quê? – pergunta Greta, tentando manter o rosto neutro.

– Se a gente podia ter alguma coisa. Alguma coisa de verdade.

Greta resiste à vontade de baixar o celular. É difícil demais olhar nos olhos dele agora. Ela pensa naquele dia, quando Jason estava no quarto dela, passando a mão pelo seu velho violão.

– E aí você descobriu que eu estava com Luke.

– Não. Quer dizer... sim. Mas não foi só isso – diz ele, claramente ansioso para que ela entenda. – Eu lembrei como as coisas são entre nós dois.

– E como são?

– Não sei. – Ele dá de ombros. – Acho que você sempre me manteve meio afastado.

– Jason – diz Greta, impaciente agora. – Minha mãe tinha acabado de morrer.

Ele levanta a mão.

– Eu sei. Mas sempre foi assim. Desde que nós éramos adolescentes. Você manteve as coisas leves.

– *Você* também.

– Talvez quando a gente era mais novo – diz ele. – Mas as coisas mudam.

Greta sente o rosto ficando quente ao pensar em todos os anos em que ele saiu da cama quando ainda estava escuro, em todas as vezes que tomou o cuidado de não deixar nada para trás. Ela se lembra de andar até o Bowery em uma noite gelada, depois de beber demais, de eles gritando um com o outro porque ela descobriu que ele não a tinha convidado para uma festa de Natal e aí, no meio da discussão, ele descobriu que ela não o tinha convidado para o jantar de aniversário dela, e eles ficaram discutindo até cada um sair andando em uma direção diferente, ambos esperando com teimosia por vários dias que o outro tomasse a iniciativa de fazer as pazes, até que Jason finalmente apareceu no apartamento dela com uma garrafa de vinho e um sorriso tímido, o casaco salpicado de neve, e eles caíram na cama dela e passaram o resto do fim de semana lá, só para se separarem de novo na manhã de segunda com o ar casual e profissional de duas pessoas sem compromisso e sem responsabilidades.

Ela sempre tinha suposto que havia um acordo entre eles, mas talvez tivesse se enganado. Talvez fosse só ela.

As coisas mudam. As pessoas também, pelo visto.

Ele ainda a está observando do outro lado da tela, as sobrancelhas meio arqueadas, e Greta percebe que o pânico que está sentindo... não é por perder Jason, que nunca foi dela, como ela nunca foi dele. O que ela perdeu, na verdade, foi seu maior aliado: alguém com o mesmo vigor pela própria independência, tão apaixonado pelo trabalho quanto ela, alguém que, não muito tempo antes, teria tremido diante da ideia de preencher listas de presente de casamento com porcelanas chiques e panelas de fondue.

É uma perda pequena. Mas é uma perda.

– Desculpa – diz ele, o rosto meio pixelado agora.

Lá fora, o vento bate na janela e um grupo com traje de noite passa, deixando uma nuvem de perfume.

– Tudo bem – diz ela, embora não saiba direito por que ele está pedindo desculpas. – Está tudo bem entre a gente.

– Que bom – comenta Jason, sorrindo. – Me avise quando voltar para a cidade. Quem sabe a gente pode se encontrar para um brunch.

– Eu adoraria – diz Greta, tentando se imaginar conversando com a nova noiva do seu ex-alguma-coisa, comendo torrada com pasta de avocado em um restaurante movimentado de Tribeca.

Jason ri.

– Não adoraria, não.

– Não adoraria, não – concorda ela. – Mas vamos mesmo assim.

Ele começa a dizer outra coisa, mas então congela de perfil, o rosto bonito inclinado para o lado.

– Jason? – diz ela, movendo o celular. Mas nada muda. Ela espera um segundo e fala: – Jason, acho que perdi a conexão com você. – E, para sua surpresa, seus olhos se enchem de lágrimas. Mas, depois que ela fala, depois que está no ar, a parte seguinte é mais fácil. – Adeus. – E ela encerra a ligação.

Vinte e cinco

Quando ela chega ao salão de jantar, Ben está esperando à porta, de paletó esporte. Ele aparou a barba, o cabelo está penteado, e de repente – de modo improvável –, isso começa a parecer um encontro de verdade.

Ele parece achar certa graça quando ela se aproxima.

– O que foi? – pergunta Greta, olhando para a própria roupa.

Ela tinha colocado uma jaqueta de aviador por cima do vestido, mas, ao olhar para os outros passageiros em volta, a maioria usando trajes mais formais, como vestidos longos e ternos de aparência cara, ela se pergunta se deveria tirá-la.

Ben balança a cabeça.

– Eu só estava pensando no que poderia ter acontecido se eu tivesse te conhecido em Nova York. – Ele indica a roupa dela. – E aí me dei conta de que você não teria nem me dado bola.

Greta sorri.

– Nunca se sabe.

– Talvez – diz Ben, e se inclina para dar um beijo em sua bochecha. Ele para um momento, a boca perto do ouvido dela, e acrescenta: – Vou tentar não pensar demais nisso.

Eles são levados a uma mesa perto da janela. É uma mesa para quatro, mas Ben convenceu o maître a deixar que eles fiquem sozinhos, e os dois se sentam olhando para a água e para a margem cinzenta.

Depois que fazem o pedido, Greta solta um bocejo, o que faz Ben rir.

– Você é pior do que os meus alunos.

– Desculpa – diz ela, esfregando os olhos. – Foi um dia bem longo.

– Como foi com seu pai?

– Eu nem sei como responder. Foram... muitas coisas. Muita briga. Muita emoção. Talvez até muito progresso. Mas foi exaustivo. Acho que não fomos feitos para passar tanto tempo juntos. Pelo menos, não sem a minha mãe.

Ele assente.

– Ela era a sua intérprete.

– Era. Agora, parece que estamos gritando um com o outro em idiomas completamente diferentes. – Ela gira o guardanapo nas mãos. – Eu passei tanto tempo da minha vida brigando com ele. Essa sempre foi a dinâmica entre nós, mesmo quando eu era mais nova e a gente se dava melhor. Ele e o meu irmão... eles se divertem vendo beisebol. Eu e ele... brigamos. Mas parece diferente agora.

– Como assim?

Ela dá de ombros.

– Ele está velho. E triste. E eu também. Sinceramente, eu não estava a fim de brigar com ele hoje. Não tinha energia. Não me entenda mal, eu ainda acho que a maior parte disso tudo é culpa dele. Ele é o pai. Mas, obviamente, eu também tenho uma parcela. E hoje de manhã foi, tipo, sei lá. Talvez pela primeira vez na vida, acho que desejei que as coisas fossem mais fáceis entre nós.

– Você deveria dizer isso para ele.

– Não consigo – diz ela, balançando a cabeça. – Não dá para voltar ao tempo e desfazer tudo o que aconteceu. E nós dois somos muito teimosos.

– As pessoas mudam.

Greta o encara. Menos de uma hora antes, Jason disse praticamente a mesma coisa, e ela se pergunta se é a única que não mudou, se é a única que não consegue.

O celular dela vibra na mesa e Greta o vira e vê o nome de Howie. Ignora a ligação e toma um gole de vinho.

– Me conta sobre a sua pescaria – diz ela. – Você pegou alguma coisa?

– Peguei um salmão-vermelho – responde ele com orgulho. – E fui o único. E era grande.

– Uau – diz Greta enquanto o celular começa a vibrar de novo.

Desta vez, ela vê que é Charles, marido de Howie, um truque que ele usa sempre que um cliente o está ignorando. Mas ela não atende mesmo assim. Não importa. Um momento depois, ele envia o link para um artigo na *People*. A manchete diz GRETA JAMES FICA NOIVA DE PRODUTOR MUSICAL. Embaixo, Howie escreveu: Está tendo muita repercussão. Todo mundo quer uma declaração sua. Estou falando agora com Cleo, Anna e Miguel. Eles disseram que precisamos de algo até amanhã, no máximo.

Anna e Miguel são assessores de imprensa, um da gravadora, um contratado de forma independente. O fato de estarem todos se falando significa que a coisa é séria.

Uma declaração, pensa ela. O que diria? *Luke e eu estamos emocionados por iniciar o próximo capítulo das nossas vidas juntos?*

Não corrigir era uma coisa. Mentir seria outra completamente diferente.

Quando ela ergue o rosto, Ben a está encarando. Ela coloca o celular na mesa.

– Meu empresário – explica ela. – Parece que a história se espalhou.

– E ele vai resolver?

– De certa forma – diz Greta, e Ben ergue as sobrancelhas. – É só uma questão do momento certo.

– O que isso significa?

Ela pega o garfo, o baixa de novo e evitar o olhar dele. Seu estômago está embrulhado.

– Acho que a ideia é esperar uns dias.

– Para quê?

– É estratégico.

– Tipo para ter publicidade?

– Não – diz ela, então dá de ombros. – Não sei. Talvez.

Outra mensagem de Howie chega. Nós precisamos dar alguma coisa a eles ou matar a história. O que você quer fazer?

Ben a encara.

– Me diz que você não está falando sério.

Greta o encara, de repente irritada.

– Me diz que você não vai ser babaca em relação a isso só porque está dormindo comigo.

– Não é por isso... – Ele balança a cabeça. – É porque você é melhor do que isso. Fingir estar noiva de um cara só para... o quê? Ter atenção da mídia? Ganhar uns likes? Não combina com você.

– Você nem me conhece direito. Só tem uns dias.

– Bom, não é o que parece. Pelo menos, não para mim. – Ele pega a taça de vinho e toma um gole. – De qualquer modo, o tempo é subjetivo.

Greta ri a contragosto. Mas Ben continua sério.

– Olha, eu tenho certeza de que é mais complicado do que parece – diz ele, se inclinando na direção dela de novo. – E você não me deve explicação nenhuma. Só que não consigo deixar de pensar que você não quer desmentir a história porque ainda está apaixonada pelo cara.

– Não estou – diz Greta, direta.

– Então o que é?

– Você *acabou* de falar que eu não te devo explicação.

Ele abre a boca, fecha de novo, percebendo que se entregou.

– Bom, acho que eu menti. Você pode pelo menos me contar mais sobre o Luke? Por que vocês terminaram?

Ela suspira.

– Por que você quer saber?

– Eu só quero.

– Isto aqui não é um relacionamento. Nós não temos que falar de ex. Principalmente com a sua ex não sendo tão ex assim.

– Tudo bem, vai. O que você quer saber sobre ela? – pergunta ele, parecendo alguém prestes a se submeter a um detector de mentiras. Ele vira o resto do vinho e se serve de mais. – Eu conto qualquer coisa.

Greta o encara com exasperação.

– Eu falei que a gente *não* precisa fazer isso.

– Vamos lá – diz ele, e chega a bater palmas. – Vai com tudo.

– Tudo bem. Qual parte de ser casada com você ela menos gostava?

Ele parece surpreso e solta uma risada.

– Tudo bem, eu desisto. É uma péssima ideia.

– Eu falei – diz ela, sorrindo.

Os olhos de Ben estão brilhando sob a luz e ele parece mais jovem de paletó, inegavelmente atraente, mas também tão discreto que é fácil passar despercebido.

Greta pensa no que ele disse antes, sobre o que teria acontecido se eles tivessem se conhecido em Nova York. Primeiro, ela o imagina em um dos shows dela, um peixe fora d'água, mas agora uma nova imagem começa a surgir em sua mente: Ben fazendo chá no fogão, os dois lendo na cama juntos, caminhando pelo Tompkins Square Park tomando sorvete em um daqueles dias perfeitos de Nova York.

O fato de ela nunca ter feito nem desejado nada disso não parece estranho. Não faria sentido com nenhum dos outros caras com quem saiu. Com Jason, porque ele estava sempre trabalhando. E com Luke porque ele se achava descolado demais. Seu namorado da faculdade, Wesley, existia quase inteiramente dentro do quarto de alojamento, fumando maconha e jogando videogame. E os poucos relacionamentos menores que ela teve, na casa dos 20 anos (Ryan, o cara das propagandas digitais; Pablo, o programador; e Ian, o gerente de fundos de hedge) não duraram o suficiente para chegar à fase em que as coisas mais mundanas parecem especiais na companhia certa.

Mas, com Ben, ela consegue imaginar. E embora ela saiba que é menos uma fantasia pessoal e mais um amálgama de todas as comédias românticas que já viu, de todas as histórias de amor que lhe contaram, isso não significa que o desejo e a esperança não sejam genuínos.

Por baixo da mesa, ela encosta o joelho no dele de leve, um gesto conciliatório.

– Não é por causa do Luke – diz ela. – Essa coisa toda. É por minha causa.

– Como assim?

– Eu estou num momento meio estranho. É difícil de explicar. Ou talvez não seja. Talvez seja só constrangedor. – Ela suspira. – Eu odeio essa parte.

– O quê? – pergunta Ben. – Ficar constrangida? Se te faz sentir melhor, um pouco antes de você chegar eu percebi que tinha papel higiênico grudado no meu sapato.

Greta balança a cabeça.

– Não, me abrir para pessoas novas. Você não deseja poder adiantar as coisas, tipo em um disco, e saber tudo sem ter que passar por cada etapa?

– Meu Deus, não – diz ele. – Eu amo esse processo. É como fazer uma pesquisa antes de se sentar e escrever. Você descobre um monte de fatos interessantes e ideias aleatórias, mas continua sem saber exatamente no que eles vão dar. Tudo é possível.

Sem pensar, Greta o beija, uma das mãos em seu joelho, a outra na mesa, as luzinhas cintilando ao redor. Quando volta a se recostar, ela respira fundo e diz:

– Minha mãe morreu de repente, então eu terminei com Luke, também de repente, e tentei tocar uma música que tinha acabado de compor e desmoronei no palco... e o vídeo viralizou, os críticos detonaram a música, meu novo álbum foi adiado e eu parei com as apresentações, que sempre foram a parte que eu mais amei, e era para ser só por um tempo, mas agora faz três meses que eu não faço um show e tenho que tocar no Gov Ball no fim de semana e a gravadora está com medo que eu surte outra vez, então querem que eu siga o script, apresente o álbum novo, toque alguns hits e basicamente apague o que aconteceu, porque estão contando com a transmissão ao vivo para botar as coisas de volta nos eixos. Mas eu estou começando a me perguntar se essa é a coisa certa a fazer, se Mary não tem razão e a única saída é encarar a situação e se devo a mim mesma uma segunda chance, mas a esta altura estou com medo de tocar qualquer coisa e acabar desmoronando outra vez, porque ainda estou meio mal e, se as coisas não forem bem de novo, eu não sei se a minha carreira vai sobreviver. E se não sobreviver tudo vai desmoronar de novo, porque isso é basicamente quem eu sou e, para dizer a verdade, odeio a ideia de o meu pai ter razão, sem mencionar todo mundo que duvidou de mim ao longo do caminho, principalmente Mitchell Kelly, que me encheu o saco quando eu toquei "Lithium" no show de talentos do oitavo ano, embora ele provavelmente tenha um emprego burocrático deprimente agora e jamais ouça músicas fodas como as minhas. Antes que você diga qualquer coisa, eu sei que é tudo psicológico, mas parece bem real no momento, principalmente o medo, com o qual nunca tive problema. É, talvez eu tenha sorte de ter chegado tão longe com trabalho duro e coragem e a porra de uma fé cega, mas isso não quer dizer que eu não queira mais, porque eu quero, eu quero *muito mais*, e fico pensando num perfil que a *Rolling Stone* fez de mim há um tempo, com a manchete GRETA JAMES VOA ALTO e uma foto minha flutuando nas nuvens, e ultimamente parece o oposto, como se eu estivesse afundando rápido e, se eu não fizer alguma coisa, talvez eu nunca mais consiga voltar à superfície, mas eu preciso, *preciso*, porque a única coisa de que tenho certeza é que ainda não estou preparada para submergir. Não mesmo.

Ela respira, trêmula, e Ben a encara pelo que parece muito tempo.

Por fim, ele diz:

– O que é Gov Ball?

Vinte e seis

Na sobremesa, Greta já fez Ben assistir a pelo menos dez apresentações diferentes de alguns dos artistas favoritos dela, uma sequência de imagens não oficiais que ela nem sabia que tinha salvado: Green Day em Woodstock e Prince no Coachella, Radiohead no Bonnaroo e os Stones em Glastonbury. Algo relaxou dentro dela enquanto ia de vídeo em vídeo, mostrando a Ben os que ela mais ama, o volume baixo, os dois tão próximos na frente do celular que ela sente o calor da respiração dele.

Quando os acordes finais de "Wild Horses" ecoam na noite, Mick Jagger levanta as mãos e a plateia grita, e Ben se recosta na cadeira com um sorriso sonhador.

– Isso foi bem legal.

Greta ri.

– Bem legal?

– Foi – diz ele, dando de ombros.

Quando terminam de ver Arcade Fire tocar no Lollapalooza, o algoritmo que leva de um vídeo a outro sugere Greta James no Outside Lands, e Ben se inclina para a frente tão rápido que quase derruba a garrafa de vinho.

– Coloca esse – diz ele, claramente meio bêbado agora.

Antes de ela protestar, ele aperta o botão, e lá está Greta, usando uma calça preta de couro e uma regata branca, o batom já manchado por roçar no microfone, gotas de suor na testa quando toca os acordes de abertura de "Acabou de vez", a primeira música que ela lançou, a primeira que chamou atenção. Ao vê-la no palco, cheia de ousadia, as mãos voando tão rápido nas cordas que parece um truque de mágica, os olhos brilhando desafiadores enquanto a plateia berra, não daria para imaginar que ela começou a compor a música depois que ela e Jason terminaram tudo pela milionésima vez, sozinha no apartamento, no meio do verão, com o ar-condicionado quebrado, o calor entrando pelas janelas e tudo parecendo úmido, pesado e sem esperanças. A música começou como um lamento, mas gradualmente virou algo mais intenso, mais empoderado, e naquele dia (ao mesmo tempo uma eternidade atrás e há pouquíssimo tempo) ela a tocou pela primeira vez e a plateia foi tomada de uma energia pulsante quase magnética.

Mesmo agora, em uma tela do tamanho de uma carta de baralho, ela sente o poder. Não só da música, mas da apresentação, e puxa o celular para mais perto e observa o vídeo como se fosse outra pessoa nele, tentando identificar a confiança por trás do rosto como alguém usaria um detector de metais em uma praia.

Ela raramente assiste às próprias apresentações e tem algo de estranho em ver aquela neste momento. Ela sente ao mesmo tempo um orgulho imenso e um louco distanciamento, como se aquilo não lhe pertencesse. Como se outra pessoa tivesse composto a música. Outra pessoa tivesse subido no palco e arrasado. Outra pessoa tivesse se curvado para agradecer no final e de novo depois, porque os aplausos continuaram crescendo, acenado para a plateia ao sair.

Outra pessoa. Tinha que ser outra pessoa.

– Uau – diz Ben quando termina, e Greta coloca o celular na mesa.

O garçom aparece atrás deles com a sobremesa: uma fatia de cheesecake para Ben e uma tortinha de morango para Greta. Ela começa a comer na mesma hora, mas os olhos de Ben continuam cravados nela.

– Isso foi... isso foi...

– Bem legal? – sugere ela, e ele ri.

– Mais do que isso.

Ela pega uma garfada do cheesecake dele.

– Não é estranho? – pergunta ela quando termina de mastigar. – Realizar seus sonhos?

– Como assim?

– Tipo, se eu mostrasse isso para meu eu de 12 anos – diz Greta, indicando o celular –, ela teria surtado. Estar tocando ali em cima para tanta gente? – Ela balança a cabeça. – Teria sido um sonho realizado. Só aquela música. Você se sentiu assim quando publicou o livro?

– Acho que sim – diz ele, pensativo. – Mas, depois de ver isso, meu livro parece mais… tranquilo.

Greta ri.

– Mas, se o Ben de 12 anos pudesse te ver agora, o que ele acharia?

– Ele iria surtar por eu estar no Alasca – diz ele, sorrindo. – E acharia o livro maneiro. Mas aquele garoto também era meio nerd.

– As chances são muito pequenas, né? – comenta ela, dando outra garfada. – De poder tentar. Ser uma das melhores. Não importa se é para ser guitarrista, escritor, jogador de futebol, o que for. É tão improvável.

– Até não ser mais – diz Ben, e ela sorri.

– Eu lembro que, alguns anos depois da faculdade, um empresário figurão foi a um show que fiz em um bar no Lower East Side. Minha melhor amiga, Yara, estava tocando teclado comigo e eu falei que tudo que eu queria era que aquele cara me contratasse. Eu não me importava se mais nada acontecesse depois. Eu trabalhava de garçonete na época e achava que só queria aprovação, um sinal de que aquilo ia dar em alguma coisa. Isso teria sido suficiente, sabe? – Ela olha pela janela, para o crepúsculo perpétuo. – Yara… riu de mim. Ela disse: "Se você for contratada por ele, você vai querer fazer uma demo. E, se você fizer uma demo, vai querer que uma gravadora compre. E se uma gravadora comprar, você vai querer estar na lista das mais tocadas. Ninguém quer uma coisa só." – Ela se vira para Ben, que a observa com atenção. – E ela estava certa.

– O que você quer agora?

Ela sorri.

– Que pergunta.

Na tela do celular, o algoritmo está sugerindo o vídeo seguinte: *Greta James surta no BAM*. Ela vê Ben ler as palavras e desviar o olhar.

– Você já viu – diz ela –, não viu?

Ele fica em silêncio por um momento. Mas acaba assentindo.

– Eu pesquisei seu nome naquela primeira noite.

Ela apaga a tela do celular e Ben se inclina para a frente.

– Não sei se ajuda em alguma coisa, mas não achei tão ruim quanto você pensa. Foi genuíno e humano, e você nunca deveria pedir desculpas por isso.

– Obrigada – diz ela, a voz cheia de emoção enquanto segura a mão dele.

Eles ainda estão sentados assim, olhando fixamente um para o outro, quando Greta ouve seu nome, vira o rosto e vê Eleanor Bloom.

Ela está acenando enquanto se aproxima, os brincos enormes balançando como lustres.

– Aí está você – diz ela enquanto Greta solta a mão de Ben e se levanta para abraçá-la. Mas, a uma curta distância da mesa, Eleanor para de andar dramaticamente e arregala os olhos. – Você está igual à sua mãe com esse vestido.

Greta olha para baixo, desorientada.

– Ela nunca usava nada assim.

– Quando tinha sua idade, sim – diz Eleanor enquanto o restante do grupo se aproxima: Todd, Davis e Mary, seguidos por Conrad, que está usando sua única camisa bonita, com a gola amarrotada embaixo de um paletó esporte.

Ben ajeita a gravata enquanto se levanta.

– Oi, eu sou...

– Jack London – diz Eleanor, sorrindo. Ela dá uma piscadela e Greta percebe que ela está um pouco bêbada. Todos estão. – A gente sabe.

– Ah, bem... – começa ele, mas Davis o interrompe:

– Isso aqui parece bem romântico. – Ele observa a garrafa de vinho pela metade e o arranjo de dois lugares lado a lado. – Quer nos contar alguma...

Mary bate na barriga dele e Davis tosse. Greta aproveita a oportunidade para devolver o celular dele, que Davis guarda no bolso do paletó com um sorriso.

– Estou feliz por você estar se divertindo – diz Mary para Greta. – Experimentaram o pato?

– Eu experimentei – diz Ben com alegria. – Comida de quá-qualidade.

Greta solta uma gargalhada repentina e se dá conta na mesma hora de que também está bêbada. Ela olha para Conrad, que está parado atrás dos outros, os olhos indo do chão para a janela e para a mesa, se esforçando para evitá-la, e Greta não consegue disfarçar um sentimento de decepção depois do progresso que fizeram naquela tarde. Mas, por fim, ele a encara e, com uma casualidade forçada, pergunta:

– Você tem alguma notícia para me dar?

A ficha cai.

Se ela achasse que o boato chegaria até ele, teria se prevenido. Mas Conrad não costuma prestar atenção no tipo de veículo que divulgaria um artigo sobre o noivado entre uma musicista indie e um produtor musical conhecido. Ela não tem ideia de como ele ficou sabendo. Ele nem comprou pacote de dados para a viagem.

Um garçom passa com uma bandeja de pratos vazios. Ao redor, o ambiente está vibrando com risadas e conversas. Mas ali, naquele grupinho, todos estão quietos.

Conrad olha para Greta. E Greta olha para ele.

– Se você estiver falando... – começa ela.

– Do seu noivado? – interrompe ele.

Ben olha de um para outro e então, lento por causa do vinho, toma para si a tarefa de ajudar.

– Ah, ela não está noiva *de verdade*, se é isso que você quer saber.

Eleanor ergue as sobrancelhas.

– O quê? – diz ela, a voz subindo acima do falatório. – Vocês dois estão *noivos*?

Ben, que estava parecendo bem satisfeito consigo mesmo, agora dá um passo para trás e olha para Greta, que diz, o mais calmamente possível:

– Eu não estou noiva de ninguém.

Conrad franze a testa, mas não parece zangado. Para a surpresa dela, ele parece magoado.

– Não foi o que eu ouvi – diz ele. – Sua tia Wendy viu a notícia no Twitter.

A irmã dele, a pessoa mais empolgada da família, vivia a companhando a vida de Greta como se fosse um reality show.

– Diga para ela que ela não deveria acreditar na internet – diz Greta, e acrescenta: – Você também não.

– Eu não tenho muita escolha. Você não se dá ao trabalho de nos manter informados.

Ele não parece reparar que disse "nos", mas isso ameniza a impaciência de Greta.

– Bom, agora você sabe, então não precisa se preocupar por...

– Você se casar com aquele babaca australiano?

– Pai – diz Greta, exasperada. – Pare com isso. Você só pode ficar chateado com a possibilidade de eu me casar ou pelo fato de que não vou me casar. Decida-se.

Ele grunhe.

– Só estou dizendo que seria bom ouvir a notícia antes da tia Wendy. E do Twitter.

– Eu já falei, não tem notícia.

– Bom, obviamente teve.

– Mas não era verdade.

– Mesmo assim.

Eles se olham de cara feia por um segundo, ambos frustrados.

Depois de um momento, Mary pigarreia.

– Estávamos indo para o piano bar – diz ela, aproveitando a brecha para fugir. – A gente se vê lá?

– Talvez – diz Ben, um pouco empolgado demais.

Conrad lança um último olhar para Greta, insondável como sempre, e se vira para a saída. Eleanor vai atrás dele e dá uma batidinha reconfortante em seu braço. Greta o vê se afastar, a boca retorcida para o lado.

– Não se preocupe com ele – diz Davis. – É um dia difícil.

– Eu sei – responde Greta. – Mas ele não precisa descontar em mim.

– E você também não precisa descontar nele – retruca Mary, a voz firme de uma forma que faz Greta se lembrar da mãe. – Ele te ama. Você sabe disso.

– É – murmura Greta. – Só que ele nem sempre gosta muito de mim.

Mary hesita por um momento, se aproxima e beija a lateral da cabeça dela.

– A parte do amor é mais importante – diz ela, tão baixo que só Greta consegue ouvir.

Vinte e sete

Depois, Ben sugere irem para o cassino.

– Você não parece ser do tipo que joga – diz Greta, olhando-o, em dúvida.

– Eu não sou – responde Ben com um sorriso. – Mas estou me sentindo com sorte hoje.

Eles começam com *blackjack* e cada um já perdeu 50 pratas quando as bebidas chegam. Greta vira a dela de uma vez e sugere que eles parem enquanto estão perdendo. Mas aí seu celular toca.

– Já volto – diz ela para Ben, e anda entre mesas e máquinas caça-níqueis, tentando encontrar uma saída em meio a todos os espelhos e luzes fortes.

– Onde você está? – pergunta Asher quando ela atende. – Parece Vegas.

– Parece Vegas mesmo. O que foi?

– Ah, nada de mais. Só estou ligando para ver se eu deveria comprar um smoking para as suas futuras núpcias. Obrigado por me responder, aliás.

Greta sai para o corredor.

– Desculpa, foi um longo dia.

– Claro – diz ele em tom debochado. – Planejar um casamento pode ser bem estressante.

– Asher.

– O quê?

– Você sabe que não é verdade.

– Bom, é legal ouvir direto da fonte – diz ele, cedendo. – Aposto que o papai ficou empolgado com a possibilidade.

Ela não consegue identificar se ele está brincando ou não, e nem pergunta.

– Você falou com ele?

– Hoje não.

Um tripulante do navio passa e Greta retribui o aceno breve antes de se virar para a parede.

– Você sabia? – questiona ela. – Sobre as cinzas?

– Ele levou? – pergunta Asher, surpreso.

– Não tudo.

– Que bom, porque as meninas querem espalhar um pouco no nosso jardim.

Greta franze a testa.

– Isso não é meio mórbido?

– São cinzas. Claro que é mórbido. Tudo isso. Onde vocês espalharam o resto?

– Em uma geleira.

Ele assovia.

– Uau. Ela adoraria isso.

– Eu sei – concorda Greta, a voz de repente rouca.

– Como foi?

– Difícil. Muito difícil.

– Aposto que sim. – A voz de Asher está tão suave que dá vontade de chorar. – Eu queria estar aí junto. Mas foi melhor ser você.

– O que isso significa?

– Você sabe – diz ele, e ela sabe.

Os dois sabem. Só nunca disseram em voz alta. Helen não tinha favoritos, como Conrad; o afeto dela por Asher nunca foi posto em dúvida, o amor dela pelos dois filhos parecia um recurso infinito. Mas todo mundo sabia que o laço com Greta era especial.

– Obrigada, Ash – diz ela baixinho.

– Por quê?

– Sei lá.

– Melhor irmão do mundo?

Ela sorri.

– Por aí.

Quando Greta volta para o cassino, Ben está na mesa da roleta. Enquanto ela se aproxima, ele empurra uma pequena pilha de fichas para o número 12.

– O dia do seu aniversário? – pergunta ela, e Ben balança a cabeça. – De uma das suas filhas?

O crupiê gira a roda e os dois veem a bola quicar loucamente. Cai no 00. Todos da mesa gemem.

– Do Jack London – diz Ben timidamente enquanto eles pegam as fichas que restam e se levantam.

Ao redor, as máquinas caça-níqueis estão apitando e tilintando, e uma gritaria soa quando alguém faz pontos nos dados.

– O que você tem com esse cara? – pergunta Greta, achando graça.

Ben dá de ombros.

– Ele é um escritor incrível.

– Tudo bem, eu entendo que *O chamado selvagem* é um livro importante e tudo, mas não pode ser *tão* bom assim.

Ele para e se vira para ela.

– Espera aí. Você não leu?

Ela balança a cabeça e ele fica de boca aberta. Parece que contou a ele que matou uma pessoa.

– Sério?

– Sério.

– Mas você levantou a mão – diz ele, os olhos arregalados. – Na minha palestra.

– Ah. É. Desculpa. Eu menti.

Ben parece escandalizado.

– Por que você mentiria sobre uma coisa dessas?

– Acho que vi o filme e pensei que era suficiente. Além do mais, eu sei o básico: corrida do ouro, Alasca, o lobo e…

– O lobo? – pergunta ele, indignado. – Você acha que Buck era um lobo?

– Não era?

A cabeça de Ben parece prestes a explodir.

– Ele era um *cão de trenó*. Esse é o ponto do livro – balbucia ele. – Como você pode não… É um dos principais… Quer dizer, todas as crianças deveriam… – Ele para e balança a cabeça. – É um clássico!

Greta levanta as mãos.

– Tudo bem, tudo bem. Vou ler.

– Ótimo – diz ele, de repente soando profissional. – Eu tenho um exemplar a mais no quarto para o caso de uma emergência. Vamos lá buscar?

– Eu aprecio seu entusiasmo, mas não acho que isso se qualifique como emergência.

– Tudo bem – diz ele, ainda parecendo determinado. – Você pode começar a ler amanhã e aí eu pago uma bebida à noite e você faz o relatório completo.

Ela levanta o copo vazio e sacode o gelo.

– As bebidas são de graça, lembra?

– Lembro – diz ele, os olhos brilhando enquanto pega o copo da mão dela. – Mas eu pago mesmo assim.

Eles pegam bebidas no bar, deixam o barulho do cassino para trás e seguem com passos instáveis pela passagem de estibordo. No piano bar, eles param e espiam. Tem um cara branco idoso, com cabelo grisalho, tocando alegremente uma música do Billy Joel, e Eleanor Bloom está sentada no piano com um microfone, os olhos fechados enquanto canta. Ela é bastante desafinada, mas está cantando com tanta vontade que não parece importar. Todd ergue um copo na direção dela, o rosto um pouco vermelho, e Davis cai na gargalhada. Mary e Conrad estão atrás deles no bar, balançando ao ritmo da música.

– Vamos sair daqui – diz Greta, porque é tudo um pouco demais agora, e eles passam pela entrada, as bebidas girando nos copos transparentes de plástico.

Mais além, no corredor, o som de um saxofone ecoa do bar de jazz, melodioso, vibrante e emocionante, e, sem pensar, Greta se pega entrando.

– Foi aqui que você tocou mais cedo? – sussurra Ben quando eles encontram um local no bar.

Greta assente, os olhos se desviando para as guitarras acima do palco. Embaixo delas, o trio de jazz, que consiste em teclado, sax e bateria, vai emendando uma música na outra, a multidão batendo palmas e seguindo o ritmo com os pés. A música é animada e imprevisível, e Greta fecha os olhos e deixa que percorra seu corpo, desejando por um segundo estar lá em cima. Mas, por enquanto, escutar basta.

Depois de alguns minutos, ela dá um passo para trás, e outro, então se vira e sai para o corredor, a música ainda pulsando pelo corpo. Ben a segue pelo corredor mal iluminado com um sorriso sonhador.

– Eu não sei por que nunca saio para ouvir música ao vivo – diz ele. – É tão estimulante. É assim quando você toca? Eu adoraria te ver alguma hora.

Ele soa tão sincero, tão despretensioso, que Greta nem pensa direito ao dizer:

– Você só precisa comprar um ingresso.

– Acho que vou fazer isso – responde Ben, e ela para de andar e se vira para ele. Ele não está mais sorrindo. Na verdade, parece surpreendentemente sério. – Eu sempre quis ir ao Gov Ball.

Ela o encara.

– Sério?

– Não – diz ele com um sorriso tímido. – Nem sabia o que era até hoje. Mas *gostaria* de estar lá. Se não for muito...

– Não – diz ela rapidamente. – Não é muito... – Mas seu coração está batendo rápido e ela fala a frase seguinte olhando para o chão. – Na verdade, eu não sei.

– Não sabe o quê?

– É que... tem muito em jogo.

– E eu te deixo nervosa?

É para ser uma piada. É para parecer absurdo. Mas Greta assente.

– Um pouco – diz ela, mas, quando tenta imaginar como seria ver o rosto dele na plateia, ela sente mais segurança do que qualquer outra coisa. É o resto que a deixa nervosa.

Ben está achando graça agora, talvez esteja até um pouco contente.

– Então outra hora, quem sabe.

– Outra hora – concorda ela.

Ele segura a mão dela e os dois seguem pelo corredor, percorrendo a beirada do navio. Lá fora está totalmente escuro agora e ela só consegue ver o reflexo deles nas janelas, Ben de paletó esporte e Greta de vestido. Ela para por um segundo para olhar a imagem embaçada, mas Ben se adianta e coloca as mãos em concha no vidro.

– Uau – diz ele, e Greta faz o mesmo para espiar o mar de estrelas cintilando acima da água escura.

Ele se vira um pouco para ela e apoia a mão em seu quadril. Ela segura a camisa dele e o puxa para perto. Quando se beijam, é demorado, lento e faminto, os dois encostados na janela fria, pressionados contra o mundo, e só quando alguém solta um assovio é que eles se separam.

– Embaçando os vidros – diz a velha senhora com um sorriso malicioso. Quando Greta olha para a janela, está embaçada mesmo.

Eles acabam indo parar na única casa noturna de verdade do navio, um bar que parece uma caixa preta pulsando com luzes rosa e roxas e tocando música disco. Tem alguns casais intrépidos na pista de dança, nenhum com menos de 60 anos, inclusive um par que está conseguindo fazer passos de dança de salão ao som de "I Will Survive". Quando a música seguinte começa, dois homens que ela reconhece do fatídico musical da outra noite se juntam aos dois; eles olham fundo nos olhos um do outro enquanto dançam, abraçados.

O ombro de Ben está encostado no de Greta na banqueta de veludo e o hálito dele tem cheiro de cereja por causa do coquetel que ele pediu. Ela está ocupada estudando o perfil dele, o jeito como ele balança a cabeça ao ritmo da música, quando Ben se vira para ela.

– O que foi? – pergunta ele, a testa meio franzida. – Por que você está me olhando assim?

– Eu só estava pensando que a minha mãe teria adorado você.

– Eu sempre fui muito popular com as mães – brinca ele, mas Greta percebe que ele fica feliz.

– Ela leu seu livro, sabia?

O rosto dele se ilumina.

– Leu?

– Mary me contou, na sua palestra. Elas participavam do mesmo clube do livro.

– Ela gostou?

Greta sorri.

– Parece que sim.

– Não é engraçado colocar algo no mundo e isso acabar indo bem mais longe do que você podia imaginar? – diz ele. – Tipo um balão perdido.

– Ou uma mensagem numa garrafa. Já que o objetivo *é* soltar no mundo.

Ben se afasta, só um pouco, mas o suficiente para haver um espaço entre os ombros deles.

– Eu nunca fui muito bom nessa parte – admite ele, o rosto perturbado sob a luz pontilhada do globo espelhado.

– Depois fica mais fácil – diz Greta. – Você vai ver quando terminar seu próximo livro. Você começa…

– Nós vamos ter uma conversa quando eu voltar.

– Quem? – pergunta ela, embora já saiba.

Ele vira o resto da bebida.

– Eu não sei o que fazer. Às vezes, acho que não importa se eu ainda a amo ou não. Acho que há motivos mais importantes para ficarmos juntos. Não só as crianças, mas a nossa história. E é difícil dar tudo por terminado, sabe? Mas outras vezes… – Ele a encara, os olhos suplicantes. – Eu não sei. Parece que quero colocar esta semana em um potinho para poder lembrar como é, caso eu comece a perder a coragem.

Quando ele a encara, Greta não sabe bem o que dizer. O que está pensando é: *Claro que ele vai voltar. Ele tem uma esposa e filhas e uma hipoteca.* Consegue visualizar a vida dele em casa: o quintal cheio de brinquedos de plástico e o porão com canos que congelam no inverno. As reuniões de pais na escola e os grupos de amigos com quem eles fazem planos todos os meses, prometendo que vão experimentar aquele lugar novo na cidade, mas indo sempre nos mesmos lugares nos subúrbios, no fim das contas, porque uma das crianças está com a garganta inflamada e a semana foi agitada e é mais fácil assim. Ele deve ter um cortador de grama. E uma churrasqueira. E uma voz especial que usa quando lê histórias de ninar. Ele tem todo um mundo.

Não é fácil manobrar um navio grande assim.

Uma música nova começa, mais lenta desta vez, e, em volta deles, vários casais se levantam. Depois de um momento, Ben fica de pé também.

– Acho que a gente deveria dançar – diz ele, oferecendo a mão, e a leva solenemente para a pista, puxando-a para perto.

Greta não consegue lembrar a última vez que dançou assim. Deve ter sido com Jason, no casamento de Asher, os dois deixando certo espaço entre os corpos para manter a ilusão de que era só amizade, ao mesmo tempo que ele colocava a chave do quarto dele do hotel na mão dela. Mas isto é diferente. Ela quer achar brega, a bochecha encostada no peito dele, as mãos de Ben unidas em sua lombar, mas não consegue.

– Posso te dizer uma coisa? – pergunta Ben, se afastando para encará-la, os olhos fixos nos dela. – Não é só por causa da escrita dele.

– O quê? – pergunta Greta, confusa.

– O motivo de eu me inspirar tanto em Jack London. É porque ele viveu uma vida grandiosa.

A música termina e o DJ coloca outra mais rápida, e a pista de dança começa a esvaziar de novo. Greta para de dançar e Ben também, os braços ainda em volta um do outro. Eles ficam parados debaixo das luzes giratórias.

– Ele não era só escritor – diz Ben com uma espécie de urgência estranha. – Ele era marinheiro, explorador, boxeador, pirata, ativista. Ele foi para o Klondike atrás de fortuna quando tinha só 21 anos, algo que parece bem louco e romântico, mas, no fim das contas, foi a escrita que deu certo. Ele era um aventureiro, corajoso e intrépido, sabe? Mas também era só um cara com uma caneta.

Greta vê a luz reluzir no rosto dele. Ben abaixa os braços e dá um passo para trás. Acima deles, o globo espelhado gira e banha o salão em prateado.

– Olhe ao redor – diz ele, e Greta olha para os últimos casais em movimento, para as pessoas no bar, para o homem adormecendo no canto. – Quantas pessoas vivem de verdade? Quantas fazem uma coisa realmente grandiosa na vida? – Os olhos dele encontram os de Greta de novo e há uma intensidade neles que ela não tinha visto antes. – Eu tenho uma vida boa. Mas, até pouco tempo, também era bem simples. E, de modo geral, isso não me incomoda. Mas, de vez em quando, eu olho em volta e isso me atinge do nada. Quanto minha vida é contida. Segura. E isso me faz perceber como corri poucos riscos. – Ele estica os braços para segurar as mãos dela. Quando fala de novo, sua voz está determinada: – Eu quero correr mais riscos. Quero fazer valer a pena.

Ela não sabe se ele está falando desta noite. Ou deste momento. Ou de algo maior. Mas, seja como for, ela entende.

Seja como for, ela também quer fazer valer a pena.

QUINTA-FEIRA

Vinte e oito

Em algum momento durante a noite, Greta devia ter concordado em fazer algum tipo de passeio com Ben de manhã. Ela não tem nenhuma lembrança, mas acorda e o vê parado ao lado da cama vestindo um moletom verde com capuz que diz SALVEM AS BALEIAS, parecendo animado demais para as sete da manhã.

– Ei. – Ele a cutuca no ombro. – A gente tem quinze minutos.

Ela boceja.

– O que está acontecendo?

– Nós vamos ver baleias – diz ele, sorrindo, mas o sorriso some. – Você não esqueceu, né?

– Dá para esquecer uma coisa que você nem se lembra de saber?

Ele se senta na beira da cama e se inclina sobre ela, cheirando a pasta de dentes de menta.

– Acredite, sua diversão vai ser do tamanho de uma baleia – diz ele.

Quando ela revira os olhos, Ben beija seu nariz.

Ao olhar pela janela, ela vê que o navio atracou em um enorme píer de madeira, atrás do qual só tem floresta, tudo verde, denso e arborizado. Uma gaivota passa voando baixo na frente da varanda e eles ouvem as risadas dos hóspedes ao lado.

– Aonde a gente vai mesmo? – pergunta Greta, se deitando de bruços. Sua cabeça está latejando e a boca parece estar cheia de algodão. – E quanto a gente bebeu ontem?

– Porto Icy Strait Point – diz Ben, se levantando e indo até a cômoda. – E bebemos muito.

Quando se vira, ele está segurando um livro pequeno e gasto. Ele o entrega com cuidado, de forma quase reverente, e Greta vê que é um exemplar antigo de *O chamado selvagem*, a lombada rachada, as páginas descoloridas e amareladas.

– Você não disse que tinha um sobrando?

Ele dá de ombros.

– Eu tenho vários outros.

– É, mas este aqui... – Ela o encara. – Deve valer alguma coisa.

– Só para mim – diz Ben, sorrindo. – Foi meu primeiro exemplar.

Ela olha para a capa, uma ilustração desbotada de dois cachorros brigando. *Uma história clássica do Norte gélido*, diz.

– Ben, eu não posso aceitar.

– É só um empréstimo – insiste ele. – Mas esse exemplar... é mágico. Mudou minha vida toda.

– É importante demais – diz ela, tentando devolver o livro.

Mas ele só sorri.

– Eu confio em você para coisas importantes.

Alguns minutos depois, ela está com o livro debaixo do braço quando sai para o corredor usando uma calça de moletom de Ben e um moletom enorme da Dave Matthews Band. Ela para e olha o celular. Seis mensagens de Howie. Seu coração se aperta enquanto ela lê.

Se você quiser ir em frente com isso, preciso de uma declaração para ontem.

Posso escrever a declaração para você.

Algo vago, talvez?

Ou a gente pode abafar tudo.

Me avisa o que quer fazer.

Tipo, agora.

Ela apaga a tela de novo e anda rapidamente pelo corredor. Para seu alívio, as únicas pessoas por quem passa (um grupo com camisetas iguais de encontro familiar) estão ocupadas demais discutindo para reparar nela. Só quando ela chega aos elevadores é que sua sorte acaba. Entre todas as pessoas no navio, quem está lá é justamente seu pai, esperando com um jornal debaixo do braço. Greta considera brevemente dar meia-volta, mas é tarde demais. Ele a olha e ergue as sobrancelhas diante da aparência desgrenhada dela: descabelada, descalça, sapatos de salto na mão.

– Eu vou ver baleias – anuncia Greta, porque seu cérebro ainda está confuso demais para pensar em algo melhor.

– Usando isso? – pergunta ele, a expressão séria.

Ela para ao lado dele e os dois se viram para a porta do elevador, as mãos nas costas. Acima deles, uma música clássica suave sai do alto-falante, e Greta desvia o olhar para o teto, tentando pensar em outra coisa para dizer.

– Me desculpe por ter esquecido o aniversário de casamento – diz ela por fim, e Conrad a olha com surpresa. – É estranho. Às vezes, eu só consigo pensar nela. E às vezes dói demais.

– Eu também. – A voz dele sai áspera e dolorida.

O elevador apita, as portas se abrem para eles. Está vazio, mas nenhum dos dois se move para entrar. Depois de um momento, a porta se fecha.

E eles ainda estão parados ali. Juntos.

– Ela tinha uma foto da Baía dos Glaciares grudada na geladeira – diz Conrad, sem olhar para ela. – Todas as manhãs, quando ia pegar leite para o nosso chá, ela sorria e dizia "Isso parece o paraíso". – Ele volta os olhos lacrimosos para Greta. – Eu não tenho ideia de como fazer isto sem ela.

Antes que ela possa dizer alguma coisa, a porta se abre de novo e, desta vez, uma família com trajes de banho está esperando do outro lado, duas mães com três filhos, o menor dando um ataque de birra, a cara vermelha e furiosa. Os cinco chegam para o lado em uma nuvem de lágrimas e protetor solar e deixam espaço para mais dois. Mas Conrad ainda está olhando para Greta, e Greta ainda está olhando para Conrad.

Ela está prestes a deixar o elevador ir embora de novo, ainda despreparada para que a conversa acabe, quando ele olha para ela e o elevador, o rosto tomado de indecisão. Por fim, ele balança a cabeça de leve e, do nada, se vira e sai andando pelo corredor sem dizer nada.

– Totalmente compreensível – diz uma das mães, sorrindo. A outra segura a porta antes que feche, para Greta entrar.

Quando ela chega ao ponto de encontro no píer, Ben já está lá. Ele está de calça jeans e tênis e um colete acolchoado por cima do moletom, os olhos protegidos pela aba de um boné azul-marinho de Columbia. Ele demora um instante para vê-la, e Greta o observa. É um pouco vertiginoso, na verdade, sentir o peito se expandir assim, sentir cada centímetro do coração dentro do peito.

– O que foi? – pergunta ele quando ela se aproxima e se encaixa sob seu braço.

– Nada.

O barco de observação de baleias é maior do que o que ela pegou no dia anterior, e ela e Ben entram atrás de pessoas com binóculos profissionais e câmeras mais profissionais ainda. A maioria se encolhe na parte interna; a manhã está fria e vai demorar para chegarem ao local certo. Mas Greta e Ben vão para o convés superior mesmo assim, os olhos já ardendo do vento.

Eles param perto da amurada enquanto o barco se afasta da doca, vendo o navio de cruzeiro ficar mais distante, as mãos enluvadas segurando a grade de metal. Quando se afastam da margem, dá para ver Icy Strait Point por completo, uma pequena coleção de construções de madeira vermelha sobre palafitas em uma praia rochosa, embaixo da vegetação cascateante.

A voz metálica de um guia os cumprimenta pelos alto-falantes posicionados em volta do barco. Cita as instruções de segurança e se interrompe para mostrar uma família de lontras que passa boiando de barriga para cima. Greta estreita os olhos, mas não consegue identificar as formas. Ben dá uma cotovelada nela e lhe entrega um binóculo.

– Você veio tão preparado – diz ela, e olha para as lontras tomando sol.

– Eu fui escoteiro.

– Claro que foi. – Ela devolve o binóculo. – Você já viu alguma?

– Baleia? Não de perto. – Ele faz uma expressão sonhadora. – Espero mesmo que a gente veja uma. Elas parecem impossíveis, né? Uma coisa tão grande. Tão antiga. São quase sagradas.

Greta se vira para ele.

– Como você pode estar tendo dificuldade de escrever sobre Melville? Está na cara que você ama essas coisas.

– Bom, a vida dele não eram só baleias.

– Quer saber o que eu acho?

– Eu tenho escolha?

– Acho que você está com medo de seguir em frente. Deu tudo certo com Jack. Com ele, você já estava acostumado. E agora é assustadora a ideia de conhecer uma pessoa nova.

– A gente ainda está falando de autores mortos ou isso é uma metáfora?

Greta ri.

– Você é o escritor.

– Acho que eu prefiro o subtexto – diz ele, sorrindo enquanto algumas pessoas de jaquetas coloridas começam a surgir do primeiro andar, fazendo barulho na escada de metal.

Eles seguem para alto-mar, Icy Strait Point ficando mais e mais distante. Tudo no Alasca parece ser no meio do nada, mas eles estão especialmente isolados agora. O guia fala no alto-falante para mostrar uma águia-careca à frente, e Greta vê um ponto marrom e uma cabeça branca. Ben entrega o binóculo para ela de novo, e ela leva um minuto para encontrar a ave enorme cortando o céu.

– Muito bem, pessoal – diz o guia pelo alto-falante enquanto o motor é desligado e o barco balança como uma rolha no silêncio repentino. – Hoje de manhã, ouvimos que havia um grupo de baleias aqui, e vamos ficar parados um tempo para ver se elas resolvem dar um oi.

Greta se apoia na amurada fria e percorre a água com o olhar. Ben passa o braço a sua volta, e ela fica agradecida pelo calor e o peso do queixo dele em seu ombro.

– Às vezes só demora um pouco – diz o guia no alto-falante.

E eles esperam, todos a bordo fazendo um silêncio forçado, tudo ao redor também em silêncio. Parece que todos estão prendendo o ar, como se alguém tivesse apertado o botão de pausa do mundo.

De repente, há uma ruptura na água.

De longe, poderia ser quase qualquer coisa. Só uma mancha preta no meio de tanto azul. Uma barbatana dorsal se move em um arco lento e gracioso quando uma baleia-jubarte rompe a superfície antes de desaparecer de novo.

Greta surpreende até a si mesma soltando um gritinho de prazer. Ao seu redor, outros exclamam também. Câmeras estalam, clicam e apitam. E todo mundo do outro lado do barco vem correndo, os olhos na água, torcendo por outro vislumbre.

– Você viu? – sussurra Ben com empolgação, se pondo ao lado dela na amurada. Greta assente, mas não consegue falar. Está ocupada demais vigiando.

O barco todo fica em silêncio de novo.

Eles esperam. E esperam.

Finalmente, há outra agitação suave no azul e um jorro leve do espiráculo. Porém mais nada.

Os olhos de Greta começam a lacrimejar. Ela tem medo de piscar.

Quando a jubarte salta de novo, não tem nada de sutil. A baleia explode da água, alta e reta como um torpedo, o corpo comprido e poderoso, e Greta assiste, impressionada, quando ela dá a barrigada mais dramática do mundo e gera uma explosão de branco. Todos ofegam e comemoram como se fosse um show particular, um feito de atletismo ou um truque de mágica especialmente impressionante.

Uma história clássica do Norte gélido, pensa Greta, olhando para o local onde a baleia desapareceu.

Eles veem a baleia só mais uma vez antes de seguirem em frente. É um movimento de cauda tão perfeito que quase parece coisa de desenho animado. *É raro ver algo na vida real que seja parecido com todas as muitas imitações já produzidas*, pensa Greta. É raro ter essa chance, de ver um rabo de baleia desaparecer na água tranquila em um lugar assim, o céu uma redoma azulada, as montanhas e árvores em volta tão suaves e borradas quanto aquarela.

Ela e Ben se olham, mas nenhum dos dois diz nada. Ela sabe que ele também está emocionado, que o que aconteceu ali foi quase grandioso demais para palavras.

Greta segura a mão enluvada dele e a aperta.

No caminho de volta, eles fazem mais uma pausa para ver outro par de baleias, que basicamente só flutuam, os dorsos enormes aparecendo de vez em quando. Mas não é nada em comparação àquela primeira.

Quando o barco acelera, Greta fica olhando a espuma. Eles estão novamente sozinhos no convés superior e, embora seus dedos estejam congelados e o nariz esteja escorrendo, ela não se sente preparada para entrar, para romper o feitiço. Ela se encosta em Ben e, baixinho, tão baixinho que não sabe se ele ouve, sem saber se quer que ele ouça, ela começa a cantar:

– *Bebê beluga no azul profundo...*

Não é a versão alegre que as crianças cantam. É mais lenta e mais suave, algo totalmente novo, que ela vai inventando conforme canta, e a forma como se mistura com o vento é quase sobrenatural.

– *Tão corajosa, livre no mundo...*

Greta fecha os olhos.

– *Acima o céu, abaixo o oceano...*

Ben está com a cabeça inclinada enquanto escuta.

– *Baleia branca, siga nadando...*

Quando termina, ela abre os olhos de novo e Ben se inclina para a frente e apoia os cotovelos na amurada. Embaixo deles, o barco balança.

– Eu canto isso para as minhas meninas às vezes – diz ele.

Ela assente.

– Minha mãe cantava para mim.

– Ficou lindo o jeito como você cantou.

Eles ainda estão longe da terra firme. Tudo ao redor parece intocado e impecável, limpo e descomplicado. Ela se vira para olhá-lo, o coração acelerando.

– Meu pai me pediu para voltar – diz ela. – Um pouco antes de minha mãe morrer.

Ele a olha, mas não diz nada.

– Ele estava preocupado com as dores de cabeça dela. Eu estava na Alemanha para um show que queria muito fazer. – Greta fecha os olhos. – Nós sempre ficamos nos magoando, fingindo que a gente não liga para o que o outro pensa. Eu achei que ele estivesse tentando me fazer sentir culpada por estar tão longe.

Ben parece abalado.

– Você não tinha como saber o que ia acontecer.

– Talvez não. Mas eu podia ter estado lá.

– Não teria mudado nada.

– Não – diz ela, o coração pesando no peito. – Mas pelo menos eu teria me despedido.

Os olhos dele se enchem de solidariedade.

– Eu tenho certeza de que ela sabia o que você sentia.

Greta pensa na última conversa que teve com a mãe, que foi, claro, totalmente comum. No trabalho, Helen tinha encontrado a professora de música, que falou maravilhas sobre Greta.

Eu falei que você tocaria no recital de inverno, escreveu Helen, e Greta conseguiu imaginar claramente a cara que ela estava fazendo, a expressão alegre e meio diabólica que fazia sempre que provocava a filha. Vai ser você com uns dez alunos de primeiro ano. Achei que você toparia.

Parece ótimo, respondeu Greta. Queria poder.

A resposta de Helen foi rápida: Aposto que sim!

Greta digitou a frase seguinte sem nem pensar. Estava tarde em Berlim e Luke já dormia ao seu lado e ela tinha que acordar cedo no dia seguinte para fazer a passagem de som. Obrigada por pensar em mim, escreveu ela, e apagou a tela do celular. Só quando o pegou de novo na manhã seguinte foi que viu a resposta.

Eu estou sempre pensando em você.

Horas depois, com Greta no palco diante de milhares de fãs, algo se rompeu no cérebro da mãe dela e a deixou em coma.

E pronto.

Foi o fim da única conversa realmente importante em sua vida.

No barco, os dois ficam em silêncio por muito tempo, Greta e Ben, os olhos grudados na água azul-acinzentada.

– Eu nunca contei isso a ninguém – diz ela, por fim, e Ben a abraça.

– Obrigado por me contar.

Ela assente.

– Eu confio em você para coisas importantes.

Vinte e nove

Eles nem tinham chegado à margem ainda quando o celular de Greta começa a vibrar de novo. Ela o tira do bolso da jaqueta e olha as mensagens. Só faz duas horas, mas há muitas, a maioria ainda sobre Luke: um monte de pedidos de entrevistas e mensagens de amigos. Mas tudo parece tão distante agora, lá na água, bobo e insignificante.

Ela olha para Ben, que está fitando o próprio celular com uma expressão inescrutável.

– Eu perdi cinco ligações da Emily.

– Quem?

– Minha esposa – diz ele, então faz uma careta. – Minha ex-esposa. Eu só vou...

– Claro – fala Greta enquanto ele leva o celular ao ouvido, a mandíbula cerrada e o rosto de repente sério.

Mas, depois de um segundo, ele balança a cabeça.

– Estou sem serviço de novo.

– Quer usar o meu?

– Não, tudo bem – diz ele, olhando na direção do pedacinho de praia, com um amontoado de prédios vermelhos, dos quais eles se aproximam rápido, o barco balançando na água. – Vou tentar de novo em alguns minutos.

– Ei – diz ela, se virando para ele quando o píer aparece e o barco começa a desacelerar. – Eu mudei de ideia.

– Sobre o quê?

– O Gov Ball.

Ben franze a testa.

– Você não vai mais tocar?

– Não – diz ela, respirando fundo. – Eu vou. Com certeza vou.

– Que bom – diz ele com um sorrisinho. – Isso é muito bom.

– E eu queria que você fosse.

Ele parece surpreso.

– Ah, é?

– É.

– Pensei que eu te deixava nervosa.

Ela ri.

– E deixa.

– Mas…?

– Você também me deixa calma… – diz ela, e Ben a puxa para perto. Mesmo antes de terminar a frase, uma parte dela não acredita que ela está dizendo aquilo. – Você me deixa…

– O quê? – pergunta ele com um sorriso, como se já soubesse o que ela vai dizer.

– Feliz.

Quando ele a beija, seus lábios têm gosto de sal.

– Você vai tocar aquela música?

– Qual, a da beluga?

Ele ri.

– A do vídeo.

– "Astronomia" – diz Greta, e só a palavra já gera uma onda de ansiedade. – Duvido. Querem que eu me concentre no álbum novo. É uma aposta mais segura.

Ben ergue as sobrancelhas.

– O quê?

– Você não me parece alguém que faz apostas seguras – diz ele, e Greta deseja poder ter tanta certeza quanto ele parece ter.

Na doca, as pessoas estão esperando na fila para o passeio seguinte. Abaixo deles, há crianças brincando na praia, jogando pedras na água e gritando quando a onda chega, as risadas carregadas pelo vento.

O barco bate no píer de madeira, e Greta e Ben descem do convés superior, cumprimentando a tripulação ao passarem pelo interior e saírem para o sol. Um garotinho olha para eles ansiosamente enquanto passam pelo grupo reunido.

– Vocês viram alguma? – pergunta ele, se movendo sem parar de tanta empolgação.

– Algumas – diz Greta. – Você vai ter que dizer oi para elas por nós.

Ele franze a teta.

– Baleia não fala.

– Não, mas dá tchauzinho – diz ela com um sorriso.

No fim da doca há um grande prédio vermelho cheio de lojinhas e restaurantes. Ben tenta o celular de novo quando eles entram e seus olhos se ajustam à luz debaixo do teto alto cheio de vigas. Perto da entrada, há um pequeno museu de enlatados, e Greta vai até lá olhar as enormes estruturas de ferro, que aparentemente eram usadas para cortar e limpar peixes antes de os enfiarem em latas.

Ela se vira, pronta para fazer uma piada para Ben (algo sobre espaço apertado e sardinhas; ela ainda não elaborou toda a piada), mas vê que ele ainda está perto da porta, o celular no ouvido. De longe, é difícil interpretar o rosto dele. O prédio que parece um celeiro está tomado de barulho e falatório e, entre eles, as pessoas andam pelo piso de madeira, carregando sacolas das lojas de presentes ou comendo bolinho de caranguejo em barquinhos de papel. Ainda assim, ela consegue ver pelos ombros tensos de Ben que alguma coisa está errada.

Enquanto ela observa, ele abaixa o celular e olha em volta. Quando seu olhar encontra o dela, ele parece meio perdido. Ben anda depressa até onde ela está, ao lado da máquina de enlatados.

Ela não pergunta se está tudo bem. Já dá para saber que não está.

– Hannah quebrou o braço – diz ele, a voz falhando. – Foi bem feio.

Greta engole em seco.

– O que houve?

– Ela caiu no parquinho. Elas estão no hospital agora. – Ele olha em volta, o olhar desfocado enquanto observa a coleção estranha de dispositivos relacionados a peixe. – Eu não sei o que fazer. Ela deve estar morrendo de medo. – Ele pisca algumas vezes, os olhos vidrados. – Eu não acredito que estou aqui agora. Não acredito que não estou em casa.

Greta não sabe bem o que dizer. Tudo que passa por sua cabeça parece inadequado demais: *Sinto muito*, *Que horrível* e *Espero que ela fique bem*.

Ela fala mesmo assim:

– Sinto muito.

Mas Ben está distraído, olhando algo no celular, massageando a nuca com a outra mão. É um gesto que ela ainda não tinha visto, talvez algo que ele faça quando está chateado ou preocupado ou ambos, e, enquanto o observa, Greta fica ciente de repente de como eles se conhecem pouco. No fim das contas, eles são dois estranhos que passaram menos de uma semana juntos em um lugar que é tão distante quanto possível de suas vidas reais.

O coração dela está disparado por motivos que não consegue explicar.

– Eu tenho que ir – diz Ben, levantando a cabeça.

Greta assente.

– Certo. Claro. Eu vou com você.

Por uma fração de segundo, ele parece perdido com a resposta dela. Mas então balança a cabeça.

– Não – diz ele. – Eu quis dizer... para casa. Eu tenho que ir para casa. Devia estar lá com ela.

Greta o encara com a sensação de que deixou passar algo importante, como se tivesse ido sem querer direto para o caminho da solidariedade, de modo automático, quando talvez a situação exigisse algo mais sério.

– Ela vai ficar bem, né? – pergunta ela, e um toque de impaciência surge no rosto de Ben.

– Eu não sei – diz ele, seco. – É por isso que quero ir para lá.

– Sim, mas um braço quebrado não é... – ela procura a palavra certa – sério *sério*. Né?

– Elas ouviram o osso quebrar – diz ele. – Isso é... sério. Ela pode precisar de cirurgia. De anestesia... isso é sério, sim.

Greta olha em volta, ainda tentando absorver aquilo.

– Como você... quer dizer, a gente está no meio do nada e...

– Eu ainda não sei – diz ele. – Tenho que descobrir.

– Nós vamos chegar a Vancouver em menos de 48 horas – comenta Greta. – Até você encontrar outro jeito de voltar...

– Eu não posso ficar aqui no meio do Alasca tomando cerveja com você enquanto minha filha está no hospital.

Greta dá um passo para trás.

– Não é isso que eu estou dizendo. Eu quis dizer...

– Você não entende – fala ele, e vai para a porta.

Do lado de fora, o céu ainda está de um azul limpo, intenso. Greta o segue pela plataforma de madeira que leva ao navio, atracado do outro lado de uma pequena península, escondido atrás de um bosque de abetos.

– Espera um segundo – diz ela, dando uma corridinha enquanto ele passa bem no meio de uma família tirando uma foto, avançando depressa, os passos ressoando nas tábuas de madeira.

– Eu não posso esperar nem um segundo – retruca ele, se virando. – Você não entende porque não é...

Ben para, mas os dois sabem o que ele ia dizer.

Você não é mãe.

É só um fato. E nem é um fato desagradável para Greta. Ao menos, na maioria dos dias. Ainda assim, alguma coisa na forma como ele fala machuca, e ela precisa se esforçar para se recompor e disfarçar.

– Desculpa – diz Ben. – Mas essa é a parte em que se larga tudo para estar lá.

Greta o encara, abalada. Ele demora alguns segundos para perceber o que acabou de dizer.

– Eu não quis dizer... – começa ele, mas não parece saber bem para onde ir a partir daí. – Eu não estava falando sobre o que aconteceu com... – Ele para de novo e balança a cabeça, nervoso agora. – Me desculpe – fala por fim. – Mas eu tenho mesmo que ir.

– Tudo bem – diz Greta, porque o que mais há para se dizer a esta altura?

– Eu queria... – Ele hesita e tenta de novo: – Eu não queria que terminasse assim.

A palavra *terminasse* cai com um baque entre os dois, e Ben parece tentar decidir se deve voltar atrás ou não.

– Eu espero que sua filha esteja bem – diz Greta e, para sua surpresa, ele pega sua mão.

Tem algo de automático no gesto, no encaixe, e ela pensa em como é estranho eles terem acordado juntos de manhã e como vai ser vazio sem ele no dia seguinte.

– Obrigado – diz Ben.

Então simplesmente dá as costas e vai em direção ao navio.

Mais tarde, sentada na areia molhada, Greta faz uma busca no celular: tem um voo da cidade vizinha, Hoonah, direto para Juneau, e de lá um voo noturno para Nova York. A tarde toda, enquanto o sol percorre o céu e os turistas se movem como uma maré ao redor, ela tenta imaginar onde Ben pode estar naquele momento, imagina-o sentado em um táxi, esperando em um aeroporto, voando pela paisagem estéril, fazendo tudo que pode para voltar para casa.

SEXTA-FEIRA

Trinta

O último dia no mar é frio e cinzento. O vento parou de soprar, deixando tudo sinistramente imóvel, e uma neblina baixa paira sobre a água, de forma que quase parece que eles estão navegando através de uma nuvem. Deitada em uma espreguiçadeira no lounge Ninho do Corvo, Greta olha para a janela salpicada de chuva e pensa em navios fantasma, navios pirata, em todos os navios que vieram antes e percorreram aquelas águas quando ainda eram desconhecidas. Ela se pergunta se Jack London estava em um deles ou se chegou ali de outra forma. Gostaria de ter perguntado a Ben.

No dia seguinte, eles chegarão a Vancouver antes do amanhecer. Mas hoje só tem isso: água, montanhas e céu. Cinza sobre cinza sobre cinza.

Ela não tem ideia de há quanto tempo está ali quando o pai se aproxima com um copo na mão e se senta na cadeira ao lado. Ele está usando um colete de *fleece* com o logo do navio e suas bochechas estão meio vermelhas.

– Vou tentar adivinhar – diz ele. – Você veio aqui ver a Macarena.

– O quê? – pergunta Greta, cansada, e ele indica por cima do ombro um grupo que começou a se reunir para uma aula na pista de dança em frente ao bar.

– É sua grande chance de aprender a coreografia.

Ela o encara.

– Me diz que não foi por isso que *você* veio.

– Não, eu estava te procurando.

– Por quê?

– Preciso de motivo? É nosso último dia. Achei que a gente poderia passar um tempinho juntos.

Greta olha para ele com ceticismo.

– Tudo bem. Foi ideia do Asher.

Isso quase a faz rir. Quase.

– Acho que eu não sou a melhor das companhias agora – diz ela.

Conrad a olha com atenção, observa a legging e o moletom e a ausência de maquiagem, o coque desgrenhado e os joelhos encolhidos junto ao peito.

– Noite difícil?

– Mais ou menos – diz ela, voltando o olhar para a janela.

– Como foi o passeio das baleias?

Ela sente um aperto no peito quando o dia anterior lhe volta à mente: o som do vento e o gosto do sal, o tamanho das baleias rompendo a superfície da água e o jorro quando elas caíam. E, claro, Ben: os braços dele em volta dela, a barba arranhando sua bochecha, o som da sua risada de prazer quando a cauda gigantesca desapareceu na água.

– Foi incrível – diz ela com sinceridade.

– Você viu alguma?

– Algumas. E você?

– Nós fomos ver ursos. Só vimos um, mas valeu a pena. Era enorme.

– Quase do tamanho do Davis – diz uma voz atrás deles, e Greta sente duas mãos em seus ombros. Mary se inclina e dá um beijo leve em sua cabeça. – Oi, meu bem.

Por algum motivo, isso a faz ter vontade de chorar.

– Oi.

– Cadê seu amigo? – pergunta Mary, contornando as espreguiçadeiras para ficar de frente para eles, sua silhueta delineada em frente à janela.

– Boa pergunta – diz Conrad. – Você não devia estar na palestra dele?

Greta tinha esquecido que Ben ia dar outra palestra hoje. Ela se pergunta se o diretor do cruzeiro o substituiu ou se o auditório está vazio agora. Pensar nele no palco, de paletó de tweed, gera uma eletricidade nervosa nela, e Greta olha para o celular de forma quase involuntária.

A noite toda ela quis enviar uma mensagem, mas acabou não enviando nada. Afinal, o que havia a dizer?

Mesmo assim, ficou decepcionada de acordar de manhã e não encontrar uma mensagem dele. Nem mesmo uma simples atualização. Ela refletiu se deveria fazer contato para perguntar como Hannah estava, mas não tinha certeza de qual era a etiqueta em uma situação assim. Seria intrusivo perguntar? Seria grosseria não perguntar? Ela até considerou ligar para o hospital na esperança de conseguir uma resposta sem precisar fazer contato com Ben, mas decidiu que isso era invasivo demais. Provavelmente, nem poderiam contar a ela. Então não fez nada. E agora faz 24 horas que ele foi embora e não há notícia alguma.

Ela virou o celular no colo.

– Ele precisou ir embora – diz ela. – Emergência familiar.

– Como assim, ir embora? – pergunta Conrad. – Estamos em alto-mar.

– Ele foi do porto, ontem.

– Mas como...

– Eu não sei, ele deve ter dado um jeito.

– Ah, que pena – diz Mary. Algo na expressão de Greta deve ter bastado para alertar que ela não deveria perguntar mais nada, porque ela muda de assunto rapidamente: – Ei, aposto que isso vai te alegrar: Davis e eu decidimos fazer um medley no show de talentos de hoje.

Greta arqueia as sobrancelhas.

– Um medley de quê?

– Não sei – diz ela, rindo. – Ele está agora no piano bar tentando decidir. Você vai, não vai?

– Eu não perderia por nada.

– E, escuta, não atire na mensageira, mas eu prometi a Eleanor que perguntaria mais uma vez se você não quer...

– Não – interrompe Greta secamente, ciente de que está falando como uma adolescente petulante. Mas ela não sabe quantas vezes mais consegue repetir. – Diga para ela da forma mais simpática possível que eu *ainda* não tenho interesse em me apresentar em um show de talentos brega em um cruzeiro. – Ela faz uma pausa. – Sem querer ofender.

– Não ofendeu – diz Mary. – Mas saiba que o motivo de ela estar insistindo tanto é que sua mãe prometeu que nós todos iríamos ver um show seu este verão.

Greta é pega de surpresa.

– É mesmo?

– Ela sempre ficava falando de como os shows eram ótimos, que ela se sentia com 21 anos de novo. – Mary sorri com saudades. – Nós íamos planejar uma viagem só das meninas para te ver tocar na turnê. E agora que ela se foi...

Ela não termina a frase. Não precisa.

– Acho que Eleanor está pensando que isso talvez seja o mais perto que vamos chegar desse plano – diz ela depois de um momento, secando os olhos com a manga da camisa.

Greta segura a mão de Mary e a aperta.

– Não vai ser. Eu prometo. Me diz quando vocês querem ir e eu cuido de tudo.

– A gente ia adorar – diz Mary, olhando para ela com carinho. – Sua mãe ficaria tão orgulhosa de você, sabia?

Greta assente, mas está pensando no show de talentos do sexto ano, quando ela ficou com tanto medo que sua mãe teve que ir aos bastidores.

– Ah – falou ela quando viu Greta sentada em um cesto de reciclagem virado, abraçando o violão, infeliz. – Estou vendo qual é o problema.

– Qual é? – perguntou Greta, levantando a cabeça.

– Você não está tocando. – Ela se abaixou para os olhos das duas ficarem alinhados. – Você só precisa tocar. Quando começar, você vai ficar bem. Eu prometo.

– Como você sabe?

– Porque esse é seu superpoder – disse ela, dando um beijo na testa de Greta.

E ela tinha razão.

Mas agora, pela primeira vez em muito tempo, Greta está com medo de tocar de novo. E não tem ninguém lá para dizer que vai ficar tudo bem.

Quando Mary vai embora, Greta e Conrad ficam ouvindo o instrutor dar orientações da Macarena (*Palmas para cima, uma e depois a outra!*) enquanto os dançarinos morrem de rir e batem os pés no chão de madeira. Pela janela à frente deles, a neblina está começando a passar, deixando tudo em tom sépia sob a luz da tarde.

O exemplar surrado de *O chamado selvagem* está na mesa entre eles, e Conrad o olha com interesse. Ele pega o livro e abre na folha de rosto, onde tem o nome de Ben escrito com uma caligrafia infantil caprichada. Ele olha para ela, as sobrancelhas erguidas, a importância do livro ficando mais clara.

– Ele deixou isso para você?

– Está mais para um empréstimo.

– Isso quer dizer que você vai vê-lo de novo?

Greta olha para ele de soslaio.

– Não sei, pai.

– Bom, se vale de alguma coisa, e sei que não vale muito, achei que ele parecia ser um cara legal. – Conrad faz uma pausa, e Greta quase consegue vê-lo engolindo a conclusão "para variar". Para seu crédito, ele não diz isso, só bate de leve no livro e o coloca na mesa. – Com bom gosto.

– Ele é. Mas ele tem esposa e filhas.

Conrad fica de boca aberta.

– Tem?

– Bom, ele está separado. Mas ainda é muita complicação.

– Todo mundo tem complicações – diz ele. – Até você. Só porque são complicações diferentes não significa que não deem trabalho também.

Greta estreita os olhos para ele.

– Quando você ficou tão filosófico?

– Acho que é essa água toda – diz ele, se virando para a janela. – Está me afetando.

– Não é só… a complicação – replica Greta depois de um momento. – Nossas vidas são muito diferentes. Ele está preocupado porque a filha dele talvez precise de uma cirurgia. Eu estou preocupada porque…

– Você tem que tocar no fim de semana.

Greta enrijece na mesma hora e procura o ar habitual de desdém nas palavras. Mas não o identifica. Então, ela assente.

Conrad pensa por um momento.

– Mas é isso que te faz feliz.

– Vai me fazer feliz se der tudo certo – diz ela com cautela, ainda sem saber onde aquilo vai dar. Ela o encara, estranhando. – Você está bêbado, por acaso?

Ele ri e balança o gelo no copo.

– Já passou do meio-dia e eu estou no último dia de um cruzeiro que ia fazer com a minha falecida esposa para comemorar o nosso aniversário de casamento. Claro que eu estou bêbado. Mas ainda posso ter uma conversa com a minha filha, né?

– Acho que sim – diz ela secamente. – Só é... meio estranho.

– Asher me contou que você está passando por um momento difícil – admite ele. – Foi por isso que ele achou que esta viagem seria uma boa ideia.

Greta franze a testa.

– Para quem?

– Para você – diz ele, como se fosse óbvio. – Ele achou que poderia ser bom você vir junto.

– Certo. Ser bom para *você*.

Conrad parece confuso.

– Não, para *você*. Por que seria bom para mim?

– Porque você tinha que estar aqui com a mamãe – diz Greta, sentindo como se tivesse caído em uma espécie de realidade alternativa. – Seria muito triste você vir sozinho.

– Eu não estaria sozinho – diz ele lentamente, como se explicasse uma coisa para uma criança muito pequena. – Estaria com os Fosters e os Blooms.

Greta levanta as mãos.

– Foi o que eu falei!

– Para quem?

– Foi o que eu falei para Asher quando ele me pediu que viesse nesta viagem para te fazer companhia.

– Ele falou para *você* vir aqui *me* ajudar? – pergunta Conrad, e Greta assente, aliviada por eles finalmente estarem se entendendo. – E ele *me* disse que ajudaria *você*?

– Basicamente.

Conrad pensa por um momento.

– Uau.

– É. Ele armou pra gente. Em um barco.

– É um navio.

– Ah, meu Deus. Quem se *importa*? – diz Greta, inclinando a cabeça para trás com um gemido. – Por que todo mundo se preocupa tanto com isso? Você está com medo de eu magoar os sentimentos do navio? – Ela procura o celular. – Que horas são mesmo?

Conrad olha o relógio.

– Meio-dia e meia.

– Que bom – diz ela, procurando um garçom. – Porque eu também estou precisando de um drinque.

Quando ela se vira, ele está rindo.

– O que foi?

– Nada – diz ele com um sorriso. – Eu só... não me importo que ele tenha nos enganado.

Mais tarde, Greta vai dar uma bronca em Asher por causa daquilo. Vai chamá-lo de manipulador. Vai dizer que ele está em dívida com ela. Mas, naquele momento e para sua surpresa, ela tem que admitir que também não se importa.

Trinta e um

Antes do show de talentos, eles vão tomar um drinque no Starboard Saloon, e Greta vê um baralho deixado na mesa.

– Vamos ver o que você sabe fazer, Houdini – diz ela, empurrando as cartas na direção de Conrad quando eles se sentam.

Ele tira as cartas da caixa, bonito e relaxado vestindo camisa e gravata.

– Faz um tempo – diz ele enquanto começa a embaralhar, mas então abre as cartas em leque com precisão profissional, indicando as cartas em sua mão. – Escolhe uma.

Greta escolhe.

– E agora?

– Agora devolve. Mas não me fala qual é.

Ele está com um sorrisinho engraçado quando começa a embaralhar de novo, como se talvez estivesse se divertindo. Mas então se enrola no meio da mágica e as cartas saem voando para todo lado. Greta se levanta para começar a recolhê-las enquanto Conrad fica sentado observando a bagunça.

– Acho que estou velho demais para isso.

– Não está nada – diz ela, erguendo a cabeça.

Ele observa as próprias mãos.

– Bom, eu *me sinto* pré-histórico.

Greta para o que está fazendo.

– Isto não precisa ser só um fim, sabe? Pode ser um novo começo também.

Ele balança a cabeça, a expressão solene.

– Eu não quero um novo começo.

– Acho que você não tem escolha – diz ela suavemente enquanto recolhe as cartas do chão.

Quando o encara de novo, ele está com uma expressão vazia. Conrad coloca a rainha de copas na mesa e a fica olhando por um tempo.

– A gente estava no meio de um quebra-cabeça – diz ele, e Greta se senta no chão para ouvir. – Está na mesa de jantar até hoje. Não tínhamos feito muito. É dos difíceis. Mil peças. Mas agora… sinto que não suporto continuar sem ela, mas também não consigo guardar.

Greta volta para a cadeira.

– Pai – diz ela, e sua voz falha; de repente, parece que tem mais coisas se fragmentando também. Ela pensa no gelo se soltando da geleira, imagina algo dentro dela se despedaçando. – Eu devia ter ido para casa.

– O quê?

– Quando você ligou.

A ficha dele parece cair.

– Você não sabia. Ninguém sabia.

– Eu queria ter estado lá. – Ela apoia os cotovelos nos joelhos, a testa nas mãos. – Eu daria qualquer coisa para voltar atrás e fazer diferente. Eu daria qualquer coisa para voltar no tempo e poder pegar o primeiro avião e chegar em casa a tempo.

Ela está chorando agora e Conrad, tão desacostumado com isso, tão sem prática, meio que se levanta para reconfortá-la. Mas então se senta de novo e baixa os olhos. Um garçom se aproxima com uma cumbuca de amendoins, que coloca no meio da mesa cheia de cartas, e se afasta rapidamente.

– Eu fiquei para poder tocar a porra da guitarra – diz Greta com voz baixa. – Como se isso importasse.

Conrad dá de ombros.

– É o que você faz.

– O quê? – diz ela, se preparando, esperando que ele diga que o que ela faz é escolher a carreira no lugar da família. O que ela faz é escolher a música no lugar de todo o resto.

Mas ele não fala isso. Ele diz:

– Você toca a porra da guitarra. – É tão inesperado, tão atípico, que os dois riem. – Quantas pessoas fazem isso pra valer?

– Obrigada – diz ela, uma palavra que parece ao mesmo tempo pequena demais e grande demais. Ela seca os olhos e solta o ar, ajeita a pilha de cartas e a empurra na direção do pai. – Toma. Tenta de novo.

Mais tarde, eles encontram Eleanor e Todd esperando em frente ao auditório. Ele está de smoking e ela está com um vestido brilhoso de baile e um adereço de cabeça que parece uma tiara. É o tipo de figurino que dá vontade de revirar os olhos, mas em Eleanor fica bonito.

– Escutem – diz Eleanor no meio de uma nuvem de perfume. – Eu conversei com Bobby.

Greta franze a testa.

– Quem é Bobby?

Eleanor ri, mas percebe que Greta está falando sério.

– O diretor do cruzeiro – diz ela, obviamente incrédula de que na última noite da viagem já não estejam todos íntimos de uma figura tão importante. – Ele prometeu guardar um lugar para você. Caso você mude de ideia.

Fica evidente que ela está esperando outro não. Por isso, parece surpresa quando Greta a envolve em um abraço.

– Isso é um sim? – pergunta Eleanor, confusa.

– Ainda é um não – diz Greta. – Mas obrigada por perguntar.

No teatro, eles se acomodam em lugares perto do palco e escutam Bobby explicar a programação. Em volta dela, todos, menos Conrad, estão nervosos; Davis está tocando um piano invisível com os dedos, Mary cantarola baixinho e Eleanor e Todd ficam batendo os pés no chão.

– Isso foi uma péssima ideia – sussurra Mary para Greta quando o primeiro ato, um garoto de 8 anos segurando com nervosismo bolas de malabarismo, sobe no palco.

O pobre garoto derruba as bolas um total de doze vezes em três minutos, sendo que duas podem ser atribuídas ao balanço do navio e o restante à dificuldade dele. Mas, quando ele termina, a plateia aplaude com entusiasmo e, ao seu lado, Greta sente Mary relaxar.

Depois disso vem uma família de dançarinos irlandeses, um cara de 60 e poucos anos que faz *lip-sync* de "We Didn't Start the Fire" e um mágico, a que Conrad assiste com uma careta meio crítica.

– Coisa de amador – murmura ele, mas parece entretido mesmo assim.

Em seguida aparecem dois cantores cristãos com ukuleles, seguidos pela velha senhora que Greta encontra em toda parte. Ela lê um poema original sobre feminismo e resistência que é tão poderoso e tão cheio de palavrões que até Greta está vermelha no final. Greta aplaude como louca e jura que vê a mulher piscar para ela ao descer do palco.

– Tanto talento em um navio – repete Bobby ao fim de cada ato.

Quando chega a vez deles, Mary e Davis se levantam e sobem no palco, onde iniciam um medley de músicas dos anos 1960, tudo de Marvin Gaye a Beach Boys, que faz todo mundo bater palmas junto. Fazia anos que Greta não ouvia Davis tocar piano, e a voz de Mary é clara e forte. O tempo todo, eles não tiram os olhos um do outro.

Depois, um comediante faz um stand-up longo demais sobre pescaria, e um homem idoso faz uma leitura dramática de *Ulisses*. Então chega a hora de Eleanor e Todd, que deslizam pelo palco sob aplausos, tão graciosos que quase parecem flutuar, e Greta se dá conta de que está se divertindo no show de talentos idiota daquele cruzeiro idiota.

Mais tarde, ela está tão ocupada cochichando com Mary sobre os gêmeos idênticos de 83 anos que fizeram uma cena de *Muito barulho por nada* que, quando Bobby apresenta o ato seguinte, ela quase perde o anúncio. Mas então vê Preeti subir a escada, um violão pendurado no ombro, e fica imóvel.

Não há motivo para ela ficar nervosa. Preeti não parece estar. Ela vai direto para o centro do palco, para atrás do microfone e ajusta o violão. A empolgação que irradia dela é quase palpável e, quando a menina ergue o rosto, é para sorrir para a plateia, cheia de confiança e entusiasmo.

Ela tira uma palheta de entre os dentes e se inclina para perto do microfone.

– Vou tocar uma música de uma das minhas heroínas musicais – diz ela, os olhos observando a plateia. – O nome é "Cantiga de pássaro".

Se Preeti esperava ser aplaudida agora, Greta não sabe. Mas só há silêncio e uma risadinha no fundo da garganta de Greta. Porque é a música dela e ninguém ali sabe. Claro que não. Nem mesmo seu grupo. Conrad coça a orelha. Mary procura uma balinha na bolsa. Todd boceja uma vez, depois outra.

Preeti toca os acordes de abertura e Greta não sabe se está mais lisonjeada ou ansiosa. Provavelmente as duas coisas. A música já está velha, é a quarta faixa do seu EP, sua primeira gravação, uma que ela raramente toca agora. É mais um estudo de música do que uma música em si; ela ficou superorgulhosa na época, mas sabe que é exagerada demais, cheia de riffs complicados e sequências difíceis. Não é uma música muito popular, mas é divertida de tocar, e ela sente uma pontada de orgulho quando vê Preeti, as sobrancelhas franzidas e a língua entre os dentes, tocar a primeira progressão, e percebe que ela também está se divertindo.

– Ela é bem boa – sussurra Mary, e Greta só consegue assentir, sem afastar os olhos.

É estranho ver outra pessoa tirar um prazer tão simples de algo que você conjurou do nada, e o coração de Greta está entalado na garganta enquanto vê Preeti percorrer a estreitíssima corda bamba da música, os dedos se movendo rápido nas cordas, a cabeça inclinada sobre o instrumento.

Só na segunda estrofe é que ela começa a escorregar.

No começo, é só uma nota errada.

Ela faz uma pausa. Recomeça, toca alguns acordes, para de novo, as engrenagens trabalhando.

É estranho ver acontecer em tempo real, saber exatamente como o coração da garota está batendo em seu peito, lá em cima, sentir o vazio repentino onde a coragem estava agorinha mesmo. É um erro, depois outro e então, do nada, a hesitação chega como uma névoa e é difícil ver além dela. Você começa a pensar demais em cada parte, dos elementos ensaiados da música até a energia no ambiente, que some subitamente como o vento depois de uma tempestade. E seus dedos, que estavam voando, ficam dormentes.

Preeti ergue os olhos. É só por um momento, não o suficiente para focar em nada, mas Greta sabe exatamente o que ela está procurando.

Está procurando ajuda.

Está procurando *Greta*.

– Pobrezinha – diz uma mulher atrás dela, e outra pessoa murmura concordando.

A plateia toda está ficando agitada. Não tem nada mais incômodo do que assistir a uma pessoa fracassar bem na sua frente. Greta entende isso melhor do que ninguém.

Ela não sabe o que planeja fazer quando se levanta. Só sabe que precisa fazer alguma coisa. No palco, Preeti está paralisada, e uma imobilidade se alastra pelo auditório, constrangedora e interminável.

Greta sai da fileira de cadeiras e ignora os olhares perplexos de Conrad, Mary e dos outros, e o grunhido abafado da mulher em cujos dedos ela pisa no caminho. Enquanto se apressa pelo corredor, ela para apenas para pegar um ukulele no colo do homem do dueto cristão.

– Ei – diz ele, sobressaltado, mas ela não para.

Greta sobe a escada e percorre o palco até Preeti, que está com os olhos arregalados, imóvel. Os passos de Greta soam altos demais, mas não chegam perto do volume de seu coração.

– Você está bem? – pergunta ela quando chega lá, botando a mão sobre o microfone, e Preeti consegue assentir. – Tudo bem – diz Greta, com mais segurança do que sente.

Ela olha para a plateia, um mar de gente, cada uma com um celular no colo, centenas de câmeras prontas para capturar o momento.

Engole em seco.

Só toca a porra da guitarra, pensa ela.

O ukulele é pequeno nas mãos dela, mais um brinquedo do que um instrumento, e tem menos cordas, mas seus dedos encontram os lugares certos mesmo assim. Ela olha para Preeti, que parece prestes a chorar. O ambiente ainda está completamente silencioso. Greta consegue dar um sorriso.

– Vamos nessa – diz ela, e começa a tocar.

A música soa toda errada no ukulele, aguda e estridente, e não há cordas suficientes para acompanhar as notas, embora não importe, porque, nesse momento, Preeti começa a tocar a partir de onde parou, meio hesitante, meio perdida e nada merecedora dos aplausos que começam imediatamente, mas é suficiente para fazê-las seguir em frente, o que às vezes é tudo que importa.

Quando elas terminam, a plateia aplaude de pé e Greta solta o ar. Ao seu lado, Preeti está rindo, o rosto tomado de alívio.

– Puta merda – diz ela, o que é um bom resumo da coisa.

Greta segura a mão dela e as duas se curvam juntas, depois recua um passo e aponta para Preeti e os gritos se intensificam quando alguém grita "Bis!", o que, por algum motivo, a deixa com vontade de chorar. Mas ela não chora. Para sua surpresa, ela se vê dizendo "Mais uma?", e Preeti assente e coloca as mãos no violão de novo, com muito cuidado, e toca as notas de abertura de

"Acabou de vez". Greta ri e se junta a ela, e a plateia fica de pé, aplaudindo no ritmo, e – impossivelmente, inesperadamente – tudo é pura alegria.

Depois, Preeti a abraça e diz:

– Eu te devo o mundo.

Isso é exatamente o que Greta estava pensando em relação a ela.

– Eu também já passei por isso. Você vai ficar melhor, agora que passou.

– Você acha?

Greta assente.

– Não é para ser fácil.

– Certo – diz Preeti. – É para ser divertido.

Ela ri e dá mais um abraço na garota, então devolve o ukulele para o cantor cristão (que está impressionado demais para ficar irritado) e volta pela fileira de novo até chegar ao assento, onde é recebida com mais aplausos de Mary, Eleanor, Todd, Davis e até do pai. *Principalmente* do pai, que está sorrindo e assentindo quando ela se senta ao lado dele para ver os últimos atos com um sorriso meio tímido.

Depois, todos vão para o piano bar comemorar. Mary e Eleanor riem e tomam drinques, Todd cochila no canto e Davis olha por cima do ombro para o pianista com sobrancelhas erguidas.

– Você toca muito melhor – diz Greta quando se junta a ele, e Davis cai na gargalhada a caminho do bar para pegar mais bebidas. A primeira de muitas.

Em determinado ponto, Greta pega o celular para enviar uma mensagem a Howie: Mata a história, está bem? Ele responde imediatamente: Tudo certo.

E, pela primeira vez em muito tempo, ela pensa que está mesmo.

Quando levanta o olhar, seu pai está parado ao seu lado.

– Aquilo que você fez lá foi incrível – diz ele.

– Eu só estava tentando ajudar. Ela é uma boa menina.

– Não estou falando só disso – diz ele, e a forma como Conrad fala, tão cheio de sinceridade, faz a garganta de Greta se apertar. – Foi linda a música que você tocou.

– Me desculpe que a sua não seja. – Não é uma coisa que ela estava planejando dizer, de jeito nenhum. Mas sai mesmo assim. Conrad pisca algumas vezes, parecendo tão surpreso quanto ela. Greta limpa a garganta e recomeça: – Eu não posso pedir desculpas por ter composto a música. Era como eu me sentia. Mas eu *sinto muito* por ter magoado você. E por ter demorado até agora para falar isso.

Ele a encara pelo que parece ser muito tempo, tanto que Greta tem certeza de que ele vai se virar e ir embora. Em vez disso, ele diz:

– Você só estava sendo sincera. Estava sendo…

– O quê? – pergunta ela quando ele se cala.

– Olha, nós dois sabemos que eu prefiro apostas seguras. Sua mãe não era assim. Quando ela voltou ao bar onde eu trabalhava naquela noite, ninguém achava que era boa ideia. As coisas teriam sido bem mais fáceis se ela tivesse ficado com o outro cara. Mas ele não era o sonho dela. – Conrad sorri. – Eu era.

Greta assente.

– E ela era o seu.

– Sim, mas para mim foi fácil – diz ele. – Querer estar com ela foi a coisa mais fácil que eu já fiz. Para ela, foi mais um risco. Ela precisou dar um salto, um dos grandes, mas não teve medo disso. – Ele fecha os olhos por um momento. – O que estou tentando dizer é que às vezes eu esqueço como ela era corajosa. Destemida. – Quando abre os olhos de novo, ele olha diretamente para Greta. – Como você.

Ela o encara, sem palavras.

– Obrigada, pai – consegue dizer, pestanejando algumas vezes, embora não se sinta particularmente destemida agora.

Na verdade, é o oposto. Ela anda com medo demais de revisitar "Astronomia" porque significaria revisitar não apenas a esperança que sentia quando compôs a música, mas a dor que agora é parte indissociável dela. Terminá-la seria dizer adeus. E ela não se sente pronta para isso. Por isso, se escondeu. Mas está na hora de correr o risco.

– Sabe como você pode me agradecer de verdade? – diz o pai dela. – Você pode compor uma música nova para mim. Quem sabe chamar de "Oceanografia".

Greta ri, sem saber como interpretar isso.

– Por quê?

– Porque a da sua mãe se chama "Astronomia" – explica ele, parecendo satisfeito consigo mesmo –, e oceanografia é meio que o oposto disso. É o mais longe que dá para ir das estrelas. Mas também é interessante de um jeito próprio.

Ela não sabe se ele inventou aquilo agora ou se já tinha pensado a respeito. E não sabe se isso importa.

– Aos opostos – diz ela, batendo o copo no dele.

Quando Conrad inclina a cabeça para trás para beber, ela vê que ele também está sorrindo.

Mais tarde, quando ela volta pela última vez para a cabine que mais parece uma caixa, Greta percebe que passou horas sem pensar em Ben. E talvez isso seja bom. Eles tiveram uma semana e agora essa semana acabou. Às vezes, isso é tudo que se tem. Talvez tenha sido suficiente.

Mas, quando destranca a porta, a primeira coisa que ela vê é o livro bem onde o deixou, no meio da cama. Ela se senta, pega-o e o vira nas mãos. Seu cérebro ainda está embotado por causa dos coquetéis, seu corpo ainda está vibrando do show. Mas, quando abre a primeira página, ela sente que está se entregando às palavras mesmo assim e, quando o fecha, horas depois, ela ouve os atendentes começando a recolher as bagagens no corredor enquanto, fora do quarto, o navio entra no porto de Vancouver.

SÁBADO

Trinta e dois

Greta está no convés de observação, os cotovelos na amurada, vendo a cidade se aproximar, quando chega uma mensagem de Ben.

Ela está bem, diz ele. Não precisa de cirurgia.

Isso é tudo que diz. Mas ela fica aliviada de saber.

Fico feliz, responde Greta, e espera, olhando a tela por alguns segundos, torcendo para as bolinhas aparecerem. Mas não aparecem.

O ar está gelado, e embora seja apenas o começo de junho, o cheiro é de outono, de folhas, fumaça de lenha e umidade. Greta fica ali mais um minuto, absorvendo tudo, depois enfia o celular no bolso, pega o estojo do violão e entra.

Todos estão no bufê, fazendo a última refeição antes do desembarque. O voo de Greta é o mais cedo, o que significa que vai desembarcar logo, com o primeiro grupo. Ela pega uma maçã e se aproxima para se despedir.

Conrad se levanta quando a vê.

– Já vai?

Ela assente e entrega para ele uma sacola da loja de presentes. Ele a pega meio hesitante e tira um quebra-cabeça de dentro.

– Um novo começo – diz ela enquanto ele olha a caixa, mil peças de geleira azul e branca.

– Uau – diz Davis, olhando por cima do ombro dele. – Parece difícil pra caramba.

– Parece mesmo – concorda Conrad. Ele olha para Greta, os olhos úmidos. – Obrigado.

Greta sorri.

– *Eu* que agradeço por uma ótima semana – diz ela. E, para sua surpresa, ele começa a rir. Ela também ri e tenta de novo. – Uma semana inesperada?

– Acho que sim – diz Conrad, e a abraça, mas a verdade é que é bem mais complicado do que isso. Foi uma semana estranha. Uma semana triste. Uma semana difícil.

Foi uma semana que poderia tê-los afundado.

Mas não foi isso que aconteceu. Eles ainda estão ali. Ainda tentando.

Ela se despede dos outros também, com um *high-five* em Davis e uma promessa a Mary de que vai fazer uma visita no Natal. Ri quando Todd sugere que ela se junte a eles na viagem seguinte e promete para uma Eleanor sorridente que vai haver passes para os bastidores esperando-a no show de Cincinnati, no outono.

Todos desejam sorte para o dia seguinte e, quando Mary a envolve em um último abraço e sussurra "Sua mãe ficaria tão orgulhosa de você", Greta precisa segurar as lágrimas, embora ela tenha dito a mesma coisa mais de dez vezes ao longo da semana.

Quando seu grupo é chamado, ela pendura o violão no ombro, se despede mais uma vez e segue pelo labirinto do navio. Tem bagagens para todo lado e gente também, uma agitação de preparativos. É estranho pensar que aquilo tudo vai recomeçar à tarde, que um grupo novo de passageiros vai subir a bordo. Na rampa, ela entrega o cartão magnético e sai do navio, olhando para trás uma última vez para ver o tamanho impressionante, tão diferente do seu alojamento nos últimos sete dias.

Depois, tem uma fila de espera na alfândega, outra para pegar a mala. Só então ela entra em um dos muitos ônibus para o aeroporto. Assim que se senta, ela recebe uma mensagem de Asher. É uma foto borrada de Greta e Conrad no piano bar, na noite anterior, que Mary deve ter enviado. Embaixo, ele escreveu: Eu tenho tantas perguntas. Mas a primeira é: eu ainda sou o favorito??

Ela ri e digita: Não se preocupe. Tenho certeza de que seu lugar está seguro.

Ufa, responde ele. Estava começando a pensar que ia precisar ter outro filho.

Quando o ônibus sai, ela encosta a testa na janela e observa a cidade de Vancouver passar, um borrão cinza, e pensa em como é estranho começar o dia no mar e terminar em Nova York, indo de águas calmas e céu infinito para casas de tijolos marrons e bodegas. E, no dia seguinte, um festival de música.

No avião, ela pega o caderno para trabalhar no setlist, que ainda não enviou para a aprovação de Howie. No alto, ela escreve "Prólogo" e fica olhando o papel por bastante tempo. Em seguida, volta algumas páginas, para uma música diferente que escreveu em um avião diferente viajando em uma noite diferente. Ela fecha os olhos, e o que lhe ocorre é uma imagem da geleira, das cinzas flutuando, pontinhos pretos no céu branco, o oposto de estrelas.

Seu coração dá um pulo e ela se permite sentir.

Mas só por um momento.

Então começa a escrever.

Greta termina a tempo de abrir a persiana da janela e ver a ponta de Manhattan aparecer, os amontoados de prédios prateados ladeados por dois rios, uma de suas vistas favoritas no mundo. Mesmo na primeira vez em que esteve na cidade, nervosa e esperançosa, a sensação foi de estar em casa. É o tipo de lugar pelo qual você pode se apaixonar antes mesmo de ver. Agora, ela sente seu coração contente com a vista familiar e, quando o avião se afasta da cidade e vai na direção do aeroporto, ela respira fundo algumas vezes.

Está escuro quando ela chega em casa. Deixa as chaves na mesinha lateral e observa o apartamentinho. Sua última tentativa de manter uma planta viva fracassou, mas, fora isso, tudo está igual. Ela está dentro de casa há menos de três minutos quando Howie liga.

– A história está oficialmente morta, seu carro estará aí às oito da manhã e a gravadora quer confirmar que você não vai tocar "Astronomia" – diz ele, sem nem um oi.

Greta olha para o caderno despontando na bolsa e fala:

– Obrigada, está bem, e ótimo.

Há uma breve pausa do outro lado da linha.

– Ótimo?

– Ótimo.

– Qual parte?

– O carro.

– Ah.

– Howie, estou brincando. Diga para eles que tudo bem. Eu não vou tocar.

– Tem certeza?

– Não – responde ela, e desliga.

DOMINGO

Trinta e três

De manhã, Greta acorda cedo, mesmo batalhando contra o fuso horário. Ela faz uma longa caminhada junto ao rio East, volta para tomar duas xícaras de café (uma seguida da outra, ainda parada na frente da máquina) e um banho demorado. Quando o relógio marca oito horas, ela está agitada e cheia de adrenalina, mas também se sente preparada.

Enquanto o carro percorre a avenida Franklin D. Roosevelt, contornando Manhattan, ela pensa em Ben e se pergunta o que ele está fazendo naquela manhã de domingo. Ela o imagina no apartamento, lendo jornal com uma xícara de chá. Ou fazendo uma caminhada no parque Morningside. Talvez ele esteja na casa de Nova Jersey. Ou ainda no hospital com Hannah, de olhos vermelhos e com a barba por fazer. Ela espera que não.

Mesmo depois de tudo que aconteceu, parte dela ainda se pergunta se ele vai aparecer hoje. Tem muitos motivos para ela querer que tudo corra bem; motivos bem maiores e mais importantes do que impressionar o professor nerd que conheceu em um cruzeiro. Mas, se for honesta consigo mesma, esse é um deles.

Quando chega a Randall's Island, o local ainda está vazio. O gramado virou lama, marcado com as pegadas do dia anterior, e há um silêncio cheio de expectativa no palco principal. Howie recebe o carro perto da entrada; Cleo também está lá, resplandecente em amarelo-néon, as tranças balançando quando ela abraça Greta. Atsuko e Nate estão esperando no camarim, onde há mais abraços, algumas piadas sobre a tundra e algumas perguntas sobre Luke. Mas, mesmo com todas as distrações, Greta sente o nervosismo emanando deles quando são levados para o palco para a passagem de som.

Ela ainda está com as roupas comuns, calça jeans skinny preta e uma camiseta velha do Metallica, olhando para um campo vazio, mas, assim que começa a tocar, parte da ansiedade evapora. Ela sempre se sente melhor com uma guitarra na mão, embora acelere um pouco a abertura de "Prólogo" e faça uma pausa para ajustar o fone no ouvido e os pedais.

– Isso é sucesso garantido – diz Cleo quando todos voltam para o camarim e os chefes, dois caras brancos de terno e tênis cujos nomes Greta nunca consegue lembrar, sorriem.

Enquanto ela está sendo maquiada, Howie anda ansiosamente atrás de sua cadeira, a camisa de botão engomada, parecendo totalmente deslocado em meio às regatas néon e camisetas de banda. Mas ela sabe que é assim que ele gosta. Howie é muito bom no que faz, que é gerenciar astros do rock superconfiantes com egos enormes. Ele não tem tanta prática catando os cacos quando as coisas desmoronam. Mas ficou ao lado dela mesmo assim, sua fé inabalável, mesmo quando teria sido compreensível, até sensato, que hesitasse.

Quando a maquiadora se afasta para pegar outro tipo de delineador, ele se inclina para ficar com o rosto próximo ao dela.

– Não olhe agora, mas acabei de descobrir quem plantou a história sobre você e Luke.

No espelho, Greta vê os dois executivos cochichando perto da mesa de comida. Um deles sorri e ergue um bagel quando seus olhares se encontram.

– Eu mandei não olhar – diz Howie, exasperado, mas Greta não se importa.

Porque o significado está ficando claro: eles acharam que ela precisava de mais publicidade, de uma história diferente, uma distração caso as coisas fossem mal de novo.

Eles acharam que a música dela não era suficiente.

Que *ela* não era suficiente.

– Escuta – diz Howie –, a gente vai cuidar disso depois. Pode confiar em mim. Mas agora eu só queria dizer... – Ele sussurra a parte final no ouvido dela: – Sobe lá e quebra tudo.

Ele pisca para ela pelo espelho antes de se afastar com um sorriso.

Depois disso, a maquiadora volta, e Greta levanta os olhos para o teto enquanto ela termina de passar rímel, e um assistente faz uma inspeção final em sua roupa, um vestido vermelho com botas pretas, antes de Atsuko e Nate se juntarem a ela. Do lado de fora, o festival é um choque, um caos de cores e barulhos. Eles são escoltados pelo local por um grupo de organizadores usando fones de ouvido e seguranças de óculos escuros, e o tempo todo o coração de Greta está batendo tão forte que parece tentar fugir do peito.

Quando chega a hora, ela fica na coxia enquanto Atsuko e Nate assumem suas posições atrás dos instrumentos. Ela os vê sentados no escuro, esperando que ela se junte a eles, assim como o resto da plateia. Greta se remexe, agitada, a batida daquela primeira música, a música nova, a música de que tanta coisa depende, já vibrando dentro dela.

Ela pensa brevemente na última apresentação desastrosa, em como a sensação daquele dia nunca a abandonou, e seu rosto fica quente e formigante. Ainda é uma coisa visceral, a lembrança de todo aquele vazio dominando onde antes só havia música. O jeito como o espaço foi preenchido por murmúrios e, depois, alarme. O formigamento nas mãos e a secura na boca. Os milhares de câmeras surgindo na plateia, capturando um momento que a persegue como um animal selvagem desde aquela noite.

Mas então lhe entregam a guitarra, ela passa a alça pela cabeça e sente o peso tranquilizador do instrumento e se dá conta de que aquela não é mais sua última apresentação. Não mais. Sua última apresentação aconteceu duas noites atrás, com Preeti, quando tocou ukulele na frente de centenas de pessoas em um cruzeiro no Alasca. E elas arrasaram.

No palco, as luzes começam a piscar, a mudar de vermelho para verde para azul, e Greta sente a expectativa como se fosse algo vibrante, vivo. Quando entra no palco, a plateia vai à loucura, com um grito tão alto que um arrepio percorre seu corpo. Mas ela não demonstra. Caminha até o centro do palco, levanta a mão e fica parada de frente para a plateia, os ombros empertigados e o queixo erguido enquanto a música começa atrás dela, os primeiros acordes de uma canção que nunca tocou em público, uma música que ninguém ali ouviu antes.

Primeiro o teclado, depois a bateria, o ritmo aumentando enquanto gritos soam ao redor, a energia indo da plateia para o palco e de volta para a plateia como um circuito fechado, como se eles todos estivessem inventando a eletricidade, como se o objetivo fosse iluminar o palco inteiro.

E mesmo naquele momento, enquanto ela se prepara para se juntar à batida, seus dedos pairando sobre as cordas, esperando, esperando, ela está olhando a plateia, procurando um rosto familiar, se perguntando se ele está ali.

Um pouco antes de começar, ela o vê.

Ele está perto da frente, um ponto imóvel no meio de todo o movimento, as pessoas pulando e dançando e se balançando em volta dele.

E ele está segurando um cartaz.

PAI DA GRETA.

Atrás dela, o ritmo muda, a deixa para ela começar. Mas ela não começa. Greta levanta a mão e os outros param de tocar. Ela sente a plateia prendendo o ar coletivamente enquanto todos se perguntam se a história está prestes a se repetir. Mas ela não dá atenção a isso. Está ocupada demais falando com a banda.

Um momento depois, a música recomeça, mais lenta agora, mais assombrosa, e todo mundo explode em gritos com os acordes de abertura de "Astronomia", que antes fora uma música sobre esperança, depois sobre dor, mas no fundo sempre foi sobre amor, sempre.

Desta vez, Greta não hesita. Nem por um segundo.

Ela só sorri e começa a tocar a porra da guitarra.

DEPOIS

Trinta e quatro

Ela lê o livro mais uma vez antes de enviá-lo de volta. Não parece justo ficar com uma coisa tão pessoal, um livro com páginas marcadas, tão amado. Ainda assim, não é fácil abrir mão dele. Botar em um envelope, endereçar a Ben na Universidade Columbia, levar até uma agência dos correios: tudo parece uma despedida.

Ela fica com o moletom. Ele pode muito bem viver sem isso, decide.

Além do mais, Greta dormiu com ele quando o tempo esfriou.

Greta passou a maior parte dos últimos meses na estrada, e é bom voltar ao normal: uma confusão de aeroportos, hotéis e casas de show, mas também o lembrete claro todas as noites, quando ela para na frente da plateia, guitarra na mão, de como é raro e maravilhoso fazer uma coisa que se ama.

Ela não leu nenhuma das críticas quando o álbum novo saiu, mas seu pai continua resumindo todas durante as ligações de domingo à noite, um hábito que adquiriram desde que ele foi ao show dela.

– Você foi bem elogiada no *Times* – diz ele. – Chamaram de criativo e complicado e adoraram principalmente…

– Pai.

– Tudo bem, tudo bem. Bom, está no álbum de recortes agora, caso você mude de ideia.

Imaginá-lo dando continuidade à coleção de artigos e críticas da mãe seria impossível, meses antes. Mas agora Asher diz que ele insiste em mostrá-lo para qualquer pessoa que vai jantar lá.

Conrad pergunta só uma vez se ela ainda fala com Ben, e Greta diz a verdade: não era para durar.

– Talvez o objetivo nem sempre seja durar – diz ele. – Talvez seja só ser importante.

Na opinião dela, foi importante.

Então, um dia, ela encontra um pacote na pilha de correspondência na frente da porta do apartamento. No canto está o endereço da Universidade Columbia. Ela o abre e encontra um livrinho azul com capa de tecido, ilustrada com cachorros e árvores cobertas de neve. Dentro há um bilhete escrito no papel timbrado da universidade. *Obrigado por devolver o meu. Você leu?*

Greta fica intrigada com aquele ponto de interrogação. É um final aberto; um convite. Ela deixa o bilhete na mesa, para lê-lo sempre que passar por ali, embora já tenha decorado cada palavra. Só duas semanas depois, quando para na livraria Powell's Books na manhã anterior a um show em Portland e vê uma edição diferente (essa com uma imagem simples de paisagem nevada e a sombra de um cachorro no canto) é que ela percebe que vai responder.

Ela considera o que dizer por alguns minutos antes de escrever, em um papel de carta de hotel: *Na verdade, eu li duas vezes.* E envia junto com o livro.

Ben envia outro exemplar uma semana depois, este com um close de um husky siberiano de olhos azuis, encarando o leitor. O bilhete diz: *E aí?*

Ela encontra o livro seguinte na livraria Strand, na qual entra um dia depois do brunch com Jason e Olivia, que, apesar da torrada com avocado, acabou sendo mais divertido do que esperava. Esse tem um lobo uivando na sobrecapa, flocos de neve caindo em volta, e ela rascunha um bilhete atrás de um cartão-postal da livraria: *E aí que você estava certo.*

Depois disso, ele envia uma edição encadernada em couro com uma mensagem escrita com capricho na folha de rosto: *Bem-vinda ao fã-clube de Jack London.* Greta decide que precisa subir sua aposta e volta a uma loja de raridades no Upper East Side que visitou certa vez com Luke, que estava atrás de um disco autografado do Dylan. No fim das contas, eles não têm nenhum exemplar de *O chamado selvagem*, mas sim uma primeira edição de outro livro de Jack London chamado *O cruzeiro do Snark*, que parece apropriado. Dentro, há uma inscrição do autor para um amigo: "Só alguns lugares de uma viagem que foi muito feliz."

Ela paga caro demais pelo livro e o envia para ele.

E depois: nada. Por muito tempo.

Durante todo o outono, Greta fica esperançosa a cada vez que volta para a cidade e pega a correspondência. Mas, em dezembro, fica claro que, fosse qual fosse o jogo, Ben parou de jogar. Talvez ele tenha outras coisas com que se preocupar, coisas mais importantes. Talvez ele tenha voltado para a família. Ou talvez tenha apenas seguido em frente.

No Natal, ela volta para Ohio. É o primeiro sem sua mãe, mas Helen ainda está presente em tudo: desde as caixas de enfeites que tiram do sótão às cantigas que tocam sem parar. Quando chega a hora de pendurar os enfeites, Greta e Asher riem dos que ela guardou: porta-retratos feitos de palitos de picolé com bolotas de cola e correntes de macarrão com tinta descascando. Cada um parece um presente que ela está dando a eles de novo.

Na manhã de Natal, para a consternação de Asher, Greta dá uma bateria para as sobrinhas.

O pai consegue superá-la.

Ele dá um violão para cada uma.

Está tarde quando ela chega a Nova York, as ruas molhadas de chuva e quase vazias. Greta encosta o rosto na janela do táxi enquanto atravessam a ponte, vendo o mosaico de faróis traseiros, os vermelhos e amarelos dançando.

No corredor do prédio dela tem uma pilha de pacotes, presentes de amigos e familiares, agentes e empresários e, claro, dos executivos da gravadora, ainda se desculpando. Quando ela abre a porta, alguns caem para dentro de casa, entrando com ela, e Greta vê uma caixinha marrom com o endereço de Ben. Ela nem tira o casaco antes de abri-la. Dentro tem um livro. Mas não é *O chamado selvagem*. Nem é de Jack London.

É azul-marinho com baleias brancas na capa.

Ela passa o dedo pelo título: *Moby Dick*.

Enquanto abre o bilhete que veio junto, Greta está pensando que isso nem é realmente necessário; ela já sabe o que significa.

Mesmo assim, seu coração se aperta ao ver a caligrafia agora familiar de Ben.

Hora de virar a página, diz, e ela o guarda dentro do livro com um sorriso.

Alguns dias depois, começa a nevar, uma neve densa, caindo tão rápido que quase parece um *time-lapse*, como se o mundo lá fora tivesse sido acelerado. Dentro de casa, tudo está silencioso e parado. Só há Greta na janela, uma caneca na mão. Ela passou o dia escrevendo e seus dedos estão manchados de tinta.

Do lado de fora, o vento faz a neve flutuar em rastros brancos. No dia seguinte, tudo vai estar cinzento e enlameado. Mas agora está perfeito, e ela fica ali por muito tempo, hipnotizada pelo jeito como os flocos de neve pairam como estática. Sua janela é virada para o norte, e ela imagina o Central Park, a cinquenta quarteirões dali: as árvores cobertas de branco, as pilhas de neve se formando, os postes de luz com um brilho onírico. Em algum lugar no meio de tudo isso, talvez, outra figura silenciosa se mova lentamente, agasalhada e igualmente maravilhada.

Suas botas estão debaixo de um banco na entrada. Ela anda até lá e olha para elas, refletindo antes de enfiar os pés. Pega o casaco e o cachecol e um par de luvas também.

Quando sai, está nevando bem mais forte, e tudo parece surreal e meio vertiginoso. Por um momento, ela só fica ali parada, olhando para as luzes cintilantes e para o céu aveludado, as botas afundadas na neve.

Então sai andando.

Agradecimentos

Um grande agradecimento à minha agente brilhante e formidável, Jennifer Joel. É nosso décimo livro juntas e, a cada um, sinto que tenho mais sorte de continuar trabalhando com você.

Para minha amiga e editora, Kara Cesare, por receber este livro de braços abertos desde o começo e continuar a ser a maior entusiasta dele.

Para todos na Ballantine: tem sido uma grande alegria trabalhar com vocês de novo. Sou particularmente agradecida a Gina Centrello pelo entusiasmo inicial, a Jennifer Hershey por ser sempre tão encorajadora, a Kara Welsh pelo voto de confiança e a Kim Hovey por fazer tudo acontecer. Também devo um grande agradecimento a Jesse Shuman, Allyson Pearl, Susan Corcoran, Quinne Rogers, Jen Garza, Karen Fink, Taylor Noel, Loren Noveck, Paolo Pepe e Elena Giavaldi.

A Cassie Browne e Kat Burdon e todo mundo da Quercus por serem parceiros tão maravilhosos no Reino Unido e por cuidarem tão bem desta história. E para Stephanie Thwaites, Jake Smith-Bosanquet, Roxanne Edouard, Isobel Gahan, Savanna Wicks e Tanja Goossens, da Curtis Brown, por encontrarem lares para este livro no mundo todo.

A Binky Urban, Josie Freedman, John DeLaney e Tia Ikemoto, da ICM, por tudo que fizeram por mim ao longo dos anos.

A Kelly Mitchell, minha ouvinte favorita.

A Marisa Dabice e Elena Awbrey, pelo conhecimento musical.

A Morgan Matson pelo título e Gretchen Rubin pela epígrafe.

A Jenny Han, Adele Griffin, Sarah Mlynowski, Julie Buxbaum, Siobhan Vivian e Morgan Matson pela leitura preliminar e pelos conselhos valiosíssimos. E a Anna Carey, Jenni Henaux, Lauren Graham, Rebecca Serle, Courtney Sheinmel, Elizabeth Eulberg, Robin Wasserman, Ryan Doherty, Mark Tavani, Andy Barzvi, Kari Stuart, Jocelyn Heyward, Allison Lynk, Hillary Phelps e Summer Walker pela companhia e pelas conversas enquanto eu escrevia esta história.

Aos meus leitores, os que me seguiram até aqui e os novos. Nada disso seria possível sem vocês.

E, claro, à minha família – meu pai, minha mãe, Kelly, Errol, Andrew e Jack –, por todo amor e apoio.

Por fim, este livro não existiria sem a falecida Susan Kamil, que passou anos me perturbando carinhosamente para que eu o escrevesse. Eu continuo muito agradecida pela crença inabalável e pelo encorajamento dela. Eu só queria que ela tivesse tido a oportunidade de lê-lo; ela o teria tornado infinitamente melhor. Este é para ela.

Para saber mais sobre os títulos e autores da Editora Arqueiro,
visite o nosso site e siga as nossas redes sociais.
Além de informações sobre os próximos lançamentos,
você terá acesso a conteúdos exclusivos
e poderá participar de promoções e sorteios.

editoraarqueiro.com.br